HEYNE

Das Buch

»Die Küstenwache hat zwei Leichen auf einem Segelboot entdeckt, das im Pine Island Sound vor sich hin trieb. Ein Mann und eine Frau. Beide mit Kopfschuss.«

»Wo ist das Boot jetzt?«, frage ich.

»Die Küstenwache hat es zu ihrem Stützpunkt auf San Carlos Island geschleppt.«

»Bist du schon auf dem Boot gewesen?«

»Bin gerade auf dem Weg dahin. Ich möchte, dass du einen Blick auf den Tatort wirfst. Bei uns im Revier hat keiner so viel Erfahrung mit Mordfällen wie du.«

»Klar, ich helfe gern«, sage ich.

Ich weiß nicht wer den Spruch »Keine gute Tat bleibt ungestraft« erfunden hat. Aber wer es auch war, er hatte recht, wie ich schon bald feststellen sollte – und zwar verdammt recht.

Der Ruhestand von Ex-Cop Jack Starkey ist ein Traum: Sein Hausboot »Phoenix« liegt am Fort Myers Beach in Florida und seine Kneipe »Drunken Parrot« ist eine Institution. Doch irgendwie will sich die Gelassenheit nicht einstellen. Als die Küstenwache ein Segelboot mit den Leichen eines Banker-Ehepaares an Bord aufgreift, bittet ihn sein Freund, der überforderte Police Chief, um Hilfe. Als Starkey zu ermitteln beginnt, wird er in einen brandheißen Fall von Offshore-Bohrungen, korrupten Politikern und einem russischen Oligarchen hineingezogen, der ihn sogar zu seinen Hochzeiten als Cop den Kopf gekostet hätte. Doch seine besten Jahre liegen weit hinter ihm…

Der Autor

William Wells wurde in Detroit, Michigan, geboren. Er hat Englische Literatur studiert, auf einem Navy Schiff gedient, als Journalist gearbeitet, Reden für Politiker geschrieben und einen Corporate Publishing Verlag gegründet. Zusammen mit seiner Frau lebt er an der Südwestküste von Florida.

WILLIAM WELLS

SUN DETECTIVE

SCHATTEN ÜBER FLORIDA

ROMAN

Aus dem Amerikanischen
von Wolfgang Müller

WILHELM HEYNE VERLAG
MÜNCHEN

Die Originalausgabe erschien 2018 unter dem Titel
THE DOLLAR-A-YEAR DETECTIVE bei The Permanent Press

FSC
www.fsc.org
MIX
Papier aus verantwortungsvollen Quellen
FSC® C014496

Verlagsgruppe Random House FSC® N001967

Vollständige deutsche Erstausgabe 06/2020

Printed in Germany
Redaktion: Heiko Arntz
Umschlaggestaltung: DAS ILLUSTRAT, München,
unter Verwendung eines Motivs von Nadezda Murmakova / Shutterstock
Gesamtherstellung: GGP Media GmbH, Pößneck
ISBN: 978-3-453-43965-8

www.heyne.de

Für Mary, wie immer

»Wie oft habe ich Ihnen schon gesagt, dass nach der Eliminierung des Unmöglichen immer die Wahrheit übrig bleibt – so unwahrscheinlich sie auch sein mag.«

Sir Arthur Conan Doyles Sherlock Holmes

Enterkommando

Die plötzliche Flaute im Pine Island Sound bewirkte, dass das Segelboot – eine zwölf Meter lange Catalina-Schaluppe namens *Joie de Vivre*, die nach Backbord geneigt auf Raumwindkurs dahingesegelt war – allmählich langsamer wurde, sich schließlich aufrichtete und nur noch im Wasser trieb.

Der Märzabend war warm und schwül, und ohne den Wind, der die weißen Segel gebläht und das Boot vorwärtsgetrieben hatte, kam es dem Mann und der Frau auf Deck so vor, als wäre die Temperatur um zehn Grad gestiegen.

Der Mann schaute hinauf in den nächtlichen Sternenhimmel, als könne ihm ein uralter Seemannsinstinkt sagen, ob bald wieder mit Wind zu rechnen sei. Er strich sich übers Kinn und sagte zu seiner Frau: »Wir können den Motor anwerfen und gleich nach Fort Myers zurückfahren, oder wir warten ab, ob der Wind noch mal auffrischt.«

Während sie darüber nachdachten, hörten sie das unverwechselbare Tuckern eines Außenbordmotors, das sich ihnen vom Ufer her näherte. Der Mann und die Frau drehten sich um und sahen im Schein des Dreiviertelmonds, der von keiner Wolke getrübt wurde, ein kleines weißes Boot mit roten und grünen Positionslichtern auf sie zuhalten.

Ein Boston Whaler, dachte der Mann. Die Silhouette war unverkennbar. Der Motor wurde gedrosselt, der Bug neigte sich, und die zwei Delfine, die dem Boot im Kielwasser gefolgt waren, tauchten unter.

»Ahoi!«, rief eine männliche Stimme. »Darf ich längsseits kommen?«

Der Mann schaute seine Frau an, zuckte mit den Schultern und wandte sich wieder dem Boot zu. Er formte die Hände vor dem Mund zu einem Trichter und rief: »Wer sind Sie?« Als ob er den Mann – was immer er auch antworten würde – daran hindern könne, längsseits zu kommen.

Wie ein Politiker in einer Talkshow wechselte der Fremde das Thema und rief: »Hab Sie da dümpeln sehen und mir gedacht, ich könnte Sie in Schlepp nehmen.«

Der Whaler war jetzt noch gut fünf Meter von der Steuerbordseite des Segelschiffs entfernt. Das Gesicht des Fremden war im Mondlicht deutlich zu erkennen. Er war etwa Ende dreißig, Anfang vierzig und trug Jeans und ein schwarzes T-Shirt.

Der Mann sagte zu dem Fremden: »Danke, aber wir kommen zurecht.« Lautes Rufen war jetzt überflüssig, das Boot lag inzwischen längsseits, und der 150-PS-Yamaha-Außenborder stotterte im Leerlauf. »Wir haben einen Motor.«

Das Abschleppangebot war seltsam, dachte der Mann. Segelboote von der Größe der *Joie* waren selbstverständlich motorisiert, und wenn er tatsächlich hätte abgeschleppt werden wollen, hätte er die Küstenwache gerufen. Vielleicht ein Tourist, der den Whaler gemietet hatte und sich mit solchen Dingen nicht auskannte. Jede Menge Touristen schipperten hier herum. Mit ihrer Ahnungslosigkeit sorgten sie immer wieder für Ärger. Erst im letzten Jahr hatten er und seine Frau eine Familie gerettet – Mann, Frau, halbwüchsige Tochter, schwarzer Labrador. Sie hatten versehentlich die Fahrrinne zwischen Fort Myers Beach und Sanibel Island verlassen und waren mit ihrem gemieteten Pontonboot auf eine Sandbank gelaufen. Nun ja, gerettet ist übertrieben, das Boot konnte ja nicht sinken. Ein Akt der Hilfsbereitschaft. Die Wassertiefe in den Küstengewässern des Golfs von Mexiko war trügerisch. Wenn man nicht in der Fahrrinne blieb, konnte man leicht in Untiefen von einem halben Meter Tiefe oder weniger geraten, und wenn man es merkte, war es in der Regel zu spät. Jedenfalls hatten die Schiffe vom Sea-Tow-Pannendienst und die Küstenwache genug zu tun.

Außerdem fragte sich der Mann, wie der Fremde ihr Segelboot, selbst mit den Positionslichtern und dem Topplicht, aus so großer Entfernung hatte sehen können, geschweige denn erkennen, dass es in einer Flaute dahintrieb. Sonderbar …

»Okay«, sagte der Fremde. »Ich bin gerade am Angeln. Was dagegen, wenn ich mal kurz Ihre Toilette benutze?«

Er stand mit einer zusammengerollten Leine da und wartete auf die Erlaubnis, sie an Bord werfen zu können.

Nachtangeln war nichts Ungewöhnliches. Natürlich hätte der Fremde einfach über Bord pinkeln können. Aber der Mann und die Frau respektierten als erfahrene Segler die traditionelle Höflichkeit auf See. »Klar, kein Problem«, sagte der Mann. Warum sich unnötig den Kopf zerbrechen.

Der Fremde warf die Leine herüber, die neben die Füße des Mannes auf das Bootsdeck fiel. Er hob sie auf und machte sie mit einem Kopfschlag an einer Klampe fest.

»Danke«, sagte der Fremde. »Hatte wohl ein paar Bierchen zu viel.«

Das Ein-Mann-Enterkommando stieg auf das Segelboot und ging zu dem Paar, das in der Plicht stand. Einen Meter vor ihnen blieb er stehen, zog eine schwarze Pistole aus dem Gürtel seiner Jeans, schob eine Patrone in die Kammer, richtete die Waffe auf das Paar und sagte: »Kennen Sie mich noch?«

Doch selbst wenn sie ihn erkannt hätten – er stand jetzt so dicht vor ihnen, dass sie nur die Pistole anstarrten.

»Macht nichts«, sagte der Fremde und lächelte. »Gehen wir nach unten und unterhalten uns ein bisschen.«

1.

Seinen Traum leben

Meiner Erfahrung nach träumen viele Polizisten den gleichen Traum vom Ruhestand: Sie leben auf einem Boot in tropischen Gefilden, wie Sonny Crockett in *Miami Vice*, besitzen vielleicht noch eine Strandbar samt strohgedeckten Tiki-Hütten und Wet-T-Shirt-Contests, und sind – falls geschieden wie die meisten Polizisten (Berufsrisiko) – mit einer wunderschönen Frau liiert, die seine Fehler toleriert und seine Qualitäten zu schätzen weiß, so verborgen sie auch sein mögen.

Ich rede von männlichen Polizisten. Über die Ruhestandsträume von weiblichen Polizisten weiß ich nichts. Wenn schon Freud – wie er bekanntermaßen selbst erklärte – keinen Schimmer hatte, was Frauen wollen, wie sollte dann ein Kerl wie ich auch nur die leiseste Ahnung davon haben? Mein dringender Rat lautet: Wenn einem eine Frau sehr präzise schildert, was sie will, und sollte man die Beziehung über dieses Gespräch hinaus fortführen wollen, dann ist man gut beraten, genau zuzuhören.

Mein Name ist Jack Starkey, und *ich* lebe meinen Traum. Seit meiner Pensionierung als Detective des

Morddezernats von Chicago vor ein paar Jahren lebe ich in Fort Myers Beach im Süden von Floridas Golfküste. Ich wohne auf einem Hausboot namens *Phoenix*, besitze eine Bar namens The Drunken Parrot und bin mit einer entzückenden, aus Kuba stammenden Frau namens Marisa Fernandez de Lopez liiert, die ein sehr gut gehendes Maklerbüro betreibt. »Im Leben von Amerikanern gibt es keinen zweiten Akt«, schrieb F. Scott Fitzgerald. Er lag falsch.

Die meiste Zeit des Jahres leben die 6300 ständigen Bewohner von Fort Myers Beach, die Urlaubsgäste und die Tagestouristen halbwegs friedlich zusammen. Aber jeden März zum Spring Break stürzen sich Schwärme feierwütiger Teenager auf die Stadt wie die Geier auf eine Wagenladung Innereien.

Ich schwelge gern in vergangenen Zeiten und schaue mir alte Filme und Fernsehsendungen an. Zum Beispiel *Where the Boys Are* aus dem Jahr 1960 mit Connie Francis und George Hamilton als College-Studenten, die dem verschneiten Campus im Norden entfliehen, um es im Süden richtig krachen zu lassen. Vielleicht war es diese Rolle, die George die immerwährende Sonnenbräune bescherte. Der Film handelte vom Spring Break in Fort Lauderdale, hätte aber genauso gut in Fort Myers Beach spielen können.

Die Meinungen über den Spring Break gehen auseinander. Wenn du eine Bar, ein Restaurant, einen Schnapsladen, ein Tattoo-Studio, ein billiges Hotel oder ein Geschäft betreibst, das Mopeds, Fahrräder, Surfbretter,

Paddelbretter oder Jet-Skis vermietet, wirst du nicht klagen. Wenn du Ruhe und freie Parkplätze schätzt und nicht nonstop Partys feiern willst, die den Bacchanalen des antiken Roms ähneln, nur dass statt Wein Bier und Tequila fließen, nun, dann sieht die Sache schon anders aus.

Ich falle unter beide Kategorien. Meine wilden Partyzeiten sind zwar lange vorbei, aber etwa zwanzig Prozent des Jahresumsatzes meiner Bar bestreiten die jungen Männer und Frauen, die bei mir einfallen auf der Suche nach Suff, Sand, Sonne und Sex. Das Parrot sorgt für den Suff; Sonne und Sand gibt es direkt vor der Tür; den Sex müssen sie selbst machen – solange es nicht auf dem Klo des Parrot passiert. (Ist schon vorgekommen. Jetzt haben wir ein Schild mit der Aufschrift *no tener sexo* – gleich neben dem *lave las manos*-Schild für die Angestellten).

Es ist Mittwochabend in der zweiten Märzwoche. Der Drunken Parrot ist rammelvoll mit Zechern, deren Ausweise belegen, dass sie mindestens einundzwanzig Jahre alt sind. Mit Sicherheit sind einige dieser Ausweise gefälscht, aber mein Barkeeper, ein Seminole namens Sam Longtree, hat ein gutes Auge für Bluffer. Er bietet ihnen ein nichtalkoholisches Getränk an oder weist ihnen die Tür.

Sams Name passt zu ihm. Er ist so groß wie ein Riesenmammutbaum, und sein Vorschlag, sich zu benehmen oder zu gehen, wird in der Regel ohne Widerspruch befolgt. Bei denen, die seinen Weisungen nicht nachkommen, wird Sam so handgreiflich wie erforderlich. Hinter der Bar bewahrt er einen Baseballschläger und eine Schrotflinte für den Fall auf, dass … nun ja, nur für den Fall.

Es ist zehn Uhr, und die Kasse summt und singt glücklich vor sich hin, begleitet von Buddy Guys bluesigen Gitarrenriffs, die aus den Lautsprechern dröhnen. Sicher würden unsere jungen Gäste lieber Jay Z, Rihanna, Adele oder Adam Levine hören, aber schließlich gehört der Laden mir. Die Musik der Chicagoer Bluesveteranen ist die Musik, die *mir* gefällt. Das nehmen die Kunden entweder hin, oder sie können sich ein anderes Etablissement suchen.

Ich bin in der Küche und plaudere mit meiner Köchin Alice Rosewater. Sie hat früher als Sergeant beim Marine Corps im Casino gearbeitet, aber inzwischen gelernt, ihre Infanterie-Bataillon-Mengen auf meine Kundschaft zurückzustutzen. Einmal hat Alice einen unserer Lieferanten bei einer überhöhten Abrechnung erwischt, worauf sie gedroht hat, ihm »den Kopf abzureißen und in den Hals zu scheißen«, wenn er den Fehlbetrag nicht sofort zurückzahle. Was er getan hat. Ich war auch beim Marine Corps, ich bin die plastische Ausdrucksweise also gewohnt.

Sam kommt in die Küche und sagt, Cubby Cullen sei da und wolle mich sprechen. Clarence »Cubby« Cullen ist der Polizeichef von Fort Myers Beach. Bei seinem Spitznamen muss ich immer an meine Lieblings-Baseballmannschaft, die Chicago Cubs, denken. Er ist klein und gedrungen wie ein Feuerhydrant, hat einen grauweißen Bürstenschnitt und einen stattlichen Bierbauch.

Cubby war früher stellvertretender Polizeichef in Toledo. Nach seiner Pensionierung kauften er und seine Frau Millie sich einen gemütlichen kleinen Bungalow auf einem Golfplatz in Fort Myers. Cubby verbrachte seine Tage mit Angeln und Golfen, Millie kümmerte sich um den Garten und spielte in einem Damenkränzchen Bridge. Das war die Art Ruhestand, den sie sich immer vorgestellt hatten. Cubby hatte weiterhin seine Abonnements verschiedener Polizeimagazine. Als er die Stellenanzeige für den Job des Polizeichefs im fünfundzwanzig Kilometer entfernten Fort Myers Beach las, wurde ihm klar, wie sehr er das Polizistenleben vermisste. Mit Millies Segen bewarb er sich, bekam den Job und leitete das Revier schon acht Jahre, als wir uns bei einer Pokerpartie im Veteranen-Club kennenlernten (Cubby war als junger Mann Militärpolizist bei der Armee gewesen).

Ich entdecke Cubby, der am Ende des Tresens steht und einem jungen Mann mit Dreitagebart und Oakley-Sonnenbrille im Haar dabei zuschaut, wie er Bier aus seinem Glas auf die Brust eines hübschen blonden Mädchens kippt, dessen inzwischen durchsichtiges Iowa-State-T-Shirt offenbart, dass sie ihren BH wohl in Iowa vergessen hat.

Sonnenbrillen im Haar halte ich für eine alberne Manieriertheit, die mich aus irgendeinem Grund aufregt, besonders nachts, wenn Sonnenbrillen ein ausschließlich modisches Accessoire sind.

Sam kommt um den Tresen herum, gibt dem Mädchen ein Drunken-Parrot-T-Shirt und lässt ihr die Wahl zwischen Kleider- und Lokalwechsel. Sie steuert die Damentoilette an, und Sam geleitet den jungen Mann mit einer Hand im Nacken zur Tür. Ich höre, wie Sam den Burschen fragt, ob er selber fährt oder ein Taxi benötigt (Uber hat es noch nicht bis Fort Myers Beach geschafft). Er sagt nein, bis zu seinem Hotel könne er laufen, verschwindet und steuert höchstwahrscheinlich die nächste Bar an.

Cubby trägt ein T-Shirt der Toledo Mud Hens (die Mud Hens sind die Triple-A-Amateurmannschaft der Detroit Tigers) und Jeans, keine Polizeiuniform. Seine Ankunft hat also nicht bewirkt, dass die minderjährigen Kunden fliehen wie illegale Einwanderer bei einer Kontrolle der Ausländerbehörde.

»Wie wär's mit einem Bier, Cubby?«, frage ich.

»Nicht heute Abend, bin im Dienst«, sagt er.

Er trinkt am liebsten Blue Moon Ale mit einer Orangenscheibe, ich halte mich inzwischen an das in Chicago gebraute Berghoff Root Beer. Ich bin seit neun Jahren trocken. Nach einer Schussverletzung in der linken Schulter habe ich mich von der Chicagoer Polizei verabschiedet. Die Sauferei und der Stress des Polizistenlebens ruinierten meine Ehe, führten zur Scheidung, zu einem Aufenthalt in einer Entzugsklinik in Minnesota und schließlich zu meinem Umzug in den Sunshine State. Ich war auf der Suche nach einem neuen Wohnsitz, nach einem neuen Kapitel im Leben von Jack Starkey. Bis jetzt hat es geklappt.

»Machst du etwa Spätschicht?«, frage ich.

»Ich war zu Hause, schaue im Fernsehen gerade *Blue Bloods*, da ruft der Wachhabende vom Revier an. Die Küstenwache hat zwei Leichen auf einem Segelboot entdeckt, das im Pine Island Sound vor sich hin trieb. Ein Mann und eine Frau. Beide mit Kopfschuss.«

»Wo ist das Boot jetzt?«

»Die Küstenwache hat es zu ihrem Stützpunkt auf San Carlos Island geschleppt.«

»Bist du schon auf dem Boot gewesen?«

»Bin gerade auf dem Weg dahin. Ich möchte, dass du einen Blick auf den Tatort wirfst. Bei uns im Revier hat keiner so viel Erfahrung mit Mordfällen wie du.«

»Klar, ich helfe gern«, sage ich.

Ich weiß nicht wer den Spruch »Keine gute Tat bleibt ungestraft« erfunden hat. Aber wer es auch war, er hatte recht, wie ich schon bald feststellen sollte – und zwar verdammt recht.

2.

Ein Tatort zu viel

Wir fahren mit Cubbys weißem Polizei-SUV auf der Dammstraße San Carlos Boulevard Richtung Norden zum Stützpunkt der Küstenwache auf San Carlos Island. Das Gelände ist gut einen Hektar groß und von einem fünf Meter hohen Maschendrahtzaun mit Stacheldraht umgeben. Wir halten vor dem Tor, vor dem ein Unteroffizier in blauer Uniform Wache steht. Der Mann, der eine Dienstwaffe trägt, fragt Cubby nach seinem Ausweis. Cubby zeigt seine Marke, dann schaut der Mann mich an und fragt: »Und wer sind Sie?« Cubby sagt, ich sei ein Berater in einer polizeilichen Ermittlung. Der Wachmann winkt uns durch.

Wir fahren an einem zweistöckigen, schmucklosen Bau vorbei, vor dem ein Flaggenmast steht. Oben hängt die amerikanische Flagge, die von drei rund um den Mast in den Betonboden eingelassenen Scheinwerfern beleuchtet wird, darunter die Flagge der Küstenwache. Aus meiner Zeit beim Marine Corps weiß ich, dass es Vorschrift ist, die amerikanische Flagge nach Sonnenuntergang entweder einzuholen oder anzustrahlen.

Cubby parkt vor einem langen Betonpier – neben einem

Streifenwagen der Polizei von Fort Myers Beach, einem zivilen Ford Crown Victoria, einem Van der Spurensicherung und einem Rettungswagen. Der braune Crown Vic gehört einem von Cubbys Detectives. Ich frage mich jedes Mal, warum die Polizei glaubt, irgendjemand könne braune Limousinen mit Schwarzwandreifen und Peitschenantennen für Zivilfahrzeuge halten. Aber das Flottenmanagement der Polizeiverwaltung fällt nicht in meine Gehaltsklasse. Das FBI hat eine Schwäche für schwarze Kombis, die geradezu schreien: »Hier kommt das FBI!« Wenn ein Ganove so dämlich ist, sich von einem der beiden Fahrzeuge täuschen zu lassen, wird er verdientermaßen geschnappt.

Cubby und ich steigen aus und gehen hinaus auf den Pier. Als ich nach Florida kam, kannte ich nicht den Unterschied zwischen einem Pier und einer Mole. Samuel Lewandowski, der Besitzer des Jachthafens »Salty Sam's Marina« an der Estero Bay, wo mein Hausboot liegt, erklärte mir, dass ein Pier eine Mole ist, die groß genug ist, um mit einem Auto darauf zu fahren. Sollte diese Frage jemals bei einem Quiz auftauchen, schnappe ich mir den Punkt wie Ernie Banks einen Fastball durch die Mitte.

An einer Seite des Piers ist der sechsundzwanzig Meter lange Kutter *Valiant* festgemacht. Traditionell nennt die Küstenwache ihre Schiffe »Kutter.« Auf der anderen Seite liegt ein großes Segelboot mit blauem Rumpf und dahinter ein »SAFE Boat« der Küstenwache – das ist ein kleines Aluminiumboot mit einer Kabine und einem 350-PS-starken Mercury-Zwillingsaußenborder. Wahrscheinlich wurde damit das Segelboot in den Stützpunkt geschleppt.

Der Schriftzug am Heck des Seglers lautet *Joie de Vivre*. Welche Ironie, dass ein Boot mit Namen »Lebensfreude« zwei Leichen an Bord hat.

Ein Streifenpolizist und eine Sanitäterin in weißem Overall stehen vor dem Boot auf dem Pier. Beide sind Stammgäste in meiner Bar. Der Uniformierte ist Brad Jennings, ein großer Mann Ende zwanzig mit schwarzem Haar und kantigem Kinn. Die Sanitäterin heißt Caroline Jackson, eine Afroamerikanerin in den Dreißigern.

Ich begrüße sie mit Namen. Cubby und ich betreten das Deck des Segelboots. In diesem Augenblick taucht aus dem Niedergang zur Kajüte Harlan Boyd auf, ein altgedienter Detective des Reviers in Fort Myers Beach. Boyd ist in den Fünfzigern, korpulent, hat schütteres braunes Haar und, als der Ex-Boxer, der er ist, eine krumme Nase und unter den Augen vernarbte Haut. Außerdem hat er den rötlichen Teint eines Mannes, der weiß, was ein starker Drink ist, den er des Öfteren in meiner Bar zu sich nimmt. Für Beamte im Polizeidienst wie auch für Angestellte des Militärs, aktiv oder im Ruhestand, gibt es bei uns Rabatt. Ein älterer Herr, ein Stammgast, gehörte im Zweiten Weltkrieg zu den Landetruppen am Omaha Beach. Er trinkt umsonst.

Boyd trägt Anzug und weiße Gummihandschuhe. Sein Gesichtsausdruck ist finster.

»Hi, Harlan«, sage ich.

Er nickt mir zu und sagt: »Jack.« Dann schaut er zu Cubby, schüttelt den Kopf und sagt: »Üble Geschichte, Chief.«

Wenn ein altgedienter Detective üble Geschichte sagt, dann ist sie übel.

Boyd zieht ein Taschentuch aus der Gesäßtasche und wischt sich den Schweiß von der Stirn. Es ist ein warmer Abend, aber doch nicht warm genug, um so zu schwitzen – außer man hat etwas gesehen, das man lieber nicht gesehen hätte.

Auf dem Weg hatte Cubby mir versichert, dass er Boyd gesagt habe, ich würde mitkommen, und dass Boyd nichts dagegen habe, wenn ich mir seinen Tatort anschaue. Bei einigen Detectives sind die territorialen Ansprüche sehr ausgeprägt, bei anderen weniger. In meiner Zeit als Detective im Morddezernat von Chicago fiel ich unter die Kategorie »sehr«.

Boyd wuchtet seine Körpermasse auf den Pier, holt eine Schachtel Zigaretten aus der Innentasche seiner Jacke und klopft eine Camel ohne Filter heraus. Er zündet sie mit einem Zippo an, nimmt einen langen Zug und bläst den krebserregenden Rauch in dünnen weißen Streifen durch die Nasenlöcher aus.

»Die von der Spurensicherung sind schon wieder weg«, sagt er. »Linda ist jetzt unten.« Er meint Linda Evans, die Kriminaltechnikerin von der Gerichtsmedizin.

»Warum muss dieses Scheißboot ausgerechnet in *meinen* Zutändigkeitsbereich treiben?«, fragt Boyd. »Ein paar Kilometer weiter nördlich, und Cape Coral könnte sich jetzt damit rumschlagen. Ein paar Kilometer südlich, und Bonita Springs hätte den Fall an der Backe.«

Als Detective in Fort Myers Beach wäre ich froh gewesen für die Gelegenheit, mein Können zu beweisen. Harlan Boyd ist es offensichtlich nicht.

Cubby und ich gehen die drei Stufen hinunter in die Kajüte, mit ein paar Schritten durch den Salon und in die Kombüse. Die *Joie de Vivre* ist eine Luxusjacht. Gut ausgestattet, alles Messing und Mahagoni. Durchgehend erste Sahne. Damit verglichen ist mein Hausboot ein Müllkahn. Aber es ist *mein* Müllkahn.

Linda Evans hat kurze braune Haare und trägt eine runde Brille mit Drahtgestell, die ihr ein eulenhaftes, gelehrtes Aussehen verleiht. Sie stieß vor einem Jahr, nach ihrem Master in Forensik an der Florida Gulf Coast University, zur Polizei von Fort Myers Beach. Davor war sie Polizistin in Bradenton gewesen.

Auf dem Rücken von Lindas blauem Overall steht in weißen Buchstaben »Kriminaltechnik«. Sie hockt auf dem Boden und bindet einen Plastikbeutel zu, in dem die rechte Hand eines auf dem Rücken liegenden Mannes steckt. Der Mann ist – oder war – attraktiv, Mitte bis Ende vierzig und hat braune Haare. Aufrecht stehend, was nicht mehr passieren wird, schätze ich ihn auf etwa eins achtzig. Er trägt ein blauweiß gestreiftes T-Shirt, hellbraune Leinenshorts und Bootsschuhe – typisches Segler-Outfit. Die Schussverletzung in seiner Stirn stammt nach der Größe der Eintrittswunde zu schließen von einer kleinkalibrigen Pistole. Augen und Mund sind geöffnet, was ihm den Gesichtsausdruck eines Mannes verleiht, der von irgendetwas überrascht wurde – wahrscheinlich von dem Umstand, dass man ihm in die Stirn geschossen hatte.

»Sie kennen Jack Starkey«, sagt Cubby zu Linda. »Er wird uns bei diesem Fall als Berater zur Seite stehen.«

Berater. Ach ja? Ich dachte, ich sollte bloß mal einen Blick draufwerfen. Darüber müssen Cubby und ich uns noch mal unterhalten.

Linda schaut zu mir hoch, nickt, beendet das Eintüten der toten Hand, wiederholt den Vorgang an der anderen Hand und steht auf. Unter den Fingernägeln des Toten können sich DNA-Spuren des Mörders befinden, was allerdings unwahrscheinlich ist, da es keine Anzeichen eines Kampfes gibt. Sollte der Schütze auch nur ein Fünkchen Verstand haben, ist er dem Opfer nicht nahe gekommen. Deshalb benutzt man ja eine Pistole.

Betten auf Schiffen werden Kojen genannt. Küchen sind Kombüsen. Böden sind Decks und Wände Schotten. Türen sind Luken. Ein Seil ist eine Leine. Das vordere Ende eines Boots ist der Bug, das hintere das Heck. Die rechte Seite heißt Steuerbord, die linke Backbord. Das weiß ich alles von Salty Sam Lewandowski, der meinte, ich solle die nautischen Begriffe kennen – »falls du dir mal ein richtiges Boot kaufst«. Ha, ha.

Sam war dreißig Jahre bei der Handelsmarine, bevor er den Jachthafen aufmachte, wo mein Hausboot dauerhaft vor Anker liegt (»Seetüchtigkeit« gehörte nicht zu den Vorzügen des Boots, die der Vorbesitzer aufgelistet hatte). Ich habe das Boot *Phoenix* getauft, nach dem Vogel aus der griechischen Mythologie, der sich aus der eigenen Asche erhebt, wie ich es auch von mir erhoffte beim Start meines neuen Lebens in Florida.

Die Frau, die in der Koje der Kapitänskajüte liegt, sieht jünger als der Mann aus. Sie ist vielleicht in den Dreißigern, hat kurze dunkle Haare und leere blaue Augen. Sie liegt mit dem Rücken auf der Bettdecke und hat eine Schusswunde in der Stirn, die der des Mannes ähnelt. Sie trägt ein schwarzes Bikinioberteil und weiße Shorts.

»Okay, das reicht wohl«, sagt Cubby mehr zu sich selbst als zu mir, seinem »Berater«.

Wir klettern zurück auf den Pier. Harlan zieht zum letzten Mal an seiner Zigarette und schnippt sie dann ins Wasser. Ein Fisch steigt auf, stupst die Kippe an und taucht wieder ab. Nicht seine Marke.

Wir stehen unter einem klaren Himmel mit einem leuchtenden Dreiviertelmond. Jenseits der zwanzig Kilometer Golf von Mexiko kann man die Lichter von Sanibel Island sehen. Eine herrliche Nacht – für die Lebenden, nicht für die Opfer auf dem Boot.

Boyd fährt sich mit den Fingern durchs Haar, schaut die *Joie de Vivre* an, die sich von einer Vergnügungsjacht in einen Tatort verwandelt hat, und fragt mich: »Sind Sie deshalb in Rente gegangen, Jack? Weil Sie dauernd mit solchen Sachen zu tun hatten?«

»Vor allem, weil man mich angeschossen hat, Harlan.«

»Mich hat noch nie einer erwischt«, sagt er. »Man hat schon auf mich geschossen, aber nie getroffen. Bis jetzt.«

»Dann weiter viel Glück. Das kann einem echt den Tag versauen.«

»Was sagt die Küstenwache?«, fragt Cubby Boyd.

»Ein Fischer hat heute Abend um sieben gemeldet, dass

ein Segelboot im Pine Island Sound treibt. Die Küstenwache hat ein Boot mit zwei Männern rausgeschickt, das SAFE Boat da. Sie haben das Segelboot lokalisiert und versucht, Kontakt aufzunehmen. Erst per Funk, dann mit dem Megafon. Keine Antwort.«

Er zieht ein Notizbuch aus der Innentasche seiner Sportjacke, klappt es auf, studiert einen Moment die Notizen und fährt fort: »Petty Officer Second Class Robert Michaels geht an Bord des Segelboots, Master Chief John Pulaski bleibt auf dem SAFE Boat. Michaels befestigt eine Schlepptrosse, geht dann in die Kajüte und findet die Leichen. Er übergibt sich in der Kombüse ins Waschbecken, geht wieder an Bord des SAFE Boat und berichtet Pulsaski, der sich per Funk beim Stützpunkt meldet. Er wird angewiesen, die Position zu notieren und das Segelboot abzuschleppen.«

Er schaut noch einmal auf seine Notizen. »Michaels hat keine Handschuhe getragen, aber er sagt, dass er nichts angefasst hat. Der wachhabende Offizier der Küstenwache, ein Lieutenant Jeffrey O'Neill, ruft um 21.42 Uhr im Revier an. Streifenpolizist Tom Breckinridge ist von seinem Team am nächsten dran und trifft um 21.50 Uhr hier ein. Ich bin um 22.10 Uhr da. Was den Opfern natürlich auch nichts mehr nützt.« Er klappt das Notizbuch zu. »Das ist so weit alles.«

»Habt ihr schon Namen?«, fragt Cubby.

»Laut den in Florida ausgestellten Führerscheinen heißt der Mann Lawrence Henderson und die Frau, vermutlich seine Ehefrau, Marion Henderson. Die Adresse ist 2010 Royal Palm Circle in Cape Coral. Die Namen der nächsten Angehörigen bekommen wir morgen früh. Das Boot ist auf Lawrence Henderson registriert. Ich habe ihn gegoogelt. Er ist der Präsident der Manatee National Bank in Fort Myers.«

Boyd holt die Camels aus der Innentasche seiner Jacke, klopft sich wieder eine Zigarette aus der Schachtel und zündet sie mit dem Zippo an. Er nimmt einen langen Zug und deutet mit dem Kopf zu dem Boot. »Wer um Himmels willen macht so was?«

»Das ist das, was wir herausfinden müssen, Harlan«, sagt Cubby.

»Raubüberfall war es nicht«, sagt Harlan. »Es fehlen keine Wertsachen. War wahrscheinlich jemand, der die Hendersons kannte, der wusste, dass sie auf dem Boot waren und wo sie wann sein würden. Ich versuche mal herauskriegen, wo sie das Boot liegen hatten, vielleicht hat sie ja jemand gesehen, bevor sie in See gestochen sind.«

Harlan Boyd versteht jedenfalls sein Handwerk. Ich frage mich, warum Cubby glaubt, dass er den Fall nicht allein lösen kann – wenn er nicht vorher an einem Emphysem oder Lungenkrebs stirbt.

»Mein Bruder Frank hat oben in Jacksonville eine Versicherungsagentur«, sagt Boyd. »Leben, Auto, Immobilien. Läuft richtig gut. Nettes Haus, nettes Auto, nette Familie …« Er schüttelt den Kopf. »Bei so einer Geschichte komme ich ins Grübeln, ob ich nicht in Franks Agentur einsteigen soll. Er sagt, jederzeit. Wann ich will. Eigentlich wollte ich das ja erst in ein paar Jahren. Aber vielleicht bin ich schon jetzt reif dafür.«

Er zieht wieder an der Camel, schnippt sie dann ins Wasser – diesmal kein Interesse seitens der Fische – und fährt fort: »Wisst ihr, was das Beste am Versicherungsgeschäft ist? Außer im Bestattungsinstitut hat Frank noch nie einen Toten gesehen. Anders als bei uns.«

»Schon klar«, sage ich.

Die meisten Polizisten sind irgendwann ausgebrannt. Die einen trifft es früher, die anderen später. Erstere sind vielleicht die, die zu sehr Anteil nehmen. Das Verbrechen auf dem Boot ist übel, kommt aber an das Übelste, was ich gesehen habe, nicht annähernd heran.

Wie auch immer, Detective Harlan Boyd hat offensichtlich genug gesehen.

Ich gehe noch einmal an Bord, um mir den Tatort genauer anzuschauen.

3.

Einmal Detective, immer Detective

Cubby und ich fahren schweigend zum Drunken Parrot. Ich habe schon einige Zeit keine Leiche mehr mit einer Einschusswunde gesehen. Ich muss über Waffen und die andauernde Debatte im Land über den Zweiten Verfassungszusatz nachdenken.

Eine Waffe an sich ist ein unbelebter Gegenstand, ein mechanischer Apparat, eine Maschine aus Stahl, Plastik und Verbundwerkstoffen. Schlitten und Hebel, Kammern, Kaliber und Federn, ein komplexes Werkzeug, um eine kontrollierte Explosion hervorzurufen, die ein Projektil mit Überschallgeschwindigkeit zu einem Ziel befördert. Manchmal ist das Ziel unbelebt: eine Zielscheibe aus Pappe auf einem Schießstand oder eine Flasche auf einem Zaun. Manchmal ist es ein lebendiges Ziel, ein Mensch oder ein Tier.

Aber eine Waffe an sich kann die Aufgabe, für die sie gemacht wurde, nicht ausführen. Dafür braucht sie einen Menschen, der sie bedient. Ob eine Handfeuerwaffe oder ein Gewehr, ein altertümliches Geschütz oder eine riesige Kanone auf einem Kriegsschiff, ein Panzer oder eine Feldhaubitze, eine Waffe fühlt weder Zorn noch Angst, verspürt keine Rachegelüste oder die Notwendigkeit zur Selbstverteidigung. Nur ein Mensch ist zu Emotionen fähig und kann dann den Abzug betätigen, um die tödliche Gewalt zu entfesseln.

Kriminelle finden immer einen Weg, um in den Besitz einer Waffe zu gelangen, und Detectives werden immer gerufen, um die Schützen zu verfolgen, und solange die Kriminellen Waffen haben, will ich auch eine haben. Ob die Beschränkung des Zugangs zu Waffen die Waffengewalt reduziert oder nicht, ist eine heiß diskutierte Frage. In Ländern wie England, Japan und Australien, wo der Waffenbesitz streng reguliert ist, ist die Waffengewalt sehr niedrig. In den USA, wo Waffen leicht erhältlich sind, liegt die Mordrate durch Schusswaffen fünfundzwanzigmal höher als in anderen wohlhabenden Ländern.

Also: Verringert die Beschränkung des Waffenbesitzes die Wahrscheinlichkeit, dass irgendein Verrückter in eine Grundschule marschiert, das Feuer eröffnet und ein schreckliches Blutbad anrichtet? Oder sollte man ausgewählte Angestellte der Schule ausbilden und bewaffnen, in der Annahme, dass Psychopathen immer einen Weg finden werden, sich illegal Waffen zu beschaffen?

Ich weiß es nicht. Aber irgendwer hat sich irgendwo eine Waffe besorgt und damit Lawrence und Marion Henderson ermordet. Und mich hat man gefragt, ob ich bei der Suche nach dem Mörder helfen kann. Die Debatte um die angemessene Interpretation des Zweiten Verfassungszusatzes ist bei dem vorliegenden Fall irrelevant. Das überlasse ich den Lobbyisten und Politikern, den

Talkshow-Experten und Richtern am Obersten Gerichtshof. Das ist so ziemlich das Philosophischste, was ich zu dem Thema beitragen kann. Der Rest fällt – wie das erwähnte Flottenmanagement der Polizeiverwaltung – nicht in meine Gehaltsklasse.

Cubby parkt vor dem Drunken Parrot und schaut mich an. »Ich brauche dich bei dem Fall, Jack. Der Präsident einer Bank und seine Frau wurden ermordet. Mehr Publicity für einen Fall hier in der Gegend geht nicht. Und falls es dir nicht aufgefallen ist: Harlan hat die Schnauze gestrichen voll. Ich hab das schon mal erlebt, damals in Toledo. Wenn einer erst mal so weit ist, dann ist das für ihn nicht gut und für das Revier auch nicht. Außerdem sitzt ihm seine Frau im Nacken, sich einen anderen Job zu suchen, so oft wie in letzter Zeit Polizisten erschossen werden. Ich rechne jeden Tag damit, dass er das Handtuch wirft.«

»Du hast noch zwei andere Detectives, Cubby.«

»Ja, Ronnie Patterson und Nick Montez. Beides gute Jungs – wenn dir einer das Auto klaut oder das Boot demoliert oder so was. Nick hat vor einem halben Jahr ein Drogenlabor hochgehen lassen. Große Sache. Wir hatten einen Tipp damals. Aber das hier, die Burschen, die das gemacht haben … Null Chance, vergiss es. Das ist was für deine Liga.«

»Als du mich das letzte Mal in einen Fall reingezogen hast, wäre ich fast dabei draufgegangen.«

Cubby schaut mich vielsagend an. »Gib's zu, Jack. Du

hattest einen Höllenspaß dabei. Einmal Detective, immer Detective.«

Cubby hatte mich vor einiger Zeit einem Freund vorgestellt, dem früheren Polizeichef von Naples. Naples ist eine kleine Stadt knapp fünfzig Kilometer südlich von Fort Myers Beach, einer der Spielplätze für die Superreichen. Zu der Zeit, als viele der heutigen Einwohner, wenn nicht die meisten, sich in Naples niederließen, hatten diese ihre Jugend und ihre mittleren Jahre schon lange hinter sich. Naples, hieß es, sei eine Stadt für ältere Menschen und ihre Eltern. Auch damals hatte mein Job in beratender Funktion begonnen. Aber schon bald leitete ich eine Ermittlung, in dem es um einen falschen russischen Grafen ging, der Verbindungen zur Mafia hatte und einen nach einer gesunkenen spanischen Schatzgaleone benannten Hedgefonds betrieb, sowie um drei reiche, von ihrem Ruhestand angeödete Männer, die sich die »Old White Men« nannten. Die spielten Menschen, die ihnen nicht passten, böse Streiche und heuerten schließlich einen Auftragsmörder aus Miami an, der ihnen diese Menschen aus dem Weg räumen sollte. Mich eingeschlossen. Das ist jetzt zwei Jahre her. Zugegeben, ich habe den Adrenalinrausch der Jagd genossen.

»Also, was ist dein erster Eindruck?«, fragt Cubby, als ich die Beifahrertür des SUV öffne.

Ich lehne mich auf meinem Sitz zurück. »Boyd hat es auf den Punkt gebracht. Ist genau meine Meinung.«

»Also, rein theoretisch jetzt, wo würdest du ansetzen, wenn du den Fall übernehmen würdest?«

»Ich würde einen theoretischen Stift in die Hand nehmen und ein theoretisches Notizbuch aufklappen und eine theoretische senkrechte Linie zeichnen. Links davon würde ich die Pros aufschreiben, die für eine Einmischung in deine Ermittlung sprechen, rechts davon die Kontras. Ich würde mit den Pros anfangen. Nach einer gewissen Zeit würde ich erkennen, dass es keine Pros gibt, was es folglich irrelevant macht, die Kontras aufzulisten. Ich würde mich also wieder dem glücklichen Leben zuwenden, so wie es war, bevor du heute Abend meine Bar betreten hast.«

»Denk aber wenigstens drüber nach, okay?«, sagt Cubby, ohne mich anzuschauen. Wenn Cubby bei der Pokerrunde, die wir einmal die Woche mit ein paar Jungs in meiner Bar veranstalten, den Blick so abwendet, dann ist das ein »Tell«, was heißt: Er hat ein gutes Blatt.

»Okay, Cubby, ich denke drüber nach.«

Kann ja nichts schaden. Zumindest erschien mir es damals so.

4.

Stoneys Dilemma

Nach dem Aufwachen am nächsten Morgen an Bord der *Phoenix* tapse ich in die Kombüse, werfe die Kaffeemaschine an, schiebe einen Erdbeer-Pop-Tart in den Toaster und öffne eine Dose Thunfisch für Joe, meinen Kater.

Mein Hausboot liegt in »Salty Sam's Marina« dauerhaft vor Anker. Dauerhaft heißt: Es verlässt nie das Hafenbecken. Ein sehr bequemer, sogar gemütlicher Wohnsitz. Wann immer ich zum Angeln hinaus aufs Meer will, leihe ich mir in der Marina ein Boot aus. Die Wahrscheinlichkeit, dass mir damit die *Titanic*-Nummer erspart bleibt, ist größer als mit der *Phoenix*. Sam hat mir erzählt, er könne sich nicht erinnern, dass die Vorbesitzer mit der *Phoenix* jemals in See gestochen wären. Sie wurde auf einem Lastwagen angeliefert und im Winter von einem Ehepaar aus Syracuse als Feriendomizil genutzt. Nach der Scheidung war es der Frau zugefallen.

Nach etwa drei Monaten auf der *Phoenix* kam ungebeten ein großer Kater mit Tigerstreifen und den Narben eines Straßenkämpfers an Bord. Ich freute mich über die Gesellschaft und gab ihm den Namen meines Bruders, einem Feuerwehrmann aus Chicago, der bei dem Versuch gestorben war, aus einem Vierfamilienhaus den Welpen eines kleinen Jungen zu retten. Der Hund überlebte, mein Bruder nicht.

Ich sitze am Tisch in der Kombüse, trinke eine Tasse Kaffee, schaue mir auf dem Flachbildfernseher an der Wand (Schott) die Nachrichten an und schenke mir dann noch eine Tasse ein. Ich bin kein Morgenmensch. Jeden Morgen fühle ich mich, als würde ich aus einem langen Koma erwachen. Es braucht seine Zeit, bis meine mentalen und physischen Funktionen wieder aktiv werden. Das ist ein Grund, warum eine Laufbahn bei den Marines für mich nicht in Frage kam. Aus irgendeinem Grund scheinen sie zu glauben, dass ein Arbeitstag mit einem Siebzig-Kilometer-Marsch in aller Herrgottsfrühe beginnen muss. Weitere Gründe waren, dass ich weder auf dem Boden schlafen noch beschossen werden wollte.

Als ich mit dem Pop-Tart fertig bin, beginnt das Koffein zu wirken. Ich gehe hinaus auf Deck und hole die *Fort Myers News-Press* herein, die der Zeitungsjunge jeden Morgen mit dem Fahrrad bringt. Ich lese gerade den Sportteil, als Cubby anruft.

»Gibt Neuigkeiten zu den Morden«, sagt er. »Die Hendersons haben zwei Kinder, einen achtjährigen Sohn, Nathan, und eine sechsjährige Tochter, Elise. Sie waren bei einem Onkel und einer Tante auf Sanibel Island, als ihre Eltern getötet wurden. Der Gerichtsmediziner nimmt gerade die Autopsien vor. Und Harlan hat sich krank gemeldet. Können wir uns sehen?«

Die Tatsache, dass die Kinder in Sicherheit sind, ist

ein Segen inmitten der Tragödie. Manchmal kann man in diesem Leben nur darauf hoffen, dass das Negative von etwas Positivem aufgewogen wird, ein Ying von einem Yang, besonders bei einem Mordfall, was allerdings nur selten vorkommt.

»Klar, Cubby, vorher muss ich aber noch was erledigen«, sage ich.

»Kein Problem«, sagt Cubby. »Wie wär's, wenn ich dich zum Lunch einlade, dann kann ich dich über alles informieren.«

Meine Zustimmung, mich informieren zu lassen, bedeutet auch, ich stimme zu, ihn zu beraten, was unweigerlich bedeutet, die Leitung der Ermittlung zu übernehmen. Noch aber habe ich mich nicht entschieden. Um den Deal abzuschließen, sagt Cubby: »In Stan's Diner um zwölf?«

Das ist Bestechung, und sie funktioniert.

Stan Kowalski stammt aus Chicago. In seinem Diner gibt es die Küche, mit der ich aufgewaschen bin: Deep Dish Pizza, italienische Sandwiches mit Rindfleisch und Wurst und den berühmten Hotdog »Chicago Style« – ein Wiener Würstchen in einem Mohnbrötchen mit Tomatenscheiben, hellgrünem Relish, Zwiebeln, Gewürzgurke, Chilis und Senf. Die Frage nach Ketchup wird in meiner Heimatstadt mit der Ausweisung nach Michigan bestraft, wo sie auf alles Ketchup kleistern, egal ob Steaks oder Eier. Die Kuchen von Stans Frau sind so gut, dass sie nicht mal die Chance haben abzukühlen, bevor die Gäste über sie herfallen.

»Okay, dann um zwölf bei Stan.«

Ich muss heute Vormittag noch an einem literarischen Projekt arbeiten. Bill Stevens, Polizeireporter der *Chicago Tribune* und ein Freund von mir, schreibt Bestseller-Krimis, die auf meiner Karriere als Detective des Morddezernts Chicago beruhen. Er bezahlt mich dafür, seine Manuskripte zu lesen und dabei auf Fehler zum Thema Polizei zu achten. Wenn zum Beispiel ein Autor schreibt, dass eine bestimmte Waffe ein bestimmtes Kaliber hat, was sie aber nicht hat, oder dass der Police-Interceptor-Motor im Ford (wie der in Cubbys SUV) höchstens 250 PS hat (was mal stimmte, aber die neuen Motoren sind bis zu 350 PS stark), dann fällt das einigen Lesern auf, und sie ärgern sich dann. In den alten Zeiten hätten diese Leser dem Autor über seinen Verlag vielleicht einen Brief zukommen lassen, aber heutzutage posten sie ihre Kritik in den sozialen Medien, damit alle Welt sie lesen kann.

Bills fiktiver Detective heißt Jack Stoney – kein großer Unterschied zu Jack Starkey, aber das ist mir egal, auch wenn ich jede Menge Sticheleien von Freunden über seine höhere Trefferquote einstecken muss – nicht nur bei Fällen, sondern auch bei Frauen.

Ich sitze gerade über Bills neuem Buch, *Stoneys Dilemma*. Bill könnte den Job bei der *Tribune* aufgeben und nur noch Bücher schreiben, aber er meint, durch den Reporterjob bleibe sein Kopf frisch für neue Entwicklungen auf dem Gebiet des Verbrechens. Er ist mein stiller Teilhaber beim Drunken Parrot.

Ich schenke mir Kaffee nach, hole das Manuskript und einen roten Filzstift aus einer Kombüsenschublade und lese an der Stelle weiter, wo ich vor ein paar Tagen aufgehört habe:

»Du verlangst also einen Anwalt?«, fragte Stoney. Er und Lonnie Williams saßen sich am Tisch im Verhörraum gegenüber. »Klar, kein Problem. Kannst du natürlich. Wie ich neulich gesagt habe, als ich dir in der Gasse die Handschellen angelegt habe. Du erinnerst dich doch, oder?«

Lonnie Williams sagte nichts. So wie er keine von Stoneys Fragen über die Vergewaltigung des elfjährigen Mädchens beantwortet hatte, das er vor einer Woche von einem Schulhof in der Dearborn Street entführt hatte. Bis jetzt stammte die einzige Zeugenaussage gegen Williams von Jake the Snake, einem von Stoneys Spitzeln. Der hatte ihm in der Baby Doll Polka Lounge für einen Four Roses und ein Bier zum Nachspülen den Tipp gegeben. Ein unzuverlässiger Bursche, den kein Staatsanwalt vor Gericht in den Zeugenstand rufen würde.

Um den Fall wasserdicht zu machen, musste Williams das Verbrechen gestehen. Beim Thema »erweiterte Verhörtechniken« war das Dezernat empfindlich geworden seit dem Skandal, in dem ein als »Homan Square« bekanntes Lagerhaus auf der West Side von Chicago eine Rolle gespielt hatte. Dort konnten Straftäter wie Williams schon mal aus den öffentlichen Akten verschwinden. Im Homan hatte Stoney so einige Geständnisse bekommen, aber damals war damals und heute war heute.

»Ich habe gesagt, dass du das Recht zu schweigen und das Recht auf einen Anwalt hast, dass alles, was du sagst, vor Gericht gegen dich verwendet werden kann und den ganzen anderen Miranda-Scheiß. Also, sprich es aus, das eine Wort, und wir sind fertig hier. Dann darfst du die Dienste eines jungen Pflichtverteidigers in Anspruch nehmen, der an einer viertklassigen Uni beim x-ten Versuch gerade so eben seine Prüfung gepackt hat. Und die Arbeit von dem ist dann genauso viel wert, wie du ihm bezahlt hast, nämlich gar nix.«

Lonnie Williams wandte den Blick ab und sagte immer noch nichts. Stoney verließ den Raum und kam mit einem Asservatenbeutel aus Plastik zurück, in dem etwas aus weißem Stoff steckte. Er legte den Beutel vor dem Verdächtigen auf den Tisch.

Williams schaute den Beutel an und sagte: »Und? Hat das irgendwas mit mir zu tun?«

»Das ist das Höschen von dem Opfer«, sagte Stoney. »Wetten, dass der Fleck da auf dem Stoff von deinen Körperflüssigkeiten stammt, und dass die DNA-Analyse das schon bestätigt hat?«

5.

Der Ein-Dollar-Detective

Es ist Donnerstag. Das heißt, bei Stan ist heute Erdbeer-Rhabarber der Kuchen des Tages, wenn ich mich recht erinnere. Einer meiner Lieblingskuchen. Die Kuchen, die Irene an den anderen sechs Tagen macht, sind auch meine Lieblingskuchen.

Ich biege auf Stans Parkplatz ein, der mit einem »Schillkalk« genannten Belag aus Muschelschalen bedeckt ist. Das Gebäude ist in klassischem Diner-Stil der Fünfzigerjahre gebaut. Es sieht aus wie ein großer Airstream-Wohnwagen aus Aluminium, der am Dach, an den Seiten und um die Tür herum von mehrfarbigen Neonröhren beleuchtet wird.

Cubby trägt seine Polizeiuniform und sitzt in einer Nische neben der Tür. Auf der neonblinkenden Wurlitzer-Jukebox aus vergangenen Zeiten, fast der gleichen, die ich im Drunken Parrot habe, läuft »I Get Around« von den Beach Boys.

Ich rutsche auf die Sitzbank, und Cubby sagt: »Also los, lass uns bestellen. Dann erzähle ich dir, was ich habe.«

Miriam, eine von Stans altgedienten Kellnerinnen, kommt an unseren Tisch und nimmt die Bestellung auf:

zweimal Bacon-Cheeseburger mit Pommes frites. Meine nächste Jahresuntersuchung steht erst in acht Monaten an, ich habe also reichlich Zeit, mein Blutbild mit jeder Menge griechischem Joghurt und Grünkohl wieder in Ordnung zu bringen. Zeit, die ich wahrscheinlich anderweitig nutze.

Miriam ist in den Fünfzigern. Sie trägt eine weiße Uniform mit Namensschild, um ihren Hals hängt an einer goldenen Kette eine Lesebrille. Ich bitte sie, ein Stück von dem Erdbeer-Rhabarber-Kuchen für mich zu reservieren. Cubby bestellt einen Milchreis als Nachtisch, ebenfalls ein Renner. Miriam geht in die Küche, und Cubby sagt: »Die Autopsien sind noch nicht abgeschlossen, aber der Gerichtsmediziner sagt, dass die Hendersons aus nächster Nähe mit Kopfschüssen aus einer Pistole Kaliber .22 getötet wurden.«

»Hört sich nach einem Profi an.«

»Habe ich auch gedacht.«

»Was heißen würde, es war eine geplante Hinrichtung. Wie Boyd gesagt hat.«

»Sieht ganz so aus.«

»Ein Profikiller, der Bürger meiner Stadt abknallt, ist das Letzte, was ich gebrauchen kann, Jack.«

»Schlecht für die Immobilienpreise, würde ich sagen.«

Cubby schaut mich an. »Ich kann dir nicht zahlen, was sie dir in Naples bezahlt haben. Also, die achtzigtausend plus Spesen, die ein erstklassiger Detective im Jahr verdienen würde.«

Ich brauche das Geld nicht, aber ich will mich wieder … und das wird mir jetzt klar … ich will mich wieder *nützlich* fühlen. »Spar dir das Geld, Cubby. Ich mache es für einen Dollar im Jahr.«

Cubby grinst, sieht aber nicht überrascht aus. »Danke, Detective Starkey. Apropos Geld, schätze, du willst als Erstes die Manatee National Bank unter die Lupe nehmen.«

Gute Idee. Die Regel Nummer eins im Handbuch *Polizeiarbeit für Dummies* lautet: Folge dem Geld. Vielleicht wäscht Hendersons Bank Drogengeld. Irgendwas lief schief, nichts Ungewöhnliches bei Drogendeals, und schon endeten er und seine Frau als Leichen.

»Ich kenne den Special Agent, der das für Lee County zuständige FBI-Büro in Tampa leitet«, sagt Cubby. »Daniel Morrissey. Ich habe heute Morgen mit ihm telefoniert, er hat mir umfassende Kooperation zugesagt. Die Morde fallen in unsere Zuständigkeit, aber wenn Hendersons Bank in illegale Aktivitäten verstrickt ist, dann ist es auch ein FBI-Job, denn für die Bankensicherung ist eine Bundesbehörde verantwortlich.«

»Offensichtlich bist du davon ausgegangen, dass ich den Job übernehme«, sage ich.

Er lächelt nur. Das Essen kommt. Cubby beißt in seinen Burger und sagt: »Du kannst dir im Revier deine Marke und Dienstwaffe abholen.«

6.

Wieder im Job

Am nächsten Tag, gleich nach dem Frühstück, fahre ich in die Peck Street zum Polizeirevier von Fort Myers Beach. Ich gehe durch die Glastür des zweistöckigen Gebäudes, grüße mit einem Nicken den Sergeant vom Dienst, Lenny Warinski, mache einen Umweg über den Pausenraum, um mir einen Kaffee und einen Donut mit Marmeladenfüllung zu holen, und gehe dann die Treppe hinauf zu Cubbys Büro. Ich hätte den Aufzug nehmen können, aber bevor ich den Donut esse, muss ich den Pop-Tart abarbeiten.

Cubby sitzt an seinem Schreibtisch und liest eine Akte. Hinter ihm an der Wand hängt ein großer Tarpun. Ich war dabei, als er den im Boca Grande Pass gefangen hat. Cubby schaut auf und sagt: »Tag eins im Job, Jack. Heute kannst du dir ein Dreihundertfünfundsechzigstel deines Gehalts verdienen.«

»Ich warte, bis ich einen Vierteldollar zusammenhabe.«

Er öffnet eine Schublade und übergibt mir die eigentliche Entlohnung für den Job: ein schwarzes Lederetui, in dem sich eine goldene Detective-Marke befindet. Ich stecke sie mir in die Hosentasche, wo sie sich gleich wohl fühlt.

Bei dem Mordfall in Naples hatte ich keine Dienstmarke, weil ich undercover gearbeitet habe. Ich gestehe, dass ich mich seit dem Tag, als ich in Chicago meine Marke zurückgegeben habe, immer halb nackt gefühlt habe. Mit Dienstmarke und Waffe geht zwar nicht wie bei James Bond die Lizenz zum Töten einher, aber wenn man seine Nase in kriminelle Geschäfte steckt, ist sie doch ganz nützlich.

»Willst du eine von unseren Dienstwaffen, eine Sig Sauer 9 mm?«, fragt Cubby.

»Danke, aber ich bleibe bei meiner Smith & Wesson.«

Was heißt, die Smith & Wesson Distinguished Combat, 357 Magnum, die ich in meinem früheren Leben getragen habe. Die hat mir mehr als einmal den Arsch gerettet.

»Besser, man hält sich an seine alten Freunde«, sagt Cubby. »Also, was liegt für Montagmorgen als Erstes an?«

»Erst fahre ich zum FBI nach Tampa, danach statte ich Hendersons Bank einen Besuch ab.«

»Und sei vorsichtig da draußen«, sagt Cubby – ein Zitat aus *Polizeirevier Hill Street*, meiner Lieblingsfernsehserie.

Cubby fliegt heute Nachmittag zu einer Beerdigung nach Cleveland. Der Sohn eines seiner Freunde aus der Highschool-Zeit war Polizist und wurde bei einer routinemäßigen Verkehrskontrolle erschossen. Das tägliche Berufsrisiko eines Polizisten.

Ich bin also wieder im Job. Der Name *Phoenix* passt. Wie der Vogel aus der griechischen Mythologie, der aus seiner eigenen Asche aufsteigt, hoffte ich, mit meinem Wohnortwechsel ein besserer Mensch zu werden. Unter dem bedingungslosen Ehrgeiz, mit dem ich meinem Job als Detective nachging, litt meine Familie, und durch den Stress begann ich wie so viele andere Polizisten zu trinken. Keine Entschuldigung – viele Polizisten, wenn auch nicht die meisten, können mit Stress umgehen, ohne sich selbst zu zerstören. Meine Frau Claire hatte schließlich genug von mir und allem, was mit dem Polizistenleben zu tun hatte. Sie wollte die Scheidung. Ich wehrte mich nicht, weil ich damals mit jemandem wie mir auch nicht hätte verheiratet sein wollen.

Nicht lange, nachdem mich in der linken Schulter eine Kugel Kaliber 380 erwischt hatte, glatter Durchschuss, nahm ich meinen Abschied von der Chicagoer Polizei. Meine Bewegungsfreiheit war so stark eingeschränkt, dass ich zu fünfundsiebzig Prozent arbeitsunfähig geschrieben wurde, und seitdem liegt jeden Monat ein Scheck in der Post. Die Reha-Maßnahmen stellten meine Bewegungsfreiheit jedoch wieder vollkommen her, sodass die Gelackmeierten die Steuerzahler der Stadt Chicago sind. Ich habe kein schlechtes Gewissen deshalb, sonst hätten eben die Politiker das Geld verschwendet oder selbst eingesackt. Außerdem war ich schon zum dritten Mal angeschossen worden. Das erste Mal beim Marine Corps, als ich zur Wachmannschaft einer US-Botschaft im Nahen Osten gehörte, und noch ein zweites Mal im Dienst der Stadt von Chicago. Die erste Kugel, okay, Pech. Die zweite Kugel – vielleicht hilft etwas praktisches Training. Die dritte Kugel – vielleicht sollte man über einen anderen Job nachdenken.

7.

Der große Häuptling

Von Fort Myers Beach nach Tampa braucht man über die I-75 North drei Stunden. Ein perfekter Morgen. In dem wolkenlosen, azurblauen Himmel sieht die Sonne aus wie ein gigantischer blassgelber Zitronendrops. Die Temperatur liegt bei etwa fünfundzwanzig Grad. Ein weiterer ganz normaler Tag im Paradies. Ich habe das Verdeck heruntergeklappt, und auf einem Sender, der Golden Oldies spielt, läuft Bruce Springsteens »Born in the USA«. Der ideale Song für eine Autofahrt.

Das Wochenende über habe ich in der Bar gewerkelt und ein paar Wartungsarbeiten an der *Phoenix* durchgeführt, die hauptsächlich darin bestanden, mit einem Wasserschlauch die Möwenscheiße von Dach und Deck zu spritzen. Ich habe meinen täglichen Fünf-Kilometer-Strandlauf absolviert sowie meine täglichen hundert Liegestützen und Sit-ups. In früheren Zeiten sind es zehn Kilometer und je zweihundert gewesen. Man tut, was man kann – bis zu dem Tag, wenn man sich im Tagesraum des Seniorenheims zum Glücklichen Pelikan wiederfindet, sich Haferschleim auf den Schlafanzug sabbert, Wiederholungen von *Perry Mason* anschaut und sich zu erinnern versucht, ob heute Bingo-Abend ist. Ich hoffe, der Tag lässt noch lange auf sich warten.

Das FBI-Büro in der West Gray Street in Tampa ist ein vierstöckiger Steinbau mit roten Dachziegeln, der von einem niedrigen Eisenzaun umgeben ist. Die Palmen auf dem Grundstück und der Teich mit Springbrunnen auf dem Rasen vor dem Haus verleihen dem Anwesen ein trügerisch heiteres Aussehen, das abgesehen von dem Wachposten mehr einem Wohnhaus als einem Behördensitz gleicht. Im Innern werden Kriege an mehreren Fronten geführt: gegen das Verbrechen, organisiert und nicht organisiert, gegen den Drogenhandel, gegen illegale Einwanderung und Terrorismus.

Ich halte am Tor, worauf der Wachposten, der die blaue Uniform des Federal Protective Service, eine kugelsichere Weste und eine Waffe trägt, aus seinem Häuschen tritt. Groß, muskulös, in den Dreißigern, militärischer Kurzhaarschnitt. Er sieht aus, als könne er mein Auto hochheben und um hundertachtzig Grad drehen, nur um mir mitzuteilen, dass ich hier keinen Zutritt hätte. Ich nenne meinen Namen, zeige meine Dienstmarke und sage, ich hätte einen Termin beim Dienststellenleiter, Special Agent Daniel Morrissey.

Er sagt, ich solle warten, geht zurück in sein Wachhäuschen, kommt wieder und gibt mir einen Passierschein, der – so seine Anweisung – jederzeit sichtbar hinter der Windschutzscheibe zu liegen habe. Dann geht er wieder zurück und öffnet elektronisch das Tor.

In der Krimibranche – Literatur, Fernsehen, Spielfilm – wird übereinstimmend behauptet, zwischen FBI und der Polizei auf lokaler Ebene herrsche institutionelle Feindseligkeit: Es gebe ständig Streit um Zuständigkeiten, man bunkere Informationen und mache sich mit Vorliebe gegenseitig verächtlich. Meiner Erfahrung nach ist das nicht der Fall. Ich habe bei der Arbeit mit FBI-Agenten, Detectives der Bundesstaaten und County-Sheriffs immer gute Resultate erzielt. Wir haben unsere Kräfte darauf konzentriert, die Bösewichter zu verfolgen und festzunehmen, besonders wenn wir zusammen ein Anti-Terrorkommando gebildet haben. Ich habe also keine Vorbehalte, in diesem wie auch jedem anderen Fall mit dem FBI zusammenzuarbeiten.

Ich stelle den Wagen auf dem Besucherparkplatz ab, lege meine S & W in das Handschuhfach und schließe es ab. Wenn Ihnen der Sinn nach etwas Trubel steht, dann versuchen Sie mal, mit einer Waffe ein Gebäude der Bundesbehörden zu betreten. Ich gehe durch die Glasflügeltür und stehe zwei bewaffneten Wachmännern gegenüber, die mich wie auf einem Flughafen an einer Sicherheitsschleuse erwarten. Einer der beiden sagt, ich solle alle losen Gegenstände in den Korb auf das Fließband legen, das durch einen Scanner läuft, und dann durch die Schleuse gehen. Der Alarm schrillt. Einer der Wachmänner legt eine Hand auf seine Waffe, der andere fährt mit einem Handscanner über meinem Körper. Als das nichts bringt, befiehlt er mir, den Gürtel mit der großen Metallschnalle abzunehmen. Ich gehe wieder durch die Schleuse. Es war die Schnalle.

Am Informationsschalter neben den Aufzügen sitzt eine Frau in den Zwanzigern mit kurzem schwarzem Haar, die die gleiche Uniform wie die Wachmänner trägt. Sie überprüft in ihrem elektronischen Besucherverzeichnis meinen Namen und sagt, Morrisseys Büro befinde sich im dritten Stock. Möglich, dass sie nach Dienstschluss ein ganz nettes Lächeln zustande bringt.

Als ich mit dem Aufzug nach oben fahre, frage ich mich, ob das FBI seine Besucher mit Donuts und Kaffee bewirtet. Im dritten Stock folge ich dem Schild, das mir den Weg zum Büro des großen Häuptlings alias Morrissey weist. Es befindet sich am Ende des Gangs rechts. An der einen von zwei raumhohen Glastüren prangt das Wappen des Federal Bureau of Investigation, auf der anderen Morrisseys Name und darunter sein Titel.

Dahinter sitzt eine junge Frau in Zivil an einem großen Empfangstisch. Sie tippt auf eine Computertastatur.

»Kann ich Ihnen helfen, Sir?«

»Ich bin Detective Jack Starkey. Ich habe einen Termin mit Agent Morrissey.«

Sie schaut in ihr Besucherverzeichnis und sagt: »Setzen Sie sich bitte, Detective, es dauert nur einen Moment.«

Ich setze mich gegenüber dem Empfangstisch auf das braune Kunstledersofa. Davor steht ein niedriger Glastisch, an der Wand dahinter hängen gerahmte Farbporträts des Präsidenten der Vereinigten Staaten und des FBI. An einer anderen Wand stecken an einer großen Pinnwand die Fahndungsplakate der zehn vom FBI meistgesuchten Personen. Es sind alles Männer, und sie schauen genauso unfreundlich wie die Frau am Informationsschalter in der Lobby. Die Vergehen reichen von Bankraub über Mord, organisierte Kriminalität und Gefängnisausbruch bis zu Terrorismus. Dank SEAL Team Six muss nach Osama bin Laden nicht mehr gefahndet werden.

Ich gehe die Magazine durch, die auf dem Glastisch liegen. Die Auswahl ist karg: *Federal Law Enforcement Journal, The Catalog of Tactical Weaponry, The Grapevine* (das offizielle Organ des Ehemaligenverbandes des FBI), *Crime Scene Technology.* Wäre nett gewesen, wenn sie als Stimmungsaufheller *Entertainment Weekly* oder *People* dazugelegt hätten.

Bevor ich mich entscheiden kann, kommt aus einem der Büroräume eine Frau. Sie ist in den Dreißigern, hat schulterlanges rotbraunes Haar, grüne Augen und Sommersprossen, trägt ein marineblaues Kostüm, weiße Bluse und schwarze Lederschuhe mit flachen Absätzen. Die Zöpfe fehlen, aber sonst erinnert sie mich an das Mädchen in dem Logo von Wendy's Hamburger. Das Modell für das Logo ist die Tochter des Wendy's-Gründers Dave Thomas. Er hat seine Restaurantkette nach ihr benannt. Ich gebe zu, dass ich ab und zu einen Dave's Double Stack hinunterschlinge, eigentlich immer, wenn ich an einem der Restaurants vorbeikomme und nicht gerade etwas gegessen habe.

Wendy streckt die Hand aus und sagt: »Detective Starkey, ich bin Special Agent Sarah Caldwell.« Ich frage mich, warum sich alle FBI-Agenten für *special* halten. Ich stehe auf und gebe ihr die Hand. »Folgen Sie mir bitte, ich bringe Sie zum Büro von Agent Morrissey.«

Wir gehen durch einen Gang, vorbei an Türen, die alle geschlossen sind, bis wir zu einer offenen kommen, durch die wir ein großes Eckbüro betreten. Es ist um einige Klassen besser eingerichtet als die gewöhnliche Amtsstube.

Ein Mann erhebt sich hinter seinem Schreibtisch und kommt vor, um mich zu begrüßen. Wenn Sie ein Castingbüro anrufen und den Prototypen eines FBI-Agenten ordern, dann kriegen Sie Daniel Morrissey. Er ist groß, zwischen einsfünfundachtzig und einsneunzig, wiegt vielleicht fünfundachtzig Kilo, hat schwarze, kurz geschnittene Haare und breite Schultern. Morrissey ist einer dieser glücklichen Burschen, die, auch wenn sie schon über vierzig oder fünfzig sind, wie Paul Newman immer noch als Dreißiger durchgehen. Er ist gekleidet wie Agent Caldwell, nur dass er statt eines Rocks eine Hose und zusätzlich eine rotblau gestreifte Krawatte trägt: die FBI-Standarduniform seit den Tagen J. Edgar Hoovers, der, wie ich gehört habe, manchmal nach Dienstschluss auch Kleid und Stöckelschuhe trug.

Bevor sie sich an den Schreibtisch setzen, ziehen Detectives normalerweise die Anzugjacke aus und lockern den Krawattenknoten (wenn sie den Knoten überhaupt zuziehen, was ich nie getan habe). Vielleicht verstößt das gegen FBI-Regeln. Morrissey hat sein Jackett an. Vielleicht schläft er darin, nur für den Fall, dass mitten in der Nacht die Pflicht ruft.

»Dan Morrissey«, sagt er und schüttelt mir die Hand. »Erfreut, Sie kennenzulernen, Detective Starkey.«

Morrissey ist entweder ein netter Bursche oder ein guter Lügner. Die Jungs vom FBI machen nämlich immer ihre Hausaufgaben. Ich gebe zu, die Zusammenarbeit mit mir war nicht immer ganz leicht, vor allem, als ich noch getrunken habe. Durch belanglose Dinge wie Vorschriften oder Rücksichtnahme habe ich mich nie davon abhalten lassen, eine Morduntersuchung zu Ende zu führen.

»Freut mich auch«, sage ich.

Wir sind beide erfreut, den anderen kennenzulernen.

Er setzt sich wieder und bedeutet mir und Agent Caldwell, auf den beiden Holzstühlen vor seinem Schreibtisch Platz zu nehmen.

Für einen ausgebildeten Ermittlungsbeamten wie mich ist das ein aufschlussreicher Augenblick. Anstatt uns zu der Sitzgruppe am Fenster zu bitten, mit Sofa und Clubsesseln, bezieht Morrissey die Position des Machthabers und weist Caldwell und mir die Untertanenplätze zu. Der Plan ist, dass wir uns fühlen wie Schüler, die sich vor dem Rektor für irgendein Vergehen zu verantworten haben. Die Stühle kommen mir niedriger als normal vor. Jedenfalls müssen wir zu ihm aufschauen. Vielleicht hat er die Stuhlbeine vorher kürzen lassen.

Offensichtlich will Morrissey seine Besucher wissen lassen, dass er hier in seinem Revier das Sagen hat. Was noch durch die Tatsache untermauert wird, dass er weder ein Getränk und schon gar keinen Donut anbietet. Dieses Privileg ist anscheinend VIPs vorbehalten. Vielleicht wird das Geld infolge einer Budgetkürzung durch die Bundesbehörden auch für Kugeln benötigt. Kein Problem. Bei den Marines habe ich gelernt, eine Mission auch ohne die Annehmlichkeiten des Lebens zu erfüllen – was manchmal Verpflegung, Wasser, ausreichend Munition einschloss. Sichern, laden und auf geht's.

»Also, Detective Starkey«, sagt Morrissey. »Im Marine Corps und bei der Chicagoer Polizei haben Sie sich ja bemerkenswert geschlagen.«

Ich hab's gewusst. J. Edgar Morrissey hat sich meine Akte geben lassen. Ich frage mich, ob er von dem Milky Way weiß, das ich mit sechs in Talbots Drogerie geklaut habe. Wenn ja, kein Problem, die Verjährungsfrist für Bagatelldiebstahl ist schon lange abgelaufen.

»Manchmal besser, manchmal schlechter«, sage ich. Einerseits ein Versuch in Bescheidenheit, andererseits nichts als die reine Wahrheit.

»Wenn sich herausstellt, dass die Morde an Lawrence Henderson und seiner Frau in Zusammenhang stehen mit seiner Position in der Manatee National Bank, einem von einer Bundesbehörde versicherten Institut, dann sind wir involviert«, sagt er und teilt mir damit mit, was ich schon weiß.

Morrissey schaut zum ersten Mal Agent Caldwell an. Mein peripheres Sehvermögen ist gut. Ich habe Agent Caldwell im Blick, seit wir uns gesetzt haben, seit sie die Beine übergeschlagen hat und der Rock auf ihren gebräunten, muskulösen Oberschenkeln ein Stückchen nach oben gerutscht ist. Bruder Timothy hat uns gelehrt, dass wir unsere Gedanken nicht kontrollieren können, nur unsere Handlungen, und das reiche auch.

»Sollten wir zusammenarbeiten, dann wird Sarah als Ihre Kontaktperson fungieren«, sagt Morrissey, was das Ausbleiben von Donuts mehr als wettmacht.

»In Ordnung«, sage ich und lächele Agent Caldwell an. Kompetenz ist das Wichtigste, was man von einem Partner will, schöne Beine schaden aber nicht.

»Auf der Grundlage der Informationen von Chief Cullen«, fährt Morrissey fort, »werde ich ein Team forensischer Buchprüfer aus Miami anfordern, das die Bücher der Manatee National Bank unter die Lupe nimmt.«

Ich frage mich, woher Morrissey schon jetzt über Indizien verfügen kann, die einen Richter von einem Durchsuchungsbeschluss für eine Buchprüfung überzeugen können. Was ich bis jetzt über eine mögliche Verbindung zwischen den Morden und der Bank in der Hand habe, ist … nichts. Normalerweise muss man einem Richter schon mit mehr kommen als »Ich brauche ganz dringend einen Durchsuchungsbeschluss, Euer Ehren«.

Dann wird mir klar, dass in unserer Post-9/11-Welt das FBI so ungefähr alles tun kann, was es will.

»Das wäre sehr hilfreich«, sage ich. Niemand kann besser das Offensichtliche aussprechen als ich.

Morrissey schaut auf seine Uhr. »Wenn Sie sonst nichts mehr haben, dann schlage ich vor, dass Sie und Agent Caldwell jetzt zum Lunch gehen und sich besser kennenlernen.«

»Nichts dagegen«, sage ich.

Agent Caldwell folgt mir zu meiner Corvette, betrachtet sie eingehend, pfeift leise und sagt: »Heiße Kiste, Detective.«

»Danke. Sagen Sie Jack.«

»Und ich bin Sarah.«

Unsere Beziehung macht Fortschritte.

Ich öffne ihr nicht die Tür, denn diese Art von Galanterie gehört für moderne Frauen in die Antike, besonders für jene, die nicht nur geübt sind in bewaffnetem und unbewaffnetem Gefecht, sondern auch im Abblitzen-Lassen. Mit der Gentleman-Masche kann man kräftig auf die Schnauze fallen.

Sarah streicht über die Ledersitze. »Schätze, das ist die 63er, 340 PS, V8-Motor.«

Um Rick aus *Casablanca* zu paraphrasieren: Das könnte der Beginn einer wunderbaren Freundschaft sein. Vielleicht sollte ich »As Time Goes By« pfeifen.

Als wir losfahren, frage ich: »Und, was fahren Sie?«

»Bei der Arbeit den Dienstwagen. Schwarzer Kombi. Zum Vergnügen einen Porsche 911 und eine Ducati 1200 Enduro.«

Rattenscharf. Vielleicht sollte ich mich mal mit Marisa über die Möglichkeit einer offenen Beziehung unterhalten.

War nur ein Witz.

Glaube ich.

Ich fahre vom Parkplatz, biege nach rechts in die West Gray Street ein und sage: »Also, wo essen wir? Das ist Ihre Stadt.«

»Mögen Sie kubanisch?«

Das ist nicht der Augenblick für das Geständnis, dass ich mit einer Frau liiert bin, die mit ihrer kubanischen Küche Fidel zum Weinen bringen könnte. Also sage ich einfach: »Klar.«

»In der West Columbus gibt es einen Laden, der heißt La Terisita. Das *arroz con pollo* ist zum Niederknien.«

»Hört sich gut an.«

Ich erwähne auch nicht, dass ich bei meinem letzten Besuch eines kubanischen Restaurants fast gestorben wäre. Meine Tochter war vor zwei Jahren in Miami, um sich mit einem Mandanten ihrer Anwaltskanzlei zu treffen. Ich bin mir ihr ins Amador's Café Cubano in der Lincoln Road in Miami Beach gegangen. Ein Mann betrat das Café, ging zu einem Tisch, wo ein anderer Mann und eine Frau beim Essen saßen, schoss dem Mann in den Kopf und erschoss sich dann selbst. Eine Dreiecksgeschichte, die aus dem Ruder gelaufen war. Welche läuft nicht aus dem Ruder?

Sarah lotst mich durch die Stadt zu einem zweistöckigen rosa verputzten Gebäude mit einer grüner Markise. Ich parke auf dem angrenzenden Kiesparkplatz. Von drinnen ruft ein junger Mann, der hinter der Bar steht und ein weißes, »Guayabera« genanntes Baumwollhemd trägt: »Hallo, Sarah. Dein üblicher Tisch?«

»Hallo, Mateo. Wär schön, ja.«

Ich folge ihr zu dem Tisch, der an der hinteren Wand des Speiseraums steht. Gelernt ist gelernt: immer mit dem Rücken zur Wand und die Tür im Blick. Eine Kellnerin, deren Namensschild sie als Nell ausweist, bringt die Speisekarten und geht wieder. Ich überfliege die Karte und sage: »Wie wär's, wenn Sie für uns beide bestellen?«

Ein paar Minuten später kommt Nell zurück. Ohne auf die Karte zu schauen, bestellt Sarah eine schöne Auswahl an kubanischen Speisen: *arroz con pollo, carne con papas, camarones fritos* und zum Nachtisch *flan de queso* und kubanischen Kaffee.

Die Speisenfolge untermauert meinen Eindruck, dass Special Agent Sarah Caldwell tatsächlich etwas Spezielles ist. Sie ist entzückend, und nebst ihrem Beruf und ihrem exzellenten Autogeschmack ist sie auch noch ein Leckermaul. Viele Frauen sagen zum Kellner: »Ich nehme einen kleinen Salat und auf einem extra Teller eine leichte Vinaigrette.« Worauf der Kellner sagt: »Und für den Hauptgang, Madam?« Worauf sie sagt: »Das ist der Hauptgang.« Oder sie fragt eine andere Frau am Tisch, ob sie sich mit ihr den Lachs teilen möchte. Meine Reaktion darauf ist immer: Warum sich extra umziehen und aufs Feld laufen und dann nicht spielen wollen? Die Menschen können essen, was sie wollen, aber bei gewissen Menschen ziehe ich es vor, nicht mit ihnen zu essen.

»Exzellente Wahl«, sage ich.

»Meine letzte Dienststelle war Miami. Ein Kollege stammte aus einer kubanischen Familie. Er hat mich in die Küche eingeführt.«

»Und vor Miami?«

»Ich komme aus Minneapolis. Studium an der University of Minnesota, eine Zeit lang beim Marine Corps und dann auf die FBI Academy in Quantico.«

Ein Marine. Das wird ein ernsthafter Toleranztest für mich und meine Allerliebste.

»*Semper fi*«, sage ich.

»Sie auch?«

»Vor Ihrer Geburt. Wir haben die Geschütze noch mit Maultieren gezogen.«

Sie lacht.

»Wie lautet in meinem Fall Ihr Marschbefehl?«, frage ich.

»Sie bei Ihren Ermittlungen nach Kräften zu unterstützen. Natürlich erst, wenn feststeht, dass wir legitimiert sind. Wir warten ab, was die Buchprüfung der Bank ergibt, und sehen weiter.«

»Abgemacht.«

Das Essen kommt. Es ist köstlich, und die Portionen sind reichlich. Dankenswerterweise unterbrechen meine Völlerei diesmal keine schießwütigen Gäste. Ich bin froh, dass ich meinen morgendlichen Strandlauf schon hinter mir habe. Auf der Rückfahrt nicht einzuschlafen wird schwer genug werden.

8.

Klinken putzen

»Dein Kontakt zum FBI ist also eine scharfe Braut?«, sagt Cubby, als ich mich in seinem Büro aufs Sofa setze und den Kaffee und den Donut, die ich mir aus dem Pausenraum geholt habe, auf dem Sofatisch abstelle. Irgendwann auf dem Rückweg von Tampa hat die Wirkung des üppigen Lunchs so weit nachgelassen, dass gerade wieder Platz genug für einen leichten Snack ist.

Cubby setzt sich neben das Sofa in einen Clubsessel.

»Überrascht mich, dass unser pedantischer Morrissey dir das erzählt hat«, sage ich.

»Hat er nicht. Er hat nur gesagt, dass Special Agent Sarah Caldwell mit dir zusammenarbeiten wird. Ihr Foto habe ich auf der Webseite vom FBI gefunden.«

»Mein Interesse an Agent Caldwell ist rein beruflicher Natur«, sage ich.

»Du hast also nichts dagegen, wenn ich das Foto Marisa zeige?«

»Wir sollten sie nicht mit Beruflichem belasten.«

»Also, was jetzt? Statten wir der Manatee National Bank einen Besuch ab?«

Ich beiße in meinen Donut. Gefüllt mit Erdbeermarmelade, meine Lieblingsfüllung. Ein Klecks tropft auf mein Hemd. Berufsrisiko.

»Nach dem Donut natürlich«, sagt er. »Und mit sauberem Hemd.«

»Ich will mit den verantwortlichen Leuten in der Bank reden und danach mit der Familie und Freunden der Hendersons. Und irgendwann möchte ich mir auch noch das Haus der Hendersons anschauen. Man kann nie wissen, was man da findet.«

»Um die Erlaubnis für das Haus kümmere ich mich. Willst du Hilfe bei den Befragungen?«

»Nein, das mache ich allein.«

Die meisten Fälle werden mit Hilfe geheimer Informanten gelöst. Aber ein Topermittler wie ich muss zumindest so tun, als befrage er jede Menge Leute und suche überall nach Hinweisen, bis sich endlich ein Spitzel meldet und mir erzählt, wer der Täter ist.

Nach der Besprechung mit Cubby fahre ich zum Drunken Parrot, um Sam Longtree zu fragen, ob alles seinen normalen Gang geht. Sam ist nicht nur mein Barkeeper. Er ist ein Freund, dem ich meine Bar anvertrauen kann, während ich mich um einen Fall kümmere. Er braucht den Job als Barkeeper nicht. Als Mitglied des Seminolen-Stammes, der das Casinogeschäft in Florida kontrolliert, erhält er seinen Anteil an den milliardenschweren Einnahmen des Stammes. Als ich ihn fragte, warum er den Job wolle, zuckte er nur mit den Schultern und sagte: »Besser, man bleibt in Bewegung.« Schätze, wenn man fast zwei Meter groß ist, um die hundertzwanzig Kilo wiegt und reich ist, kann man so ziemlich alles machen, was man will. Wenn ich jemals die Bar verkaufen wolle, hat er mal gesagt, solle ich ihm Bescheid geben.

»Hi, Boss«, sagt Sam, als ich durch den Hintereingang die Bar betrete.

Ich erzähle ihm von meinem Auftrag für die Polizei von Fort Myers Beach. »Keine Ahnung, wie lange das dauert.«

»Kein Problem. Ich kümmere mich um den Laden. Schnapp du dir den Killer, damit alle wieder ruhig schlafen können.«

9.

Keine Spur, kein Radiowecker, kein Stadionkissen

Die Manatee National Bank residiert in der First Street im Zentrum von Fort Myers in einem achtzehnstöckigen Glasturm, dem mit Ausnahme des neuen Wohnkomplexes am Nordufer des Caloosahatchee River höchsten Gebäude der Stadt.

Im Gegensatz zu anderen Küstenstädten in Florida – Miami, Tampa, Jacksonville – hat Fort Myers, trotz seiner über 60 000 Einwohner, sich nie zu einem größeren Wirtschaftszentrum entwickelt. Laut Marisa liegt das daran, dass die Stadt keinen Tiefseehafen hat und nur wenige große Arbeitgeber. Außerdem gibt es dort nicht die Art von Stränden, die für Urlaubshotels attraktiv sind. Im Laufe der Jahre verkündeten die Stadtverwaltung und verschiedene Unternehmensinitiativen immer wieder hochtrabende Pläne für die Neubelebung der Innenstadt, die aber allesamt im Sande verliefen. Das Bankgebäude und einige wenige Wohnanlagen am Fluss sind die größten sichtbaren Erfolge. So mancher Städter hielt es für bedeutender, dass Starbucks an der Ecke Broadway und First Street endlich einen Laden im Zentrum eröffnete.

Früher nutzten die Boston Red Sox das Baseballstadion City of Palms Park für ihre Saisonvorbereitung im Frühjahr. Mangels ausreichender Parkplätze und anderer Ausstattungsmerkmale drohte das Team, die veraltete Anlage aufzugeben und nach Sarasota zu ziehen. Um das Team nicht zu verlieren, finanzierte das Lee County ein neues Stadion, den JetBlue Park, eine Miniaturnachbildung des Fenway Park, des Red-Sox-Stadions in Boston. Die Minnesota Twins aus Minneapolis nutzen das kürzlich renovierte Hammond Stadium in Fort Myers für ihr Frühjahrstraining.

Das Starbucks ist mir egal, ich bin kein Fan dieser überteuerten braunen Brühe mit italienischen Namen. Aber in der Nachbarschaft von zwei Stadien zu leben, wo Baseball-Teams der Major League ihr Frühjahrstraining absolvieren und wo ich mir die Teams mit einem Hotdog in der Hand aus nächster Nähe anschauen kann, das reicht in meinen Augen, um Fort Myers wertzuschätzen – auch wenn es Teams der American League sind. Die Chicago Cubs liebäugelten vor ein paar Jahren mit Naples, aber ihr Hauptquartier für das Frühjahrstraining, Mesa in Arizona, willigte schließlich ein, dem Team eine Kopie des Wrigley Field zu bauen, worauf sie den Umzug verwarfen. Naples schlitterte tatsächlich nur um Haaresbreite daran vorbei, sich als das *wahre* Paradies zu etablieren.

In Fort Myers gibt es einige hübsche Wohngegenden, aber auch einige nicht so hübsche mit einem Bandenproblem und den entsprechenden Verbrechenszahlen. Vor ein paar Jahren hat die Stadt Cubby Cullen den Job als Polizeichef angeboten, was ihm eine beträchtliche Gehaltserhöhung eingebracht hätte. Er habe abgelehnt, sagt Cubby, weil er lieber Strafzettel an betrunkene Studenten verteile und hinter Bootsdieben herjage, als vor herumballernden Gangs in Deckung zu gehen. Allerdings hat Cubby es nun auch mit einer größeren Morduntersuchung zu tun. Selbst in seiner beschaulichen Kleinstadt hat das Gewaltverbrechen ihn eingeholt.

Ich biege auf den Parkplatz der Manatee National Bank ein, stelle meinen Wagen im Besucherbereich ab und gehe in die Lobby. Im Erdgeschoss sind die Schalter für die Kleinkunden. Dort erledige ich meine beruflichen und privaten Bankgeschäfte. Die Büros der Geschäftsleitung befinden sich im achtzehnten Stock. Den Rest des Gebäudes belegen Anwalts- und Steuerberatungskanzleien, Investmentfirmen, ein Maklerbüro für gewerbliche Immobilien und andere Unternehmen, die erfolgreich genug sind, um sich die hohen Mieten leisten zu können. In meiner Jugend gab es kleine kommunale Banken, die ihre Kunden kannten und sich verpflichtet fühlten, die örtliche Wirtschaft zu unterstützen. Sie förderten Baseball-Jugendmannschaften und spendeten für wohltätige Zwecke vor Ort. Die Menschen hatten Girokonten und Sparbücher. Wenn man ein Konto eröffnete, konnte man wählen zwischen einem Radiowecker und einem Stadionkissen, und wenn man einen ungedeckten Scheck ausschrieb, bekam man einen Anruf von seinem persönlichen

Kundenberater, der einem Gelegenheit gab, den Fehlbetrag auszugleichen.

Dann änderten sich die Dinge. Die Banken wurden größer und schlossen sich zu gigantischen Finanzdienstleistern zusammen, deren Hauptsorge dem Profit ihrer Gesellschafter, hohen Aktienkursen und großzügigen Vergütungspaketen für ihre Führungskräfte gilt. Der einzelne Kunde wird als Ärgernis betrachtet, ist zur Beruhigung der Regulierungsbehörden aber unersetzlich. Als die Banken durch den von ihnen verursachten Zusammenbruch des Hypothekenmarkts in Schwierigkeiten gerieten, halfen wir – Sie und ich – ihnen mit unseren Steuergeldern aus der Patsche.

Cubby hat für mich Treffen arrangiert mit drei Managern aus der Führungsetage der Bank: dem Vizepräsidenten und zwei Ressortleitern. Einer von Cubbys Beamten hat mir für jeden der drei Hintergrundinformationen zusammengestellt. Cubby sagte den Bankern, ich sei der für die Ermittlungen im Fall Henderson zuständige Detective. Er erwähnte nicht, dass ich auch die Bank auf Anzeichen illegaler Aktivitäten, die beim Mord an den Hendersons eine Rolle gespielt haben könnten, untersuchen soll. Das FBI würde seine Buchprüfung als Routinekontrolle von Bankrevisoren ausgeben.

Die Lifttür öffnet sich, und ich stehe direkt in der Vorstandsetage der Bank. Am Empfang sitzt eine attraktive junge Frau. Meinen ersten Termin habe ich mit Vizepräsident Reynold Livingstone III. Leute mit solchen Namen arbeiten nicht in der Poststelle oder tragen Namensschilder am Hemd. Livingstone und die beiden anderen Männer sind alle Gesellschafter der Manatee Holding, dem Privatunternehmen, dem die Bank gehört. Der verstorbene Lawrence Henderson war der Hauptgesellschafter.

Die Empfangsdame teilt mir mit, Mr. Livingstone erwarte mich schon, und führt mich zu seinem Büro. Laut Hintergrundinformationen hat er seinen Bachelor an der Yale University und den MBA an der Wharton School gemacht. Sein Großvater, der erste Reynold Livingstone, besaß Orangenhaine im Lee County, der zweite RL machte daraus Golfanlagen mit Wohnhäusern und Einkaufszentren. Zum Glück für Reynold hatte sich sein Großvater nicht für die Polizeischule entschieden.

In meinem Leben als Detective vor dem Umzug nach Florida hatte ich einen abgewetzten Beamtenschreibtisch aus Metall, der dem von meinem Partner gegenüberstand. Im Großraumbüro unserer Abteilung blätterte die graue Farbe von den Wänden, und die dreckigen Fenster sorgten dafür, dass die Sonne nicht blendete. Die minderwertige Klimaanlage, wahrscheinlich schwarz von einem Politikerneffen eingebaut, kämpfte vergeblich gegen den beißenden Geruch nach Schweiß und verbranntem Kaffee im Raum an. Die ständigen Hintergrundgeräusche bestanden aus brummenden Neonröhren, klingelnden Telefonen und lauten, mit Flüchen gewürzten Unterhaltungen. Anstatt einer Beschreibung von Livingstones Büro stellen Sie sich einfach das genaue Gegenteil von meinem alten Büro vor.

Livingstone kommt hinter seinem Schreibtisch hervor, der so groß wie eine Tischtennisplatte ist, und begrüßt mich mit einem Lächeln und festem Händedruck. Schätze, er ist in den Vierzigern. Kräftige Sonnenbräune, wahrscheinlich vom Golfen, nicht von der Gartenarbeit. Er trägt die Standarduniform des Bankers: marineblauer gestreifter Anzug, gestärktes weißes Hemd, blaue Krawatte mit kleinen gekreuzten Golfschlägern, schwarze Slipper. Der FBI-Uniform nicht unähnlich, aber aus besseren Materialien. Als wir uns die Hand geben, bemerke ich auf seiner rechten Manschette ein Monogramm – RL III. »Hallo, Detective Sharkey«, sagt er. »Reynold Livingstone.«

Schätze, dass Menschen mit einer römischen Zahl hinter dem Namen es für manieriert halten, sie auszusprechen. »Reynold Livingstone der Dritte.« Genauso gut könnte ich sagen: »Jack Starkey der Erste.«

RL III deutet auf zwei Clubsessel am Fenster. Nachdem wir uns gesetzt haben, sagt er: »Ich werde Sie nach Kräften bei Ihren Ermittlungen unterstützen.«

Ich beginne mit der naheliegendsten Frage. »Haben Sie irgendeine Ahnung, wer Lawrence Henderson und seine Frau getötet haben könnte?«

»Nicht die geringste. Larry war ein fabelhafter Bursche. Ich habe nie gehört, dass er irgendwelche Feinde hätte.«

»Kennen Sie jemanden, der auf die Bank wütend gewesen sein könnte? Wegen eines verweigerten Kredits, einer Zwangsvollstreckung, einer schlechten Empfehlung für eine Anlage, irgendwas in der Richtung?«

»Solche Dinge kommen vor, möglich ist das natürlich. Aber soweit ich weiß, hat kein Kunde jemals seinen Unmut in Form einer Morddrohung geäußert.«

Er schweigt einen Augenblick, streicht sich übers Kinn und sagt dann: »Allerdings gab es da tatsächlich mal vor ein paar Jahren einen Zwischenfall bei der Pfändung eines Fischkutters. Der Besitzer hat zu dem Kreditsachbearbeiter gesagt, das Boot bekäme er nur über seine Leiche zurück. Unglücklicherweise ist genau das passiert. Als der Pfändungsbeamte und ein Hilfssheriff in der Marina auftauchten, kam es zu einem Schusswechsel, bei dem der Bootseigner getötet wurde. Sein Sohn sagte zu einem Zeitungsreporter, dass unsere Bank es noch bereuen würde, seinen Vater getötet zu haben. Tja, so war das.«

Ich mache innerlich eine Notiz: Sollte die Bank mal die *Phoenix* pfänden wollen, den Kahn sofort herausrücken.

»Wie sind Sie zur Bank gekommen?«, frage ich. Vielleicht hat er sein Treuhandvermögen mit schnellen Autos und noch schnelleren Frauen verprasst und musste wie der Rest von uns Malochern einfach Geld verdienen.

»Ich kannte Larry aus dem Country Club. Wir haben gelegentlich Golf zusammen gespielt. Ich habe das Immobilienunternehmen meiner Familie geleitet. Vor acht Jahren hatten wir eine Flaute, ich habe neue Projekte erst mal auf Eis gelegt und mich nach was anderem umgeschaut. Ich habe erfahren, dass Larry Investoren suchte, um eine Bank zu gründen. Wir haben darüber gesprochen, und ich bin eingestiegen. Er fragte, ob ich mich in der Leitung der Bank engagieren will, und ich war einverstanden. Man kann ja nicht dauernd Golf spielen.«

»Was hat Mr. Henderson vorher gemacht?«

»Er war der Präsident einer regionalen Bankgesellschaft, hatte aber keine Anteile.«

Das wusste ich schon aus Cubbys Bericht. Ich wusste auch, dass Hendersons Vater Matthew eine chemische Reinigung in Fort Myers besessen hatte, dass seine Mutter Jeanette Hausfrau gewesen war und sein Bruder Tom als Vorarbeiter bei der Straßenverkehrsbehörde des Lee County gearbeitet hatte. Die junge Frau, die für Cubby die Nachforschungen erledigt hat, macht gerade an der Florida Gulf Coast University ihren Master in Bibliothekswissenschaften. Sie ist richtig gut.

Larry war also der einzige Henderson, der einen Schreibtischjob hatte. Er war der umjubelte Wide Receiver der Footballmannschaft der North Fort Myers Highschool und ging mit einem vollen Football-Stipendium auf die University of South Florida. Da man ihn für eine Profikarriere für zu klein hielt, nahm er am Ausbildungsprogramm der Sunshine National Bank teil und stieg vom Assistenten eines Kreditsachbearbeiters bis zum Präsidenten auf. Eine wahre Horatio-Alger-Geschichte.

»Wie steht die Manatee National im Moment da?«

»Sehr gut. Mit unserer Performance liegen wir konstant im Vorderfeld unserer Referenzgruppe.«

»Sie haben Ihren Präsidenten verloren. Was werden Sie jetzt unternehmen?«

»In drei Tagen kommt der Vorstand zusammen und

entscheidet darüber. Ich will den Job nicht. Ob Bob oder Henry Interesse haben, weiß ich nicht. Ich nehme an, dass wir einen Headhunter einschalten.«

Vielleicht glaubt er, das Gehaltsplus sei den zusätzlichen Stress nicht wert. Oder vielleicht geht er auch zurück ins Immobiliengeschäft, jetzt, wo der Markt wieder brummt. Sollte es stimmen, dass RL III den Job an der Spitze nicht will, kann ich ihn vermutlich von meiner Verdächtigenliste streichen. Es sei denn, er hatte einen anderen, verborgenen Grund, die Morde zu begehen. Vielleicht hat Henderson ihn bei einer Golfwette beschissen.

Wir setzen das Frage-und-Antwort-Spiel noch eine Viertelstunde fort, aber weder erfahre ich von RL III noch von seinen beiden Kollegen Robert Kerr und Henry Allen etwas Brauchbares. Tatsächlich gleichen sich die Antworten der drei Männer sehr. Abgesprochen? Oder die Wahrheit? Unmöglich, das zum jetzigen Zeitpunkt zu sagen.

Ich verlasse die Bank ohne eine Spur, ohne Radiowecker, ohne Stadionkissen. Manchmal kommt bei Polizeiarbeit nichts heraus. Vielleicht fördert ja die Buchprüfung Hinweise auf gewaschenes Drogengeld oder die Finanzierung einer Terrorgruppe zutage. Oder vielleicht ist inzwischen jemand ins Polizierevier von Fort Myers Beach marschiert und hat die Tat gestanden.

10.

Grundsolide Bürger

Der Nächste auf meiner Verhörliste ist Lawrence Hendersons Bruder Tom. Die Trauerfeier, die er und seine Frau Liz für seinen Bruder und seine Schwägerin ausgerichtet haben, war erst vor drei Tagen. Ich kann mir nicht annähernd vorstellen, was die beiden und die Kinder seines Bruders, Nathan und Elise, die jetzt bei ihnen wohnen, durchmachen. Menschen trauern unterschiedlich lange, aber ich habe noch nie jemanden getroffen, der nicht alles getan hätte, um bei der Suche nach dem Mörder eines geliebten Menschen zu helfen.

Ich habe mich mit Tom Henderson in einem Café verabredet, das ich mag, Mary's Kitchen in der South Cleveland Avenue in Fort Myers. Als ich das Café betrete, fällt mir ein Mann auf, der allein in einer der Nischen sitzt. Er trägt ein grünes Arbeitshemd, ist sonnengebräunt und kräftig wie ein Mann, der im Freien arbeitet. Alle anderen Gäste sind in Begleitung, also muss das Tom Henderson sein. Außerdem trägt er ein Namensschild, auf dem »Tom« steht. Der Meister-Detective bei der Arbeit.

Als sich unsere Blicke treffen, nickt er mir zu und steht auf. »Detective Starkey?«

»Ja. Mein Beileid.«

Ich setze mich ihm gegenüber. »Das ist eine schwierige Zeit für uns«, sagt er. »Aber ich werde Ihnen helfen, wo ich kann, damit Sie den Scheißkerl schnappen, der meinen Bruder und seine Frau umgebracht hat.«

Die Kellnerin Arlene, die ich kenne, bringt Eiswasser, schenkt uns Kaffee ein und nimmt die Bestellung auf. Heute ist Hackbratentag, also nehme ich Hackbraten. Tom bestellt einen Burger. Eine weitere Restaurant-Marotte, die mir aufgefallen ist: Manche Leute fragen die Kellnerin: »Könnte ich bitte den Hackbraten haben?« Als ob die Kellnerin darauf antworten könnte: »Nein, können Sie nicht. Mir gefällt Ihr Gesicht nicht.« Damit die Leute mich nicht für wunderlich halten, behalte ich solche Beobachtungen meist für mich.

Während wir auf das Essen warten, komme ich sofort zur Sache. »Kennen Sie jemanden, der einen Grund haben könnte, Ihren Bruder und seine Frau zu töten.«

»Natürlich haben wir darüber nachgedacht. Aber soweit ich weiß, haben Larry und Marion keine Feinde. Hatten keine Feinde. Vielleicht war es ein Raubüberfall. Oder eine Verwechslung.«

»Anscheinend wurde von dem Boot nichts gestohlen. Seine Brieftasche mit 300 Dollar und den Kreditkarten waren noch da. Er trug eine Gold-Rolex. Die Brieftasche seiner Frau war auch noch da, inklusive Bargeld und Kreditkarten. Außerdem ein paar teure Schmuckstücke. Wie sah das Leben Ihres Bruders neben seiner Arbeit in der Bank aus?«

»Larry hat gern Golf gespielt, geangelt und gesegelt. Und er saß bei mehreren Wohltätigkeitsorganisationen im Vorstand. Er war ein grundsolider Bürger.«

Lawrence Henderson war anscheinend kein Mann, der in seiner Bank Geld für ein Drogenkartell wusch, Geld seiner Bank unterschlug oder in sonstige schändliche Aktivitäten verwickelt war. Aber während meiner Zeit in Chicago habe ich viele Menschen verhaftet, die nicht der Typ zu sein schienen für die Verbrechen, die sie begangen hatten. Darunter waren Topmanager von Großunternehmen, ein Pfadfinderleiter, zwei College-Professoren und ein Priester der Episkopalkirche.

Ich frage Tom nach Marion. Er beschreibt sie als liebende Ehefrau und vorbildliche Mutter, die viele Freunde hatte und sich in der Kirchengemeinde ihrer Familie und der Schule ihrer Kinder engagiert hat. Marion sei Präsidentin einer Umweltschutzgruppe gewesen, an deren Namen er sich aber nicht erinnern könne. Sie hätten Schutzgitter für Seeschildkrötennester gebaut und Nester für Fischadler auf Pfählen und sich für Mangrovensümpfe und Seekühe eingesetzt.

Beide Hendersons waren allem Anschein nach grundsolide Bürger. Stützen der Gesellschaft.

»Ich kann mir nicht vorstellen, dass irgendwer einen Grund gehabt haben könnte, meinen Bruder und meine Schwägerin umzubringen«, sagt Tom Henderson, als unser Essen kommt.

Aber irgendwer hat es getan, und es ist mein Job herauszufinden, wer und warum.

11.

Mr. Livingstone, nehme ich an

Ich bereite gerade mein übliches Frühstück an Bord der *Phoenix* zu, als das Telefon klingelt. Mein Klingelton in dieser Woche ist Buddy Guys »Damn Right, I've Got the Blues«. Ich liebe seine Riffs auf der Stratocaster. Ich stecke zwei Erdbeer-Pop-Tarts in den Toaster und gehe ran. Joe hat seinen Thunfisch schon gefressen und sich irgendwo schlafen gelegt. Selbst auf einem Hausboot haben Katzen ihre geheimen Plätze.

»Hallo Jack, Sarah Caldwell.«

»Stehen Sie beim FBI immer so früh auf? Sie sollten eine Gewerkschaft gründen.«

»Es ist halb zehn. Wecken war schon vor dreieinhalb Stunden, Herr Kollege vom Marine-Corps. Ich bin unterwegs nach Fort Myers. Wir haben die Wirtschaftsprüfungsgesellschaft der Manatee National eingeschaltet und konnten so die Bankrevision beschleunigen. Natürlich ohne die Bank zu informieren. Die Herren Wirtschaftsprüfer haben sich gesträubt, aber eine gerichtliche Verfügung hat sie überzeugt, die Sache vertraulich zu behandeln.«

»Und die Buchprüfung hat so viel Stoff geliefert, dass Sie gleich zur Bank fahren?«

»Es ist Geld unterschlagen worden. Und zwar kräftig. Muss ein Insider mit Zugriff auf die Konten sein, würde ich sagen. Knapp neunhunderttausend in den letzten drei Jahren.«

»Hoppala. Dafür kriegen die Wirtschaftsprüfer der Bank aber kräftig was hinter die Löffel.«

»Der Teilhaber, der für die Kontenführung der Bank verantwortlich ist, hat sich zum Lunch verabschiedet, als er hörte, dass ein Buchprüfungsteam vom FBI anrückt. Und er hat seinen Pass mitgenommen. Die Fahndung läuft.«

»Irgendeine Ahnung, wer aus der Bank da mit drinsteckt?«

»Noch nicht. Wir treffen uns in einer Stunde in der Bank. Sie haben doch mit den Topleuten …«

»Hab leider versäumt zu fragen, ob einer lange Finger gemacht hat«, falle ich ihr ins Wort.

»Das holen wir heute nach. Ich habe einer Sekretärin gesagt, dass wir uns mit ihnen wegen Unregelmäßigkeiten, die bei einer Wirtschaftsprüfung aufgetaucht sind, unterhalten müssen.«

»Noch wissen wir nicht, ob die Unterschlagung mit den Morden zu tun hat.«

»Richtig. Wenn Henderson Geld veruntreut hat und jemand ihm draufgekommen ist, warum sollte derjenige dann ihn und seine Frau umbringen? Der würde ihn einfach anzeigen. Wenn es da eine Verbindung gibt, dann eher nicht Henderson.«

»Wenn es jemand anderer war, und Henderson hat es herausgefunden, könnte man ihn getötet haben, damit er nicht zur Polizei gehen kann«, füge ich hinzu. »Ist aber unwahrscheinlich. Woher sollte der Mörder wissen, dass Henderson nicht schon bei der Polizei war?«

»Mal sehen, wie die drei Oberbosse reagieren, wenn wir sie mit der Unterschlagung konfrontieren. Ist jedenfalls ein guter Anfang.«

»Roger«, sage ich.

Ich fahre um halb elf auf den Parkplatz der Bank und warte auf Sarah. Sie trifft nur zehn Minuten später ein. Die Fahrtzeit von Tampa ist rekordverdächtig. Vielleicht hatte sie Blaulicht und Sirene an.

Sie hält auf dem Platz neben mir, steigt aus und bei mir ein, wobei sie sich auf dem Beifahrersitz fast auf die Donuts gesetzt hätte, die ich unterwegs gekauft hatte. In letzter Sekunde reiße ich ihr die Tüte unterm Hintern weg und frage mich sofort, ob sie das womöglich für einen unsittlichen Annäherungsversuch gehalten hat. Falls ja, so sagt sie zumindest nichts und greift auch nicht nach ihrem Pfefferspray.

Wir gehen in die Bank und fahren mit dem Lift ins oberste Stockwerk. Sarah zeigt der Empfangsdame ihren Ausweis. Nur Augenblicke später tritt durch eine Tür, die zu den hinteren Büroräumen führt, eine sehr elegante Frau Ende fünfzig, Anfang sechzig. Sie trägt ein hellbraunes Leinenkostüm. In dem sehr großen Diamantehering funkelt das Deckenlicht. Die grauen Haare umhüllen als kunstvolle Zopffrisur den Kopf. Entweder verdient sie gut in der Bank, oder sie hat sich die Neunhunderttausend gekrallt.

Sie lächelt und sagt: »Guten Tag, ich bin Dorothy Marcus. Agent Caldwell und Detective Starkey, nehme ich an.«

Ich frage mich, ob Dorothy weiß, dass sie sich des berühmten Ausspruchs von Henry Morton Stanley bedient hat, der, nachdem er in Afrika David Livingstone aufgespürt hat, ihn mit den Worten begrüßte: »Dr. Livingstone, nehme ich an.« Aber vielleicht stellt sie ja ganz simpel unsere Identität fest, und vielleicht sollte ich mich wieder auf meine Arbeit konzentrieren.

Sarah versichert Dorothy, dass wir in der Tat diese Personen sind.

»Mr. Kerr und Mr. Allen erwarten Sie schon im Konferenzraum«, sagt sie. »Wenn Sie mir bitte folgen wollen.«

»Und Reynold Livingstone?«, fragt Sarah.

»Mr. Livingstone ist wegen einer dringenden geschäftlichen Angelegenheit außer Haus.«

»Seit wann?«, frage ich.

»Ich glaube, das war kurz, nachdem ich ihm gesagt habe, dass eine FBI-Agentin und ein Detective auf dem Weg sind, um mit ihm, Mr. Kerr und Mr. Allen über die Buchprüfung zu sprechen.«

»Hat er gesagt, um was es sich bei dieser dringenden geschäftlichen Angelegenheit handelt?«, fragt Sarah.

Dorothy hebt ihre perfekt gezupften Augenbrauen und sagt: »Derartige Dinge teilt er mir nicht mit.«

Als sei das für jeden, der sich mit Protokollfragen in Unternehmen auskennt, jenseits aller Vorstellungskraft.

Sarah wirft mir einen typischen Cop-Blick zu, den Da-ist-was-faul-im-Staate-Dänemark-Blick.

»Wir brauchen Mr. Livingstones Privatadresse«, sage ich zu Dorothy.

Sie schaut mich entgeistert an, was eine etwas altmodische Redewendung für einen Blick ist, der befürchten lässt, sie könne sich jeden Augenblick einnässen.

»Ich weiß nicht«, sagt sie schließlich.

»Sie kennen seine Privatadresse nicht?«, fragt Sarah.

»Nein, nein, ich meine, ich weiß nicht, ob ich befugt bin, sie Ihnen ohne seine Erlaubnis zu geben.«

»Wir würden es vorziehen, Sie nicht mit aufs Revier nehmen zu müssen«, sage ich mit meiner besten Hardboiled-Detective-Stimme.

»Wir könnten uns auch einen Gerichtsbeschluss besorgen«, sagt Sarah. »Wir untersuchen einen Doppelmord. Der Zeitfaktor ist von entscheidender Bedeutung. Wir müssen schnell handeln. Mr. Livingstone könnte in Gefahr schweben.«

Mein Hardboiled-Detective kann Dorothy nicht schrecken, die Erwähnung der Morde schon.

»Ich rufe ihn an. Bitte, warten Sie hier.«

Sie verschwindet durch die Tür zu den Büros und taucht wenige Minuten später wieder auf.

»Mrs. Livingstone sagt, er ist nicht zu Hause und geht auch nicht an sein Handy. Aber Mrs. Livingstone hat nichts dagegen, wenn ich Ihnen ihre Adresse gebe.«

Sie gibt Sarah einen Zettel mit Bankbriefkopf, auf den sie die Adresse geschrieben hat.

»Ich bringe Sie jetzt zu Mr. Kerr und Mr. Allen. Sie warten schon im Konferenzraum.«

Ich schaue Sarah an, die nickt, weil sie genau weiß, was ich gleich sagen werde.

»Nicht nötig«, sage ich zu Dorothy. »Danke für Ihre Hilfe.«

Aus dem Handbuch *Polizeiarbeit für Dummies*: Bei der Priorisierung von Verdächtigen kümmere dich zuerst um den auf der Flucht.

Im Fahrstuhl nach unten sage ich zu Sarah: »Vielleicht spielt sich Livingstones dringende geschäftliche Angelegenheit in Mexiko ab.«

»Zum aktuellen Wechselkurs sind 900 000 Dollar 16 272 000 Peso«, sagt sie. »Das reicht für jede Menge Margaritas und Tacos.«

Bei Trivial Pursuit wäre Special Agent Sarah Caldwell eine schreckliche Gegenspielerin.

12.

Zu Hause herumhängen

Ich folge Sarah bis zum Tor einer Golfplatzgemeinde namens Royal Palm Estates, die etwa fünfzehn Kilometer östlich von Fort Myers liegt. Die Adresse von RL III hatte sie in ihr Navi eingegeben. Sie zeigt dem Wachmann am Tor ihre Dienstmarke und nickt in meine Richtung. Das Tor öffnet sich.

Wachmänner vor geschlossenen Wohnanlagen tragen keine Waffe, allerdings ist Hilfe nur einen Telefonanruf entfernt – sollte der Bauernpöbel versuchen, mit Mistgabeln die Barrikaden zu stürmen und Rache zu nehmen an den Top-Ein-Prozent, die sie (vermeintlich) unterdrücken. In Naples habe ich nie jemanden sagen hören: »Sollen sie doch Kuchen essen.« Bei dem zur Schau gestellten üppigen Lebensstil könnte man allerdings schon den Eindruck bekommen. Nicht sichtbar ist das hohe Maß an wohltätigen Spenden und anderen guten Werken, aber Optik ist eben alles.

Wir rollen an Miniaturvillen in spanischem und italienischem Stil vorbei. Sarah parkt vor einem zweistöckigen Haus. Es ist hellbraun verputzt, hat ein rotes Ziegeldach und eine Vierergarage. Ein Streifenwagen der Polizei von

Fort Myers, ein brauner Ford Crown Victoria, und ein SUV des Sicherheitsdienstes der Royal Palm Estates stehen in der Auffahrt. Diese Fahrzeugzusammenstellung bedeutet in der Regel, dass irgendwas nicht stimmt oder irgendwer Gratis-Donuts verteilt.

Sarah und ich steigen aus und gehen zum Haus. Ein Polizeibeamter in Uniform steht neben dem Streifenwagen und plaudert mit einem Mann vom Sicherheitsdienst. Wir zeigen dem Polizisten unsere Marken, und er sagt: »In der Garage.«

Das Garagentor steht offen. Ich sehe drei Wagen: einen weißen Mercedes-SUV, ein schwarzes Porsche-Turbo-Kabrio und eine taubenblaue Bentley-Limousine. Ein Golfwagen belegt den vierten Platz. Ein Mann in braunem Anzug steht neben dem Bentley. Der Anzug passt zu dem Crown Vic, das muss der Detective aus Fort Myers sein: ein Afroamerikaner in den Fünfzigern, Ray-Ban-Pilotensonnenbrille, kräftig gebaut, kahler Schädel, Diamantstecker im linken Ohrläppchen.

Sarah zeigt ihre Marke und sagt: »Special Agent Sarah Caldwell, das ist Detective Starkey aus Fort Myers Beach.«

Er schaut sie an und mich und sagt dann: »Detective Dan Morgan. Warum sind Sie hier?«

»Mr. Livingstones Name ist in einer laufenden Untersuchung aufgetaucht«, sagt Sarah. »Wir würden ihn gern sprechen. Ist er hier?«

»Das wird eine ziemlich einseitige Unterhaltung«, sagt Morgan. »Er ist tot.«

»Und die Todesursache?«, fragt Sarah.

Ich überlasse ihr das Kommando. In einer Situation wie dieser hat das FBI mehr Einfluss als ein Ein-Dollar-Detective außerhalb seines Zuständigkeitsbereichs.

»Wir warten auf die Kriminaltechniker und den Gerichtsmediziner«, sagt Morgan. Seine Frau habe ihn gefunden, mit einem Strick um den Hals an einem Dachbalken hängend, unter seinen Füßen ein umgestoßener Hocker. So hängt er auch jetzt noch da, neben dem Mercedes SUV. Ich bin ein Autonarr, also erkenne ich sofort, dass es sich um einen Mercedes GL550 AMG handelt – auch wenn daneben eine Leiche hängt. Premiumgefährt. Ein Bankdirektor kann sich den Wagen leisten – auch ohne Geld zu unterschlagen. Aber manche Leute kriegen den Hals nie voll.

»Was dagegen, wenn wir uns das näher anschauen«, frage ich Morgan.

»Aber nichts anfassen«, sagt er.

Was einer Beleidigung gleichkommt: Als würden eine FBI-Agentin und ein altgedienter Detective einen Tatort verunreinigen.

Reynold Livingstone, der Letzte. (Laut unseren Hintergrundinformationen hat das Paar zwei Töchter, aber keine Söhne).

Ich habe obduzierte Menschen gesehen, die auf diese Art gestorben sind. Ihr Tod wurde durch die Bank als Selbstmord eingestuft – bis auf einen Fall, wo es sich um Mord gehandelt hatte. Der Abschiedsbrief des Toten wies zahlreiche Rechtschreibfehler auf. Er lautete: »Ich weis kein Grund mehr zu Leben«. Das Opfer hatte an der Northwestern University ein Studium in Englischer Literatur mit Auszeichnung abgeschlossen. Der Liebhaber seiner Frau hatte die Highschool geschmissen und war der Schreiner, den das Ehepaar für die Renovierung ihrer Küche angeheuert hatte. Wie mein Vater zu sagen pflegte: »Mit einer Person, die man nur falsch informiert hat, kann man zusammenarbeiten, mit einem Dummkopf nicht.«

Die Witwe und der Schreiner fabrizieren wahrscheinlich immer noch Nummernschilder für den Staat Illinois.

»Seine Frau hat ihn also gefunden«, sage ich zu Morgan.

»Mrs. Livingstone – sie spricht im Moment mit einem Kollegen im Haus – hat die 911 angerufen und in ihrem Haus einen medizinischen Notfall im Zusammenhang mit ihrem Mann gemeldet«, sagt Morgan. »Als unser Streifenbeamter eintrifft, hängt Livingstone da.«

»Haben Sie was dagegen, wenn wir ins Haus gehen und mit Mrs. Livingstone sprechen?«, fragt Sarah.

»Erzählen Sie mir erst noch, warum das FBI und die Polizei von Fort Myers Beach an ihm interessiert sind«, sagt Morgan.

Sarah informiert ihn, schließlich ist es Morgans Tatort. Natürlich hat er von dem Doppelmord an den Hendersons gehört, von der Unterschlagung wusste er allerdings nichts.

»Okay, dann kümmere ich mich um den Selbstmord

und Sie um die Unterschlagung und alles andere, was mit der Bank zu tun hat«, sagt Morgan.

»Genau«, sagt Sarah.

»Also dann, an die Arbeit«, sagt Morgan.

Ein Rettungswagen trifft ein, und wir gehen durch eine Tür in der Garage direkt ins Haus. Auf einem Sofa im Wohnzimmer sitzt eine attraktive Frau in mittleren Jahren. Ihr Haar ist schulterlang, sie trägt ein rosa T-Shirt und eine schwarze Yogahose. Neben ihr auf einem Stuhl sitzt eine Polizistin. Die Augen der Frau sind gerötet, ihr Gesichtsausdruck ist gequält. Mrs. Livingstone, nehme ich an.

»Ich bin Special Agent Sarah Caldwell, das hier ist Detective Starkey«, sagt Sarah zu den beiden Frauen. Sie schaut Mrs. Livingstone an. »Ich möchte Ihnen mein Beileid aussprechen. Haben Sie etwas dagegen, wenn ich Ihnen ein paar Fragen stelle?«

»Wir haben noch keine Aussage von Mrs. Livingstone«, sagt die Beamtin in leicht gereiztem Tonfall. Auf ihrem Namensschild steht »Ramirez«.

»Detective Morgan ist einverstanden«, sage ich.

Sie breitet die Hände aus. »Wenn das so ist, bitte.«

»Können Sie uns einen Grund nennen, warum Ihr Mann sich hätte das Leben nehmen wollen?«, fragt Sarah.

Ihre Augen werden feucht. »Nein, wir waren sehr glücklich.«

»Wie haben Sie Ihren Mann gefunden?«, frage ich.

»Ich war auf dem Laufband und hatte Kopfhörer auf. Ich habe ein Hörbuch von Anthony Doerr gehört. *Alles*

Licht, das wir nicht sehen. Nach dem Training bin ich in die Küche gegangen und habe Rays Auto in der Auffahrt gesehen. Was mir komisch vorkam, weil er mir nicht gesagt hatte, dass er früher nach Hause kommt. Erst habe ich im Haus geschaut, dann bin ich in die Garage gegangen …«

Sie begann zu schluchzen.

»Ich danken Ihnen«, sagt Sarah. »Vielleicht müssen wir Ihnen später noch weitere Fragen stellen.«

Sarah nickt Officer Ramirez zu, und wir gehen zurück in die Garage. Ich danke Morgan für seine Kooperation und sage ihm, dass er, wenn er mal gute Musik hören wolle, Jazz und Blues, im Drunken Parrot in Fort Myers Beach vorbeischauen solle.

»Gut möglich«, sagt er.

»Cops kriegen Rabatt«, sage ich.

Er zwinkert und sagt: »Abgemacht.«

Drei Tage später ruft Sarah in der Bar an und berichtet mir, die Überprüfung von Livingstones Bank- und Brokerkonten habe ergeben, dass er fast pleite war, bis vor etwa einem Jahr große Geldbeträge einzugehen begannen, die sich zu der Summe addieren, die der Bank unterschlagen worden sind. Ein Anruf von Detective Morgan lieferte ihr den Grund: Laut seiner Frau war Livingstone spielsüchtig. Er sei oft nach Vegas geflogen oder mit dem Wagen zum »Arrowhead Casino« nach Immokalee gefahren, das etwa eine Stunde südlich von Fort Myers liegt.

»Livingstone war Vorsitzender des Rechnungsprüfungsausschusses der Bank«, sagt Sarah. »War kein Problem für ihn, die Unterschlagung zu vertuschen.«

»Dann ist es also möglich, dass Larry Henderson Livingstone auf die Schliche gekommen ist und ihn zur Rede gestellt hat«, sage ich. »Und bevor Henderson seine Erkenntnisse weitergeben konnte, hat Livingstone einen Profikiller angeheuert. Immer vorausgesetzt, dass er die Drecksarbeit nicht selbst erledigt hat.«

»Möglich. Da der Einlagensicherungsfonds des Bundes bei Diebstahl nicht greift, sind wir aus dem Spiel«, sagt Sarah. »Die Morduntersuchung gehört jetzt Ihnen ganz allein, Jack. Viel Glück dabei.«

Auf meinem Boot ziehe ich meine Trainingsklamotten an und mache einen langen Strandlauf. Dabei kann ich am besten denken. Als ich einem alten Knacker begegne, treffe ich sofort eine Entscheidung: Niemals werde ich mir gestatten, wie diese Schweinebacke mit einer von diesen kleinen schwarzen Tangabadehosen herumzulaufen, die man hauptsächlich bei Touristen aus Europa sieht. Typen wie der sollten so ein hawaiisches Muumuu tragen.

Die nächste Entscheidung treffe ich, nachdem ich einige am Strand entlangschlendernde Damen bewundert habe, die in ihren Tangas wesentlich besser aussehen. Ich muss herausfinden, ob Larry Henderson tatsächlich Livingstones Unterschlagungen aufgedeckt hat. Wenn ja, dann hat er vielleicht seinen beiden Ressortleitern bei der

Manatee National Bank davon erzählt, Robert Kerr und Henry Allen. Wäre interessant, wie sie auf meine erweiterten Verhörtechniken reagieren, zu denen unter anderem gehört, vor ihren Augen einen Donut zu essen, ohne ihnen einen anzubieten.

13.

Bürger für eine gesunde Umwelt

Vor meinem morgendlichen Strandlauf muss ich die liegen gebliebene Korrekturarbeit an *Stoneys Dilemma* fortsetzen. Mich interessiert, wie sich Jacks Verhör von Lonnie Williams weiterentwickelt. Um mit anderen fiktiven Krimihelden wie John D. MacDonalds »Travis McGee«, John Sandfords »Lucas Davenport«, James Lee Burkes »Dave Robicheaux«, Michael Connellys »Harry Bosch« und Chris Knopfs »Sam Acqillo« mithalten zu können, musste Bill »Jack Stoney« besser machen als mich. Das nennt man dichterische Freiheit. Von mir aus. Wer will schon, dass seine Schwächen und Fehler vor Millionen von Lesern ausgebreitet werden? Dieser spezielle Cowboy jedenfalls nicht. Also los, Stoney, lass mal sehen, was du zu bieten hast.

Stoney versprach Lonnie Williams einen Deal und schrieb die Einzelheiten in seinen Notizblock. Der Drecksack hatte die elfjährige Christine Petrocelli entführt, vergewaltigt und ermordet. Stoney formulierte ein paar Sätze in nichtssagendem Juristenjargon mit Verweisen auf nichtexistentes Präzedenzrecht und mit vielen Wendungen wie »angesichts der Tatsache, dass«, »erste Partei und zweite Partei«, »bekundet durch seine Anwesenheit«. Er unterzeichnete das Geschwafel, schob den Notizblock über den Tisch und sagte zu Williams: »Kannst du das lesen, Lonnie, oder muss ich es dir vorlesen?«

Williams studierte das Schriftstück. Er bewegte die Lippen, als er es las oder zumindest so tat, als lese er. Dann sagte er: »Sieht okay aus.«

Stoney schob Williams einen Stift über den Tisch.

»Jetzt bist du dran. Schreib genau auf, was du mit Christine Petrocelli gemacht hast.«

Um sein Verbrechen zu beschreiben, benötigte Williams zwanzig Minuten und drei Seiten – zum Teil, weil er in Druckbuchstaben schrieb. Die Stunden, als in der Schule Schreibschrift dran war, hat er wohl verpasst, dachte Stoney. Wenigstens machte er beim i statt des Punkts keine Smileys.

Als er fertig war, sagte Stoney: »Und jetzt setz noch deinen John Hancock drunter.«

Williams runzelte die Stirn. »John wer?«

Als Geschichte dran war, hat er anscheinend auch gefehlt, dachte Stoney. »Schon gut. Deinen Namen, da. Wenn du ihn nicht schreiben kannst, dann tut's auch ein X.«

Williams schrieb in Druckbuchstaben seinen Namen. Stoney nahm den Block und überflog, was Williams geschrieben hatte. Dann schob er seinen Stuhl zurück, stand auf und sagte zu Lonnie Williams, dass er wegen Kidnapping, Vergewaltigung und Mord verhaftet sei.

»Hey, was ist mit unserem Deal?«, fragte Willams.

»Um es kurz zu machen«, sagte Stoney. »Du bist am Arsch.«

Er riss das Blatt, auf das er den Deal notiert hatte, aus dem Block, zerriss es in kleine Fetzen und ließ diese wie Konfetti auf den Tisch rieseln.

Daran hatte ich nichts zu verbessern. Genauso hatte ich es mit einem Kriminellen namens Paulie Gianello selbst gemacht. Normalerweise gehe ich mit den verfassungsmäßigen Rechten eines Verdächtigen nicht so schlampig um. Aber wenn ein Kind zu Schaden kommt, kann ich für nichts garantieren.

Ich komme gerade von meinem Strandlauf zurück und gehe auf dem Anlegesteg zu meinem Hausboot, als Cubby Cullens Ford Explorer in den Parkplatz von »Salty Sam's Marina« einbiegt. Cubby steigt aus und kommt auf mich zu. Ich wäre ihm ja entgegengegangen, aber ich hatte gerade drei Extra-Kilometer absolviert und nur noch die Kraft, mich bis zur *Phoenix* zu schleppen. Das Alter fordert seinen Tribut.

»Es ist was passiert, Jack«, sagt er, als wir zu meinem Hausboot gehen. »Heute früh hat man vor Sanibel einen Mann in seinem Angelboot gefunden. Kopfschuss.«

»Und wer ist es?«

»Ein gewisser Russell Tolliver. Besitzer von vier Autohäusern im Lee County, außerdem sitzt er für den Bezirk im Repräsentantenhaus von Florida.«

»Welches Kaliber?«

»Wir müssen die Autopsie abwarten. Ich habe die Leiche gesehen. Hohlspitzgeschosse Kaliber .22 verformen sich beim Aufprall, deshalb sind Vergleiche schwer. Keine Patronenhülse, keine Fingerabdrücke, genau wie bei den Hendersons.«

Wir betreten zusammen die *Phoenix* und gehen in die Kombüse. Ich schalte die Kaffeemaschine ein. Marisa hat eine teure Nespresso-Maschine, die perfekte Wie-immer-die-heißen-Getränke fabriziert, aber diese teuren Apparate sind mir zu kompliziert. Genauso gut könnte ich versuchen, eine 747 zu fliegen.

»Zwei Morde, die wie Hinrichtungen aussehen, auf Booten, im gleichen Gebiet, kurz hintereinander«, sage ich. Der Kaffee läuft langsam durch. »Kein Zufall, würde ich sagen.«

»Deshalb bitte ich dich, den Tolliver-Mord auch zu übernehmen«, sagt Cubby.

»Wer A sagt, Cubby, muss auch B sagen.«

»Danke, Jack, ich weiß das zu schätzen. Ich muss jetzt aufs Revier zurück. Ich sag dir Bescheid, wenn ich den Autopsiebericht habe. Mal sehen, was ich über Tolliver erfahren kann. Wenn es eine Verbindung zwischen ihm und den Hendersons gibt, dann haben wir die Hälfte schon geschafft.«

Cubby geht. Ich schenke mir eine Tasse Kaffee ein und denke nach: Hälfte heißt, wir können vielleicht den Mörder identifizieren. In der anderen Hälfte müssen wir ihn schnappen und ihm die Tat nachweisen. Die zweite Hälfte ist immer die schwerste.

Nachdem ich mir einen Tag lang zusammen mit der Spurensicherung den noch frischen Tatort des Tolliver-Mordes angeschaut habe, verbringe ich den Rest der Woche damit, eine Befragungsliste mit Freunden und Verwandten von Lawrence und Marion Henderson sowie einigen Bankangestellten abzuarbeiten. Danach will ich mich wieder um den Mord an Tolliver kümmern.

Ich erfahre, dass alle die Hendersons mochten und bewunderten und keine Ahnung haben, wer sie hätte töten sollen.

Marion Hendersons Freunde berichteten, dass Marion, neben ihrem Engagement in der Schule ihrer Kinder, die meiste Zeit in ihre Arbeit als Präsidentin einer Gruppe namens »Bürger für eine gesunde Umwelt« gesteckt habe. Gesundheit bedeutet anscheinend, gegen die Kräfte des Bösen zu kämpfen, die, wenn man sie nicht aufhalte, unwiderruflich Floridas Umwelt schadeten. Das gab mir jedenfalls Marions Schwester Lucy zu verstehen. Laut der Webseite der Gruppe wendet sich eins ihrer zentralen Anliegen gegen ein gerade im Repräsentantenhaus von Florida diskutiertes Gesetz. Dieses würde die Öl- und Gasförderung bis auf achtzig Kilometer vor der Golfküste Floridas genehmigen und damit das aktuelle Gesetz ersetzen, das die Förderung erst ab zweihundert, in manchen Gebieten erst ab zweihundertfünfzehn Kilometern erlaubt.

Lucy, ebenfalls ein Mitglied der Gruppe, erzählte mir, dass Russell Tolliver, ein Abgeordneter der Demokraten, die Opposition gegen das Gesetz angeführt habe.

Ende der Woche bekam ich den Autopsiebericht von Russell Tolliver. Tatsächlich war er wie die Hendersons mit einem Kopfschuss aus einer Pistole Kaliber .22 erschossen worden.

Interessant. Marion Henderson und Russell Tolliver kämpften beide gegen das neue Öl- und Gasfördergesetz, und beide sind anscheinend – zusammen mit Marions Ehemann als möglicherweise kollateralem Opfer – von derselben Person erschossen worden.

14.

Big Oil

Ich habe eine Verabredung mit Lance Porter, dem persönlichen Assistenten des verstorbenen Russell Tolliver im Repräsentantenhaus. Ich will von ihm Näheres über den Widerstand des Abgeordneten Tolliver gegen das Gesetz zur Gewinnung von Erdöl und Erdgas, über die Befürworter des Gesetzes und andere Unterstützer wissen.

Porter lebt in Tallahassee, der Hauptstadt von Florida, hält sich aber im Augenblick in Fort Myers auf, um der Familie seines Bosses in den Tagen nach dem unerwarteten Verlust beizustehen. Die Tollivers haben ein Haus am McGregor Boulevard, nicht weit enfernt von den Winterresidenzen der Edisons und Fords. Besucher können dort die Winterdomizile von Thomas Alva Edison und seinem Kumpel Henry Ford besichtigen und einen Rundgang durch Edisons Werkstatt mit angeschlossenem Museum und botanischem Garten machen.

Zwei Tage nach Tollivers Tod fahre ich zu seinem Haus, wo ich mit Porter verabredet bin. Die Beerdigung ist für den nächsten Tag angesetzt. Er hat gesagt, am frühen Morgen habe er etwas Zeit. Ich habe auch schon erfahren, dass sein Boss oft zum Angeln in den Pine Island Sound hinausgefahren ist, manchmal allein, manchmal mit Freunden.

Ich biege in die Auffahrt zu einem Backsteinhaus im Fachwerkstil ein. Das große Anwesen zieren Palmen und Eichen und es ist umgeben von einer roten Backsteinmauer mit einem offenen schwarzen Eisentor. Ich parke, gehe auf die Vorderveranda und klingele. Nach ein paar Sekunden öffnet ein Mann die Tür. »Detective Starkey? Ich bin Ross Tolliver, Russells Sohn.«

Ross Tolliver ist etwa Ende zwanzig, mittelgroß und schlank, hat pechschwarzes halblanges Haar, perfekte weiße Zähne und eine gerade Nase. Er sieht aus wie ein Dressman. Die Ärmel seines weißen Tennispullovers mit V-Ausschnitt hat er hochgeschoben, zur weißen Flanellhose trägt er hellbraune Wildlederslipper ohne Socken. Sein Haarschnitt sieht nach 50 Dollar aus. Für meinen zahle ich zwölf fünfzig – in Buddy's altmodischem Friseurladen, wo die *Sports Illustrated* sowie Angel- und Jagdmagazine ausliegen, von denen manche schon ein paar Jahre alt sind.

Ich frage mich, wieso Ross darauf kommt, dass ich Detective bin und nicht der Mann vom Poolservice oder ein Zeuge Jehovas, der die Nachbarschaft abklappert. Schätze, dass man außer mir niemand anderen um zehn Uhr morgens erwartet hat. Da fällt mir ein Witz ein, den ich mal in der Baby Doll Bar gehört habe: Zwei Zeugen Jehovas klappern die Nachbarschaft ab. Sie gehen auf die Vorderveranda eines Hauses und klingeln. Ein Mann macht auf, bittet die beiden herein, lässt sie im Wohnzimmer auf dem Sofa Platz nehmen, setzt sich dazu und sagt: »Also, Jungs, was habt ihr auf dem Herzen?« Einer überlegt kurz, schaut seinen Partner an und sagt: »Keine Ahnung, Sir. So weit sind wir noch nie gekommen.«

Ich stelle mich vor, Ross macht die Tür ganz auf, und ich gehe hinein. »Ich möchte Ihnen danken, dass Sie nach dem Mörder meines Vaters suchen«, sagt er. »Meine Mutter dankt Ihnen auch. Sie ist oben und schläft. Der Arzt hat ihr ein Schlafmittel gegeben. Kommen Sie mit Ihrer Untersuchung voran?«

Polizeibeamte sagen den Journalisten immer, dass sie über die Einzelheiten einer »laufenden Ermittlung« nicht sprechen können. Was oft nur heißt, dass sie keine Spur haben. Aber Familienangehörige haben es verdient, mehr zu erfahren.

»Wir stehen noch am Anfang«, sage ich. »Aber ein paar vielversprechende Hinweise habe ich. Bitte sagen Sie Ihrer Mutter, ich werde mein Möglichstes tun, um die Person zu finden, die für den Tod Ihres Vaters verantwortlich ist.«

Er fragt nicht weiter nach, sondern sagt: »Lance ist hinten am Pool. Ich zeige Ihnen den Weg.«

Kurz bin ich versucht, darauf hinzuweisen, dass jeder Detective, der sein Lebendgewicht in Pop-Tarts wert ist, den Pool auf eigene Faust findet, weil der wahrscheinlich irgendwo im Garten hinter dem Haus ist. Aber das wäre grob, also folge ich ihm durch das Haus und die Terrassentür in den Garten.

Lance Porter sitzt an einem runden schmiedeeisernen Tisch, der unter einem grün-weiß gestreiften Sonnenschirm neben einem großen Swimmingpool steht. Er spricht in sein Handy. Ross geht zurück ins Haus. Porter schaut zu mir und hebt den Zeigefinger – eine Sekunde noch. Er beendet das Gespräch, steht auf, streckt die Hand aus und sagt: »Detective Starkey, Lance Porter. Setzen Sie sich. Kaffee?« Er hält eine große Keramiktasse in der Hand.

Porter hat den muskulösen Körperbau eines Mannes, der in seiner Schulzeit Sportler war und sich seitdem in Form gehalten hat. Oder Soldat, der in seiner Dienstzeit mehr getan hat als Formulare zu stapeln. Der feste Händedruck stützt die Vermutung.

»Danke, aber mein Koffeinbedarf für heute ist schon gedeckt«, sage ich. Ohne Donuts, was soll das? Pommes ohne Ketchup. Buddy Guy ohne Stratocaster. Ein Jahrmarkt ohne – all das Zeug, was zu einem Jahrmarkt gehört.

Wir setzen uns. Er greift nach einer Ledermappe, die auf einem anderen Stuhl liegt, öffnet sie, zieht einen Aktenhefter heraus und legt ihn vor mir auf den Tisch.

»Das ist eine Kopie des Gesetzes zur Gewinnung von Erdöl und Erdgas, nach dem Sie mich gefragt haben«, sagt er. »Gesetzesvorlage 0022 des Repräsentantenhauses. Sie glauben also, dass Russells Tod mit seinem Widerstand gegen dieses Gesetz zu tun hat?«

»Die Möglichkeit besteht«, sage ich. »Nur eine von mehreren, die ich im Auge habe. Erzählen Sie mir von den Befürwortern und Unterstützern des Gesetzes.«

Natürlich habe ich keine einzige andere Möglichkeit im Auge, aber das braucht er nicht zu wissen.

»Ein Republikaner namens Arthur Wainwright, der einen Bezirk im Palm Beach County vertritt, ist der wichtigste Befürworter der Gesetzesinitiative. Wie Sie sich sicher vorstellen können, unterstützt die Öl- und Gasindustrie durch ihre Lobbyisten das Vorhaben mit Nachdruck.«

»Wer außer Russell Tolliver hat sich noch gegen das Gesetz ausgesprochen?«

»Jeder Demokrat im Repräsentantenhaus und Senat ist automatisch gegen jeden Gesetzesentwurf der Republikaner. Und umgekehrt auch. Deshalb bringt die Regierung auch nichts zustande, außer ab und zu mal ein Gesetz, das beide Parteien gemeinsam absegnen. Ein Programm zur Eindämmung der Moskitoplage oder so.«

Genau in diesem Augenblick lässt sich ein Moskito auf seinem Nacken nieder. Porter zerquetscht das Insekt mit der flachen Hand, wobei ein winziger Blutfleck zurückbleibt. Vielleicht sollte man die Mittel für das Moskitoprogramm aufstocken.

»Kannte Russell Lawrence oder Marion Henderson?«, frage ich.

»Es ist eine Tragödie. Russell kannte beide sehr gut. Ich habe sie nur einmal kurz bei einer Wahlspendenparty getroffen. Sie haben Russells Wahlkämpfe großzügig unterstützt, obwohl sie Republikaner waren, und Marions Organisation, also ›Bürger für eine gesunde Umwelt‹, hat das Gesetz ja auch vehement bekämpft. Tatsächlich war es Marion, die Russell für den Widerstand gegen das Gesetz rekrutiert hat.«

»Und, wird das Gesetz durchgehen?«

»Was wissen Sie über die Politik in Florida?«

»Ich stamme aus Illinois. Da sind vier der letzten sieben Gouverneure im Knast gelandet und zwei von denen sitzen immer noch.«

Er lacht. »Na ja, ganz so schlimm ist es hier noch nicht. Aber auch in Florida gilt: Geld regiert die Welt. Einzelspender für Wahlkämpfe oder politische Anliegen wollen dafür Gefälligkeiten, und die bekommen sie auch. Tatsächlich werden manche der Gesetze von Lobbyisten geschrieben.«

»Und das neue Öl- und Gasgesetz hat auch ein Lobbyist geschrieben?«

»Ja. Der Entwurf stammt von einer Gruppe namens ›The American Energy Independence Coalition‹ mit Hauptsitz in Washington. Im Klartext: Big Oil. Die Öl- und Gaskonzerne sorgen dafür, dass deren Kriegskasse immer randvoll ist.«

Beim Wort »Kriegskasse« steigt sofort mein Adrenalinspiegel. Liebe und Geld, die beiden Hauptursachen für Mord. Ab jetzt gilt: Folge dem Geld.

»Um Ihre Frage zu beantworten«, sagt Porter. »Erst sah es so aus, als ginge das Gesetz todsicher durch. Bis Marion Hendersons Gruppe anfing, den Widerstand zu organisieren und Russell an Bord holte. Das Sitzverhältnis spricht immer noch für eine große Mehrheit für das Gesetz, aber ich bin sicher, den Befürwortern gefiel es ganz und gar nicht, dass Marion und Russell die Aufmerksamkeit auf die möglichen Umweltschäden gelenkt haben.«

»Hat Russell mal Drohungen erhalten?«

»Ja, auch Todesdrohungen. Das bringt der Job so mit sich. Ich leite das immer an das für das State Capitol zuständige Polizeirevier weiter. Keine einzige Drohung erwies sich als glaubhaft. Alles Spinner.«

»Kommt selten vor, dass ein Mörder vorher eine Drohung ausspricht«, sage ich. »Aber es *kommt* vor. Wir sollten uns also die Figuren alle mal genauer anschauen.«

Ich danke Porter für seine Hilfe und erwäge kurz, ihm mein Beileid für den Tod seines Bosses auszusprechen, lasse es dann aber bleiben und mache mich auf den Rückweg zur Haustür, den ich mir auf dem Hinweg auch ohne Brotkrumenspur habe merken können.

Auf der Rückfahrt nach Fort Myers Beach rufe ich in Tallahassee das für das State Capitol zuständige Polizeirevier an und trage der Frau am anderen Ende meinen Wunsch vor. Sie verbindet mich in der Abteilung, die für den Schutz der Abgeordneten verantwortlich ist, mit einem Sergeant Jim Mikanopy (dessen Namen ich mir buchstabieren lasse).

Den Namen kenne ich. Sam Longtree hat mir mal ein Buch über die Geschichte der Nation der Seminolen geschenkt. Im neunzehnten Jahrhundert gab es einen berühmten Häuptling mit diesem Namen. Als der Sergeant sich meldet, frage ich ihn, ob er Sam kennt.

»Ja«, sagt Mikanopy. »Er ist stellvertretender Vorsitzender im Stammesrat der Florida-Seminolen. Ich bin der Vorsitzende.«

»Sam und ich arbeiten zusammen.«

»Dank unserer Casinos haben Sam und ich es nicht mehr nötig zu arbeiten«, sagt der Sergeant. »Wird aber mit der Zeit langweilig, nur Schecks einzulösen. Also, Detective, was kann ich für Sie tun?«

»Ich nehme an, Sie sind über den Mord an dem Abgeordneten Russell Tolliver informiert.«

»Natürlich.«

»Ich leite die Ermittlungen und auch die der möglicherweise damit in Zusammenhang stehenden Morde am Ehepaar Henderson aus Fort Myers.«

»Eine Tragödie«, sagt Mikanopy. »Wer tut so etwas?«

»Das versuche ich herauszufinden. Lance Porter hat mir erzählt, dass Sie mehrere Morddrohungen gegen Russell Tolliver untersucht haben. Er hat auch gesagt, dass keine davon glaubhaft gewesen sei.«

»Das stimmt. Zur Einschätzung von Personen, die Drohungen äußern, haben wir ein Profil mit gewissen Kriterien entwickelt, die diese Personen erfüllen müssen, um von uns als ernst eingestuft zu werden. Kein System ist perfekt, aber bislang hat unseres funktioniert.«

»Hat es in letzter Zeit eine Drohung gegeben, in der Tollivers Widerstand gegen das neue Öl- und Gasgesetz erwähnt wurde?«

»Nein, keine.«

Ich danke ihm.

Ich muss mehr über den Abgeordneten Arthur Wainwright und seine Kumpels von der »American Energy Independence Coalition« herausfinden. Vielleicht gestehen sie ja, wenn ich einfach in ihr Büro marschiere und meine Dienstmarke zücke – wenn nicht die drei Morde, so doch vielleicht eine andere Schweinerei. Etwas köchelt immer.

Wahrscheinlicher ist, dass sie nichts gestehen werden. Also ist mal wieder gute altmodische Polizeiarbeit erforderlich. Und wenn ich auch sonst nichts bin, altmodisch bin ich.

15.

Deepwater Horizon

Marisa kocht bei sich zu Hause eins ihrer wunderbaren Festessen für uns. Und wie immer packt sie von den Resten etwas für Joe ein. Heute Abend bekommt er Seebarsch, aber ohne gelben Reis und Kochbananen. Sie weiß, dass er beides nicht mag.

Normalerweise kann ich mich nicht daran erinnern, was ich geträumt habe, aber an diesem Morgen ist das anders: Es ging um die verhängnisvolle Explosion der Deepwater Horizon, der Ölplattform von BP vor der Küste Louisianas, die 2010 elf Menschen das Leben gekostet und im Golf von Mexiko eine massive Ölpest verursacht hat. Kein Wunder, ich hatte gerade erst den Film gesehen.

In meinem Traum befinde ich mich im Augenblick der Explosion auf der Bohrinsel und bin die Figur, die Mark Wahlberg spielt. Weil sie solche Katastrophen zumindest weniger wahrscheinlich machen wollte, stemmte sich Marion Hendersons Umweltschutzgruppe dagegen, dass Bohrungen bis achtzig Kilometer vor der Küste erlaubt werden sollten.

Die Fragen, die sich aufdrängten, lauten also: Wurden die Hendersons und Tolliver wegen ihres Widerstands gegen das neue Gesetz getötet? Gibt es eine Fraktion innerhalb der Big-Oil-Industrie, die derart skrupelos ist? Hat die »American Energy Independence Coalition« einen Auftragsmörder auf der Gehaltsliste?

Diese Fragen gehen mir während meines morgendlichen Strandlaufs im Kopf herum. Ich muss mit dem Abgeordneten Arthur Wainwright reden. Es ist Sitzungszeit im Senat und Repräsentantenhaus, aber als ich in seinem Büro anrufe, sagt mir seine Assistentin, dass er in seinem Hause in Palm Beach ist. Was keine Überraschung ist, da in Florida Parlamentarier ein Teilzeitjob ist. Das heißt: Ich muss nach Palm Beach.

Nachdem ich auf der *Phoenix* geduscht habe, fahre ich meinen Laptop hoch und googele Wainwrights Namen. Ich klicke den Link zu seiner Webseite an. Auf der Homepage findet sich sein Foto. Er sitzt mit verschränkten Händen hinter einem Schreibtisch, im Hintergrund die Flaggen der Vereinigten Staaten und des Bundesstaats Florida. Ein vornehm aussehender Mann in den Fünfzigern, volles weißes Haar, Adlernase, Kinn mit Grübchen.

Ich klicke auf »Über mich«. Der Mann kann beeindruckende Referenzen vorweisen – das heißt, wenn er sie nicht erfunden hat, was gelegentlich vorkommt. Verblüffend, wie viele Navy SEALs, Harvardabsolventen, Purple-Heart-Dekorierte, Schwarzer-Gürtel-Träger und Eagle Scouts es in der Welt gibt – wenn man den Selbstdarstellungen glauben will.

Mein Kindertraum war es, als Starting Pitcher für die Cubs aufzulaufen. Ich habe es bis zu den Amateuren in der American Legion geschafft, dann habe ich mich am Arm verletzt, und mein Vater sah nicht ein, für die Fortsetzung meiner Baseball-Karriere eine Tommy-John-Operation zu bezahlen.

Vielleicht sollte ich meinen Lebenslauf mit der dreisten Behauptung aufmotzen, dass man mir vor meiner Polizistenkarriere als Pitcher für die Cubs den Cy Young Award verliehen hat.

Wenn Wainwrigts Lebenslauf korrekt ist, war er erst in Harvard und danach auf der Yale Law School, beides mit Abschluss, diente als Offizier bei der Marine, und ist Chef von Wainwright Industries, einem von seinem Vater gegründeten Unternehmen, das Orangenhaine besitzt, Villen baut, medizinische Geräte herstellt und eine Kette von Notfallzentren betreibt.

Ich will gerade die Privatnummer wählen, die mir die Assistentin gegeben hat, als mein Telefon klingelt. Das Display weist die Anruferin als Claire aus, meine Ex-Frau.

Kennengelernt habe ich Claire, als ich in Chicagos Old Town als junger Streifenbeamter einem Kriminellen hinterherjagte, der ihr die Handtasche geklaut hatte. Unsere Ehe lief großartig, bis ich anfing, zur Stressbekämpfung auf dem Nachhauseweg in der Baby Doll Polka Lounge einzukehren. Ich erzählte meine Sorgen einem Kumpel namens Jack Daniel's und ruinierte damit alles.

Durch die Sauferei war ich, so Claire, für sie und unsere Tochter Jenny »emotional nicht mehr ansprechbar«. Sie hatte ohne Frage recht. Nach unserer Scheidung machte sie an der Northwestern University ihren Master in Business Administration. Jetzt ist sie Senior Vice President einer Bank und mit einem orthopädischen Chirurgen liiert – nach einem alkoholkranken Detective eine deutliche Verbesserung.

Aber offenbar ist »liiert« ein zu schwaches Wort.

Als ich abhebe, sagt Claire: »Ich wollte dich nur vorwarnen, Jack. Damit du nicht überrascht bist, wenn die Einladung in der Post liegt.«

»Okay«, sage ich. »Und wozu werde ich eingeladen?«

»Zu meiner Hochzeit.«

16.

The Island

Ich nehme erst die I-75 nach Süden und durchquere dann die Südspitze Floridas in östlicher Richtung. Der Abschnitt, der durch die Everglades führt, wird Alligator Alley genannt, weil man an den Böschungen der parallel zur Straße verlaufenden Entwässerungskanäle viele Reptilien sehen kann, die sich in der Sonne rekeln. Immer wieder kommt es zu Unfällen, weil die Fahrer nach diesen prähistorischen Kreaturen Ausschau halten.

Die Alligator Alley geht in die I-595 über, von der ich auf die I-95 abbiege und in nördlicher Richtung weiterfahre. Auf dem South Dixie Highway geht es weiter nach Norden bis nach West Palm Beach hinein, wo ich vom Festland über eine Brücke auf die Insel Palm Beach fahre.

Es gibt kein bewachtes Tor, um dem gemeinen Volk den Zutritt zur Insel zu verwehren, aber manchmal wartet ein Streifenwagen der Polizei von Palm Beach, um jedes verdächtig wirkende Auto zu verfolgen – was heißt, jedes Auto, das weniger als das Bruttosozialprodukt von Luxemburg kostet. Ich winke dem jungen Beamten in seinem Streifenwagen zu. Er winkt nicht zurück und lässt mich gewähren. Schätze, eine klassische Corvette genügt den Anforderungen.

Die Einheimischen nennen Palm Beach »The Island«, so wie New Yorker ihre Scholle »The City« nennen – als ob man schon wüsste, was gemeint ist. In ihren Augen weiß das die richtige Gattung Mensch.

Die etwa zehntausend Einwohner von Palm Beach besetzen etwa fünfundzwanzig Quadratkilometer vom teuersten Grund im Land. Das Komische, man sieht sie nur selten. Die Kunden auf der Worth Avenue, für mich die »Net Worth Avenue«, sind hauptsächlich Touristen. Wer hier wohnt, hat seinen eigenen Einkaufsberater. Wenn man durch die Wohnviertel fährt, ob mit oder ohne Polizei im Schlepptau, sieht man nur Lieferwagen, Angestellte der städtischen Versorgungsunternehmen und Gärtnertrupps, die ständig die üppigen Rasenflächen und Gärten maniküren.

Für viele, wenn nicht die meisten Hausbesitzer in Palm Beach sind die Multi-Millionen-Dollar-Anwesen nur Zweit-, Dritt- oder Viertwohnsitze, die selten genutzt werden und dann auch nur in der Saison – für den Rest von uns: im Winter. Ich bin zu der Zeit schon mal da gewesen und habe auf den Straßen trotzdem nur sehr wenige Hausbesitzer gesehen. Vielleicht haben sie Hubschrauberlandeplätze auf den Dächern. Man kann sie in den Privatclubs und schicken Restaurants antreffen, aber zu ersteren verwehrt man mir den Zutritt, und letztere kann ich mir nicht leisten. Eigentlich *könnte* ich mir diese Restaurants sogar leisten, aber für kleine Portionen will ich keine exorbitanten Preise zahlen.

Ich fahre zum South Ocean Boulevard, der parallel zur Atlantikküste verläuft. Die Häuser sind eingezäunt, bewacht und so groß wie Hotels. »Hinter jedem großen Vermögen steht ein Verbrechen«, schrieb Balzac. Das Zitat hatte ich am College in einem Kurs für vergleichende Literaturwissenschaft aufgeschnappt. Ein schlauer Satz, der auf das postnapoleonische Frankreich sicher zutraf. Hier am South Ocean Boulevard habe ich das Gefühl, in jene Zeit und an jenen Ort zurückgeworfen zu sein. Kann man mit ehrlichen Mitteln wirklich all den Reichtum erwirtschaften, den diese Anwesen repräsentieren? Natürlich kann man das, aber ich nicht und auch niemand sonst, den ich kenne.

Der Wind frischt auf und zaubert weiße Schaumkronen auf den Atlantik. Einige wenige Surfer reiten beeindruckende Wellen ab und ignorieren die Gefahr, als Lunch für einen großen weißen Hai zu enden (was an diesem Küstenabschnitt in den letzten Jahren vorgekommen ist).

Das Navi auf meinem Handy lotst mich zu einem zweistöckigen Palazzo, groß und gelb mit grünem Schieferdach und Sechsergarage. Als der Wagen vor dem schmiedeeisernen Tor zum Stehen kommt, schwingt es auf. Auf einem hohen Metallpfosten ist eine Sicherheitskamera montiert. Ich fahre die kreisförmige Einfahrt hinauf bis zur Vordertür und halte.

Als ich aussteige, öffnet sich die Haustür. Ein Hüne von Mann – jenseits der dreißig, kahlköpfig, gut geschnittener schwarzer Anzug, Komm-mir-bloß-nicht-dumm-

Gesicht – begrüßt mich mit der Frage: »Sind Sie Detective Starkey?«

Als Antwort erwäge ich kurz: »Nein, ich bin ein Zeuge Jehovas«, vermute aber, dass er für einen Witz gerade nicht in Laune, zudem bewaffnet und befugt ist, ungebetene Besucher bei Sichtkontakt zu erschießen. Ich bestätige also, genau jener Mann zu sein.

»Tragen Sie eine Waffe?«

»Die ist im Wagen.«

Trotzdem tastet er mich von Kopf bis Fuß ab. Sollte er erfreut sein, weder Schusswaffen noch Messer, Injektionsnadeln oder einen Sprengstoffgürtel unter meinem weißen T-Shirt mit dem Logo vom Drunken Parrot gefunden zu haben, so lässt er es sich jedenfalls nicht anmerken.

»Mr. Wainwright ist hinten am Pool«, sagt er und stellt sich als Alexi vor. »Folgen Sie mir.«

Genau wie Lance Porter. Schätze, selbsternannte VIPs empfangen ihre Gäste immer hinten am Pool. Ich folge ihm durch den Vorraum, das Wohnzimmer und die Küche bis zu einer Schiebetür, die in den Garten führt. Das Innere des Hauses dominieren antike Möbel, Marmorböden, Orientteppiche und Ölgemälde in kunstvollen Holzrahmen. Die Küche ist profimäßig ausgestattet. Ich wette, Arthur Wainwright schiebt seinen Hackbraten nicht selbst in die Röhre.

Der Hüne öffnet die Schiebetür und bleibt im Innern stehen, während ich hinaustrete auf den Marmorboden der Terrasse mit Freiluftküche samt Gasgrill und Kühlschrank sowie einem runden schmiedeeisernen Esstisch nebst Stühlen. An die Terrasse schließt ein Swimmingpool an, in dem man olympische Schwimmwettbewerbe austragen könnte.

Ein Mann in weißem Bademantel erhebt sich aus einem Clubsessel neben dem Pool. Er sieht genau so aus wie Arthur Wainwright auf seiner Webseite, nur zehn bis fünfzehn Jahre älter. Oh, Eitelkeit, dein Name sei Arthur.

Er lächelt herzlich, streckt die Hand aus und sagt: »Detective Starkey, Art Wainwright. Lassen Sie uns einen Schluck trinken, und dabei erzählen Sie mir, wie ich Ihnen bei Ihren Ermittlungen behilflich sein kann.«

Wir setzen uns unter einen blau-weiß gestreiften Sonnenschirm an einen runden weißen Holztisch. Eine stämmige Latina mittleren Alters, die die spröde weiß-graue Uniform eines Hausmädchens trägt, erscheint neben uns. Ich hatte sie nicht aus dem Haus kommen sehen. Vielleicht steht sie permanent auf Abruf hinter einem der Feuerbüsche und wartet auf ein Zeichen, falls ihr Boss etwas benötigen sollte.

Art schaut auf seine goldene Rolex. »Irgendwo ist jetzt Cocktailstunde.« Es ist elf Uhr morgens, in Rom entkorken sie gerade die Weinflaschen. Er sagt dem Mädchen, er nehme einen Mimosa-Cocktail, und fragt, was ich gern hätte.

Ich gehe davon aus, dass der Wainwright'sche Haushalt kein Berghoff Root Beer vorrätig hat, also nehme ich eine Cola Light. Mein Gastgeber hebt die Augenbrauen. »Wie Sie wollen, Detective. Jeder nach seinem Geschmack.«

Während das Hausmädchen ins Haus geht, sagt Artie Boy: »Sie haben meiner Assistentin gesagt, Sie untersuchen den Tod von Russell Tolliver und diesem Paar aus Fort Myers …«

»Lawrence und Marion Henderson.«

»Nun, Detective, ich fürchte, Sie haben den langen Weg umsonst gemacht. Ich kann Ihnen in der Sache nicht weiterhelfen. Russ war ein guter Mensch, und sein Tod erschüttert mich. Und von den anderen Leuten habe ich noch nie gehört.«

Mir fällt auf, dass er das Wort »Mord« vermeidet. Nach meiner Erfahrung als in Mordfällen ermittelnder Polizeibeamter kann das etwas besagen oder auch nicht. Wenn Polizeiarbeit einfach wäre, könnte sie ja jeder machen.

»Ich will herausfinden, ob es eine Verbindung zwischen den Opfern gab«, sage ich. »Deshalb rede ich mit Leuten, die sie gekannt haben.«

Er breitet die Hände aus. »Wie gesagt, Russ habe ich gekannt, aber … ähm …«

»Lawrence und Marion Henderson.«

»Ja. Die nicht.«

Das vermeintliche Unvermögen, sich an die Namen der beiden Mordopfer zu erinnern, ärgert mich – und zwar so sehr, dass ich am liebsten auf seine Adlernase einschlagen würde. Aber das wäre das Ende der Unterredung, also stelle ich ihm stattdesssen eine Frage: »Können Sie sich einen Grund vorstellen, warum jemand Mr. Tolliver würde schaden wollen?«

Er lehnt sich in seinem Stuhl zurück, schaut zum Himmel hinauf, als könne er die Antwort irgendwo da oben zwischen den weißen flauschigen Wolken entdecken, und sagt dann: »Nein, absolut nicht.« Er zuckt die Schultern, breitet wieder die Hände aus und fügt hinzu: »Er war Autohändler. Vielleicht ein unzufriedener Kunde.«

Als unverheirateter Streifenbeamter habe ich mir einen gebrauchten Chevy Caprice gekauft, bei dem schon auf dem Weg nach Hause eine Pleuelstange gebrochen ist. Der Verkäufer und der Händler waren nicht geneigt, etwas dagegen zu unternehmen. Zwar dachte ich nicht daran, sie umzubringen, das hätte nur einen Haufen Papierkram bedeutet, aber ich erwähnte meinen Cousin, der in der Stadtverwaltung im Büro für die Erteilung von Gewerbekonzessionen arbeitete. Das wirkte.

Als das Hausmädchen die Getränke auf den Tisch stellt, öffnet sich die Schiebetür zum Haus und eine große junge Frau mit kurzen blonden Haaren, die den gleichen Bademantel wie Art trägt, tritt barfuß auf die Terrasse und kommt auf uns zu.

Ohne aufzustehen, sagt Art: »Detective Starkey, darf ich vorstellen. Meine Frau Jennifer.«

Sieht eher wie die Enkelin aus. Ganz Gentleman, stehe ich auf und sage: »Ist mir ein Vergnügen, Sie kennenzulernen, Mrs. Wainwright.«

»Ganz meinerseits«, sagt sie, streift den Bademantel ab und legt ihn auf einen Stuhl. Sie trägt einen schwarzen, zahnseidedünnen Bikini. Wahnsinnsfigur. Sie geht zum Rand des Beckens, taucht mit einem Kopfsprung ins

Wasser ein und zieht kraulend ihre Bahn. Michael Phelps konnte es nicht besser.

»Jennifer war für die University of Florida in Gainesville Mitglied im All-America-Team«, sagt Art. »Ich war in einem Jahr der Redner bei der Abschlussfeier, und Jennifer war die Studentin, die mich betreut hat.«

Im Fall der Serienmorde seinerzeit in Naples – einer Stadt, die ähnlich reich ist wie Palm Beach, nur etwas ruhiger – konnte ich ziemlich viele dieser sogenannten Mai-Dezember-Beziehungen beobachten. Der Mai war immer jung und sexy, der Dezember immer alt und steinreich. Jeder nach seinem Geschmack.

Nachdem ich mich genug von Miss Mai habe ablenken lassen, ist es an der Zeit, zum Grund meines Besuchs zu kommen. »Sie unterstützen im Repräsentantenhaus eine Gesetzesvorlage bezüglich der Öl- und Gasförderung vor der Golfküste, und Mr. Tolliver hat sich dagegen ausgesprochen.«

Er nippt an seinem Mimosa-Cocktail und wischt sich mit dem Handrücken über den Mund. »Das ist richtig. Und richtig ist auch, dass die Parteipolitik in unseren Tagen immer unschönere Auswüchse erlebt. Aber wir engagieren keine Auftragsmörder, um die Opposition auszuschalten.« Er lächelt und fügt hinzu: »Zumindest noch nicht.«

Interessant. Ich hatte nichts von einem Auftragsmörder gesagt. Vielleicht war das von Bedeutung, vielleicht auch nicht. Natürlich ist Polizeiarbeit keine exakte Wissenschaft. Manchmal gleicht sie eher einem Glücksspiel. Ich habe nicht den Eindruck, als würde Art gestehen und damit sein Haus, die zig Autos in seiner Garage, seine Dienerschaft und natürlich seine Kindsbraut aufs Spiel setzen.

Er schaut auf seine Rolex und sagt: »Ich müsste mich jetzt umziehen, ich habe noch eine Verabredung zum Lunch. Es sei denn, ich kann Ihnen noch anderweitig behilflich sein.«

Als ob er mir überhaupt behilflich gewesen wäre.

Jennifer schwimmt ihre letzte Bahn, steigt an der Poolleiter aus dem Becken und zieht sich den Bademantel an.

»Jennifer zeigt Ihnen den Weg«, sagt Art.

Ich könnte auch allein hinausfinden, aber sie hatte schon Art den Campus gezeigt. Mit interessantem Ergebnis.

»Sehr gern«, sage ich.

Ungebeten stellen sich auf dem Weg unreine Gedanken ein.

17.

Kapitale Verbrechen

Am nächsten Morgen stehe ich vor einer dieser schwierigen Entscheidungen, die das Leben einem gelegentlich abverlangt: Pfannkuchen oder belgische Waffeln?

Cubby und ich haben uns in Stan's Diner zum Frühstück verabredet, damit ich ihn auf den neuesten Stand bringen kann. Ich bestelle Pfannkuchen, er Waffeln. Die Pfannkuchen im Stan's sind dick, groß wie Frisbee-Scheiben und strotzen vor Heidelbeeren. Zu den Waffeln, in deren kleinen quadratischen Vertiefungen die Butter und der warme Ahornsirup so herrlich zusammenlaufen können, gibt es Pekannüsse.

Ich berichte Cubby von Marion Hendersons Gruppe »Bürger für eine gesunde Umwelt«, dem Öl- und Gasgesetz und der »American Energy Independence Coalition«. Des weiteren von meinem Gespräch mit Lance Porter in Russell Tollivers Haus, meinem Telefonat mit Sergeant Mikanopy von der Capitol Police in Tallahassee und meinem Abstecher nach Palm Beach zu Arthur Wainwright. Ich beschreibe ihm Wainwrights Leibwächter. Wainwrights Frau Jennifer erwähne ich nicht, weil sie mit den Ermittlungen wohl nichts zu tun hat. Sie ist nur für mich eine Person von besonderem Interesse.

»Da warst du ja ein fleißiger Junge«, sagt Cubby und schiebt sich ein Stück Waffel in den Mund. Sirup läuft ihm übers Kinn. Er scheint das gar nicht zu bemerken und redet weiter: »Nach allem, was du mir erzählst, scheint das Öl- und Gasgesetz die Morde ausgelöst zu haben.«

»Das ist alles, was ich bis jetzt habe. Jetzt muss ich mir noch die ›American Energy Independence Coalition‹ näher anschauen. Deren Zentrale sitzt in Washington, D.C.«

»Genehmigt«, sagt Cubby. »Solange du Economy fliegst und dein Übergepäck selbst zahlst.«

Zwei Tage später gehe ich an Bord einer American-Airlines-Maschine und fliege mit Flug Nummer 400 von Fort Myers zum Dulles International Airport in D.C. Ich habe mir einen breiteren Sitz gegönnt. Entweder sind die regulären Flugzeugsitze schmaler oder ich bin breiter geworden. Ich ziehe es vor, den Sitzen die Schuld zu geben. Tatsächlich habe ich gelesen, dass die Fluglinien zur Profitsteigerung mehr Sitze in die Kabinen stopfen. Was soll's, reichen Sie mir mal bitte die Donuts rüber.

Ich habe mir nie die Mühe gemacht, mir bei der Abteilung für Reisesicherheit im Heimatschutzministerium eine Nummer für überprüfte Flugreisende geben zu lassen, die einen schneller und ohne Leibesvisitation durch die Sicherheitsschranke schleust. Stattdessen habe ich mich als Polizeibeamter ausgewiesen, was mir auch einen Platz unter den schon Durchleuchteten verschaffte und mir obendrein gestattete, meine S&W samt Munition in den Koffer zu packen. Wenn ich an einer speziellen Schulung der Bundesbehörden mit dem Titel »Das Tragen von Waffen von Polizeikräften auf Flugreisen« teilgenommen hätte, hätte ich meine Waffen mit in die Kabine nehmen können. Hatte ich aber nicht. Sollte es also während des Flugs Ärger geben, müsste ich mich auf das Plastikbesteck verlassen, wenn es überhaupt etwas zum Essen gibt, was eher unwahrscheinlich ist. Vielleicht lässt sich eine Tüte Erdnüsse in eine tödliche Waffe verwandeln.

Ich habe einen Fenstersitz in der ersten Reihe der Hauptkabine. Eine ältere Frau, die mit einem Gehwagen an Bord gekommen ist, sitzt im gleichen Gang wie ich. In einer Notlage wird sie keine große Hilfe sein, außer sie hätte an einer speziellen Schulung zur Handhabung eines Gehwagens als Schlagwaffe teilgenommen. Vielleicht ist sie ja auch ein bewaffneter, exzellent getarnter Sky Marshal.

Wohin die Gedanken so abschweifen, wenn man sich langweilt.

Ich hatte die »American Energy Independence Coalition« angerufen und einen Termin mit Theodore Tomlinson ausgemacht, dem Geschäftsführer. Laut Lance Porter leitet Tomlinson die Lobbygruppe seit acht Jahren. Davor war er stellvertretender Leiter der globalen Kommunikation bei »International Oil Patch Partners«. Vielleicht ist das von Bedeutung, vielleicht auch nicht.

Wir erreichen den Dulles Airport ohne Zwischenfall. Ich bleibe über Nacht, weil der einzige Rückflug nach Fort Myers zur Unzeit um 23 Uhr abhebt. Mir bleiben zwei Stunden bis zu meiner Verabredung. Ich fahre mit dem Taxi zum Hotel, dem Hay-Adams, eine Institution in D.C. Die Differenz zum »Airport Hilton«, das besser zu meinem Polizistenspesenkonto gepasst hätte, zahle ich selbst.

Seit meinen Tagen im Marine Corps, als ich für sechs Monate in der Kaserne an der Eighth Street Ecke I Street stationiert war, bin ich nicht mehr in D.C. gewesen. Die Soldaten dort erfüllen zeremonielle und präsidentielle Aufgaben, sie müssen nicht in Zelten schlafen, müssen keine langen Märsche mit Fünfzig-Pfund-Rucksäcken absolvieren, müssen keinen Konservenfraß essen oder sich beschießen lassen. Wenn ich mich dort auf Dauer hätte verpflichten können, wäre ich vielleicht heute noch bei den Marines. In meiner blauen Ausgehuniform sah ich ziemlich flott aus, und manche der jungen Damen, die ich nach Dienstschluss in den Bars traf, fanden das auch. Wenn er beim Tanzen nicht hinderlich gewesen wäre, hätte ich sogar meinen Säbel getragen.

Es ist eine schöne Fahrt vom Flughafen in die pulsierende Hauptstadt, vorbei an eindrucksvollen historischen Regierungsgebäuden und Denkmälern. Wenn man es nicht besser wüsste, könnte man glauben, die Bundesregierung würde hart arbeiten zum Wohle des Steuerzahlers. Wenn man jedoch den Umfragen glauben will, dann ist kaum noch jemand dieser Meinung. Sicherlich gibt es noch jede Menge Regierungsbeamte, die gewissenhaft ihre Pflicht erfüllen, und es gibt sicher noch aufrichtige Politiker vom Schlage des von James Stewart gespielten

Senators, der 1939 in dem Film *Mr. Smith geht nach Washington* das korrupte System bekämpft. Aber die Bürger sind eindeutig der Ansicht, dass heute diese guten Menschen in der Minderheit sind.

Ich steige in der Sixteenth Street Northwest vor dem Portikus des Hay-Adams aus dem Taxi. Ein uniformierter Hotelpage holt mein Gepäck aus dem Kofferraum und versichert mir, es werde umgehend auf mein Zimmer gebracht.

Ich betrete die Lobby, in der dunkles Holz und Orientteppiche auf Marmor dominieren – nicht unähnlich dem Interieur von Arthur Wainwrights Haus, nur eine Nummer größer. Die Menschen stellen einen Querschnitt unterschiedlicher Ethnien und regionaler Kleidungsstile dar und haben wahrscheinlich die eine oder andere Angelegenheit mit der Bundesregierung zu regeln. Laut Sam Longtree haben die Ureinwohner Nordamerikas es schon lange aufgegeben, Hoffnung auf die Bundesregierung zu setzen. Die Stämme sind selbst Nationen und fahren damit in mancherlei Hinsicht besser – zum Beispiel als Betreiber von Casinos.

Auf meinem Zimmer veredele ich das schwarze Poloshirt und die Khakihose mit einem marineblauen Blazer. Dann verlasse ich das Hotel und finde eine Straße weiter das vom Portier empfohlene Feinkostgeschäft, wo ich ein annehmbares Corned-Beef-Sandwich esse. Dann fahre ich mit dem Taxi zum Büro der »American Energy Independence Coalition« in der K Street, einer Hauptverkehrsader, an der die Lobbygruppen, Denkfabriken und

Interessenvertretungen ihre Hauptquartiere haben. Mit anderen Worten: wo die eigentlichen Regenten der Vereinigten Staaten von Amerika residieren.

Das Taxi hält vor einem achtstöckigen Granitbau. Der Wegweiser in der Lobby verrät mir, dass ich ins oberste Stockwerk muss. Als ich aus dem Fahrstuhl trete, sehe ich eine gläserne Flügeltür mit dem Kürzel »AEIC«, gehe hinein und teile der Dame am Empfang meinen Namen und den Grund meines Besuchs mit. Sie bittet mich, Platz zu nehmen, bietet mir die üblichen Getränke an, die ich ablehne, und sagt, Mr. Tomlinson werde mich jeden Augenblick empfangen.

Ich lasse mich auf dem Besuchersofa nieder und schaue die ausliegenden Magazine auf dem Beistelltisch durch: hauptsächlich Sportmagazine und Publikationen der Ölindustrie. Ich entscheide mich gegen das *Journal of Deep-Well Drilling* und für die aktuelle Ausgabe von *Sports Illustrated.* Ich lese gerade einen Artikel über die kommende Baseball-Saison (meinen Cubbies wird ein gutes Jahr prophezeit), als ein Mann durch eine Bürotür kommt und mir die Hand entgegenstreckt. »Detective Starkey, Ted Tomlinson. Ich fürchte, Sie haben den langen Flug umsonst gemacht. Ich kann Ihnen bei Ihren Ermittlungen nicht weiterhelfen. Trotzdem würde ich mich gern mit Ihnen unterhalten.«

Mich verblüfft, wie sehr seine Begrüßung der von Arthur Wainwright ähnelt. Ich schüttele ihm die Hand und sage: »Wenn Sie nichts dagegen haben, würde ich Ihnen gern ein paar Fragen stellen.«

Tomlinson hat ergrauendes braunes Haar, ist etwa Anfang sechzig und trägt eine Anstecknadel mit der amerikanischen Flagge am Revers seines Jacketts. Er könnte ein FBI-Agent sein, wenn nicht auf dem anderen Revers ein goldener Anstecker in Form eines Bohrturms prangte. Schätze, das soll heißen: Was gut ist für Big Oil, ist gut für Amerika.

Als wir uns die Hand schütteln, fällt mir auf, dass er eine Armbanduhr von Patek Philippe trägt. Im *Men's Journal* habe ich neulich einen Artikel über den derzeitigen Hype um Armbanduhren gelesen. Die Preisliste für Pateks startet bei zwanzigtausend und endet kurz vor der Million. Ich habe gedacht: Jesus, Maria und Josef, wer bezahlt so viel für die Uhrzeit? Jetzt weiß ich es. Ich bin sicher, dass meine Laufuhr von Casio die Zeit genauso gut misst, wenn nicht besser. Aber mit einem Job in der K Street trägt man keine Casio. Was mich an das Balzac-Zitat über die Herkunft großer Vermögen erinnert und in Versuchung führt, Tomlinson aus dem einfachen Grund festzunehmen, dass er sich so eine Uhr leisten kann. Aber ich bin außerhalb meines Zuständigkeitsbereichs – woran er mich gleich erinnert, nachdem wir uns in den Ledersesseln seines geräumigen Eckbüros niedergelassen haben. »Sie befinden sich ein klein wenig außerhalb Ihres Zuständigkeitsbereichs, oder, Detective Starkey?«

»Das ist wahr«, muss ich zugeben. »Deshalb weiß ich es zu schätzen, dass Sie mich empfangen. Ich werde Ihre Zeit nicht lange in Anspruch nehmen.«

An den Wänden hängen Fotos von Tomlinson mit Präsidenten und anderen wiedererkennbaren Politikern, Weltenlenkern, Sportstars und Berühmtheiten aus der Unterhaltungsindustrie. Kern der Aussage: Ted Tomlinson ist ein Player.

Er schiebt seine Manschette zurück und schaut auf die Patek. »Ich treffe in fünfzehn Minuten den saudischen Botschafter. Also, Detective, was würden Sie gerne von mir wissen?«

Bedeutende Menschen haben immer einen engen Terminplan. Ich schaue auf meine Casio. »Ich komme dann mal gleich zum Punkt, man erwartet mich in Kürze im Weißen Haus.«

Er lächelt. »Die Besucherführungen beginnen zur vollen Stunde.«

Volltreffer.

Als ich den Termin verabredet habe, habe ich seiner Assistentin mitgeteilt, was ich mit ihm besprechen wolle und warum. Zweifellos hat er sich bei Wainwright über mich und meine Ermittlungen erkundigt. Ich komme zum Punkt. »Wie ich höre, unterstützt Ihre Organisation das neue Gesetz zur Gewinnung von Erdöl und Erdgas in Florida.«

»Lassen Sie mich eins klarstellen, Detective Starkey. Die American Energy Independence Coalition unterstützt die amerikanische Öl- und Gasindustrie, um die Abhängigkeit unseres Landes von Energiequellen im Ausland zu beenden.«

Ich kann mich gerade noch beherrschen, nicht aufzustehen, die Hand aufs Herz zu legen und das Treuegelöbnis auf Flagge und Vaterland zu sprechen.

»Ich kann verstehen, dass Sie die Grenze für Bohrungen auf achtzig Kilometer vor der Küste verringern wollen«, sage ich. »Das hält die Feinde unseres Landes sicher in Schach.«

Er ignoriert meinen Sarkasmus. »Ich würde es etwas anders ausdrücken, aber im Kern ist das korrekt. Die Möglichkeiten für Tiefseebohrungen im Golf sind so ziemlich erschöpft und außerdem sehr teuer. Wir wissen, dass es näher an der Küste reiche Öl- und Gasvorkommen gibt, warum sie also nicht anzapfen? Natürlich mit umweltverträglichen Methoden.«

Natürlich. So wie BP mit Deepwater Horizon. Von dieser Katastrophe treiben immer noch riesige Ölklumpen unter der Wasseroberfläche oder liegen auf dem Meeresgrund. Aber das weiß er ja. Ich frage: »Können Sie mir eine Liste Ihrer Mitgliedsorganisationen geben?«

»Ich werde meiner Assistentin Bescheid sagen. Sie wird Ihnen die Liste geben, wenn Sie gehen.«

Zweifellos ist Tomlinson über die Morde an Lawrence und Marion Henderson sowie Russell Tolliver umfassend informiert. Würde ich ihn nach etwaigen Verbindungen zwischen den Morden und dem Ölgesetz fragen, würde er sich genauso ahnungslos geben wie Arthur Wainwright.

Weder von Tomlinson noch von Wainwright hatte ich ein Geständnis erwartet. Ich wollte mir vielmehr ein Bild von den beiden Männern machen: Hielt ich sie für fähig, in die drei Morde verwickelt zu sein? Nicht immer liegen die Dinge so, wie sie scheinen. Manchmal aber doch.

Nach ein paar weiteren Minuten des fruchtlosen Geplänkels ohne verwertbare Informationen schaut Tomlinson wieder auf seine Patek. »Die nächste Führung durchs Weiße Haus beginnt in fünfzehn Minuten. Wenn Sie sich beeilen, schaffen Sie es noch.«

»Ich frage mich, ob der Präsident zu Hause ist«, sage ich.

»Ist er«, teilt Tomlinson mir mit – der ultimative Beweis seiner Überlegenheit. »Ich habe heute Morgen mit seinem Stabschef gefrühstückt. Sie fliegen gegen Abend nach Südkorea.«

Innerliche Notiz: Versuche nie, ein Arschloch zu verarschen.

Mein Urteil über Arthur Wainwright und Ted Tomlinson nach der Unterredung lautet, dass sie entweder Komplizen in meinem Mordfall sind – oder sie sind es nicht.

Glücklicherweise muss ich mir damit nicht mehr den Lebensunterhalt verdienen.

18.

Der Oligarch

Ich verlasse die Hauptstadt unseres Landes mit zwei wertvollen Informationen: Das Mitgliederverzeichnis der »American Energy Independence Coalition« liest sich wie das Who's Who der globalen Öl- und Gasindustrie, und Washingtons berühmter Old Ebbitt Grill, wo ich zu Abend gegessen habe, bevor ich mir in meinem Hotelzimmer zum x-ten Mal *High Noon* angeschaut habe, kann sogar für jemanden ohne jeglichen Einfluss in der Stadt einen etwas eigenwilligen, aber hervorragenden Double Bacon Cheeseburger zubereiten.

Auf dem Rückflug beschließe ich, mir als Nächstes die Liste der AEIC-Mitglieder genauer anzuschauen: Welche Unternehmen haben Verbindungen zu den Öl- und Gasbohrungen vor der Südwestspitze Floridas oder haben ein wirtschaftliches Interesse daran? Für diese Nachforschungen benötige ich einen gerisseneren Partner als Google. Also rufe ich auf der Heimfahrt vom Southwest Florida International Airport bei Special Agent Sarah Caldwell in Tampa an.

»Klar, Jack, dabei kann ich Ihnen helfen«, sagt sie, nachdem ich ihr die Lage erklärt habe. »Scannen Sie die Liste und schicken Sie sie per E-Mail rüber.«

»Scannen?«

»Hm. Haben Sie ein Faxgerät?«

»Schon wärmer. Ich weiß, was ein Faxgerät ist. Aber ich hab keins.«

»Auf dem Revier in Fort Myers Beach haben die sicher eins.«

»Ah ja, richtig«, sage ich.

Früher oder später wäre mir das auch noch eingefallen.

Ich fahre ins Revier, erstatte Cubby Bericht über meinen Ausflug nach D.C. und gebe ihm die Liste, die eine Sekretärin an Sarah faxt.

»Was hast du als Plan B in der Hinterhand, wenn sich die Spur als Sackgasse erweist?«, fragt er.

»Plan B?«, sage ich. »Was ist das?«

Drei Tage später ruft Sarah an und berichtet, die Analytiker von der FBI Academy in Quantico seien auf eine besonders interessante Firma auf der Liste gestoßen.

»International Oil Patch Partners«, sagt sie.

Der frühere Arbeitgeber von AEIC-Chef Ted Tomlinson.

»Wir mussten uns durch Bundesarchive wühlen, durch Steuerakten, Briefkastenfirmen und Material aus unserem geheimen Überwachungsprogramm ... fragen Sie erst gar nicht«, sagt sie. »Und dabei stellt sich heraus, dass der Mehrheitseigner von Oil Patch ein russischer Oligarch namens Sergey Pavlov ist. Auf den haben wir schon länger ein Auge. Er besitzt außerdem russische Öl- und Gasunternehmen, öffentliche Versorgungsunternehmen und Anteile an der Transsibirischen Eisenbahn und Aeroflot. Hat einen interessanten Lebensweg der Bursche. War zusammen mit Wladimir Putin beim KGB.«

»Ist doch nett, wenn man in der obersten Etage Kumpels hat.«

Ich frage mich, ob Sergey Pavlov verwandt ist mit dem Forscher, der die Studie mit den Hunden gemacht hat, die beim Ticken eines Metronoms zu sabbern anfingen, weil sie damit Nahrung verbanden. Wenn einer »Donut« sagt, fange ich auch an zu sabbern.

»Ist das legal, dass ein Russe eine amerikanische Firma kontrolliert?«, frage ich.

»Absolut. Personen und Unternehmen aus dem Ausland kaufen schon seit Jahrzehnten amerikanische Firmen auf und heuern amerikanische Lobbyisten, Anwaltskanzleien und PR-Agenturen an, die hier ihre Interessen vertreten.«

Vor ein paar Jahren hat der belgisch-brasilianische Bierkonzern InBev die Mehrheit an Anheuser-Busch übernommen. Damals herrschte Trauer im Baby Doll. Der Barkeeper band schwarze Schleifen um die Zapfhähne von Budweiser, Bud Lite und Busch. Der Umsatz dieser Biere ging aber nicht um einen Dollar zurück. Patriotismus hat eben Grenzen.

Sarah fährt fort. »Oil Patch zahlt jedes Jahr 2,2 Millionen Dollar Mitgliedsbeitrag an die ›American Energy Independence Coalition‹. Mehr als dreimal so viel wie jedes andere Mitglied.«

»Irgendwelche Hinweise, dass Oil Patch im Golf bohren will?«

»Tun sie schon. Die haben Tiefseebohrinseln vor den Küsten von Texas, Louisiana und Mississippi. Vor einem Jahr haben sie von der Regierung von Florida die Genehmigung für Probebohrungen innerhalb der geltenden Grenzen vor der Küste erhalten. Für diese Sondergenehmigung haben sie dem Staat Florida eine Gebühr von vier Millionen Dollar gezahlt. Alles vollkommen legal.«

»Lassen Sie mich raten. Der größte Befürworter dieser Sondergenehmigung durch den Bundesstaat war der Abgeordnete Arthur Wainwright.«

»Wir kümmern uns nicht um Politik auf Bundesstaatenebene, das ist Ihr Job.«

Das werde ich, aber ich bin mir sicher, dass Wainwright das Genehmigungsverfahren befördert hat, und Russell Tolliver und Marion Hendersons Umweltgruppe haben es bekämpft.

»Ich schulde Ihnen eine Einladung zum Lunch«, sage ich zu Sarah.

»Ich würde sagen, die Infos sind ein Abendessen wert«, sagt sie, und ich widerspreche nicht.

Am gleichen Tag rufe ich vom Drunken Parrot aus Lance Porter in Tallahassee an, um ihn nach diesen Probebohrungen von Oil Patch zu fragen. Unter seiner Büronummer meldet sich eine Frauenstimme mit den Worten: »Büro des Abgeordneten Porter. Wie kann ich Ihnen behilflich sein?«

»Sie sind befördert worden«, sage ich, als Porter sich meldet.

»Der Gouverneur hat mich für den Rest der Wahlperiode zu Russells Vertreter ernannt.«

»Gratuliere. Kennen Sie die Firma International Oil Patch Partners?«

»Klar. Die haben vor etwa einem Jahr die Erlaubnis erhalten, innerhalb der gesetzlichen Grenzen Probebohrungen durchzuführen. Haben ganz schön geblecht dafür.«

»Ich nehme an, Arthur Wainwright war für die Genehmigung und Ihr Ex-Boss dagegen.«

»Genau. Russell war der Meinung, wenn die da auf Öl- und Gasreserven stoßen, dann ist es zu spät, dann ist der Geist aus der Flasche.«

»Und, haben sie was gefunden?«

»Ja. Gewaltige Vorkommen, die man aber ohne eine Änderung der bestehenden Gesetze nicht anzapfen kann. Außerdem hat man herausgefunden, dass Ölfirmen im Golf insgeheim mit der Fracking-Methode Öl gefördert haben. Das ist weder an Land noch unter Wasser illegal, und es ist höchst umstritten.«

»Weil?«

»Weil mit hohem Druck Flüssigkeit in den Fels gepresst wird, um Öl und Gas zu fördern, an das man sonst nicht herankommen würde. Umweltschützer behaupten, das der Prozess das Grund- und Oberflächenwasser verseucht und Erdbeben auslösen kann. Oil Patch ist eine der Firmen, die im Golf die Fracking-Methode einsetzt. Wenn sie mit der Methode auch näher an der Küste fördern würden, wovon Russell ausging, dann wären die Schäden für die Umwelt noch größer. Soweit ich weiß, gehen sie möglicherweise schon jetzt bei den Probebohrungen so vor.«

»Wussten Sie, dass der Mehrheitseigner von Patch Oil ein Russe namens Sergey Pavlov ist?«

Ein Augenblick der Stille, dann sagt er: »Nein, das habe ich nicht gewusst.«

»Glauben Sie, dass Wainwright oder sonst wer in der Regierung von Florida das weiß?«

»Keine Ahnung. Aber ich verstehe, worauf Sie hinauswollen. Die Russen eliminieren jeden, der sich ihnen in den Weg stellt.«

»Ich danke Ihnen für Ihre Hilfe«, sage ich. »Werden Sie bei der nächsten Wahl kandidieren?«

»Ich denke darüber nach.«

»Wenn ja, meine Stimme haben Sie.«

Ich habe mir nie viele Gedanken über die Rettung der Umwelt gemacht, aber ich weiß, dass die Urbarmachung und der Düngemittelabfluss aus der Landwirtschaft die Mangroven der Everglades abtöten. Eine üble Sache.

Zum ersten Mal persönlich betroffen hat mich ein Umweltproblem Anfang der Neunziger, als die Regierung davor warnte, Fisch aus den Großen Seen zu essen, weil Quecksilber aus den Kohlekraftwerken das Wasser verschmutzt hatte. Meine Kumpels und ich haben Lachs, Forelle und Barsch gegessen – was man eben so im Michigansee angelt. Nach der Warnung fuhren wir zum Angeln an die Seen im Norden von Wisconsin. Das einzige Risiko da oben waren die Fans der Green Bay Packers in den Bars. Wie kann ein Mensch nur auf die Idee kommen, einen großen gelben Gummiklumpen, der aussieht wie ein Stück Käse, für einen akzeptablen Kopfschmuck zu halten?

Natürlich ist die drohende Verschmutzung des Golfs von Mexiko durch Offshore-Bohrungen nicht mein Hauptmotiv in diesem Fall. Mein Motiv ist und war es schon immer, Mörder zu schnappen. Andererseits lebe ich nun schon seit vier Jahren am Golf und würde nur ungern sehen, dass Ölklumpen, tote Fische und ölverschmierte Seevögel an die Strände gespült werden. Und ich würde es ebenfalls nur ungern sehen, wenn eine russische Firma amerikanische Gewässer verseucht oder ein russischer Auftragsmörder vor meiner Haustür seinem Beruf nachgeht.

Aber von mir aus kann er es versuchen. Ich warte.

19.

Mein persönlicher Russe

Marisa und ich fahren in meiner Corvette für einen Kurztrip nach Sarasota, auf der I-75 Richtung Norden. Wir wollen über Nacht bleiben. Sie hat es auf die noblen Geschäfte am Saint Armand's Circle abgesehen, ich möchte mir das Ringling-Zirkusmuseum anschauen. Sarasota war das Winterquartier des kreuz und quer durchs Land ziehenden »Ringling Bros. and Barnum & Bailey Circus«. Es ist die zweite Woche im April, eine gute Zeit für die Besichtigung von Sehenswürdigkeiten: Die überwinternden Langzeiturlauber machen sich langsam wieder auf den Weg nach Norden, und die Normalurlauber werden auch schon weniger.

Auf der Fahrt erzähle ich Marisa von Oil Patch und Sergey Pavlov. Ich erzähle ihr auch von Arthur Wainwrights Leibwächter, der so massig sei, dass er eine eigene Postleitzahl brauche. »Ich gebe es ja nicht gern zu, aber vielleicht ist das alles eine Nummer zu groß für mich«, sage ich. »Big Oil, Fracking im Golf, Politkämpfe, K-Street-Lobbyisten, ein russischer Oligarch, ein Auftragsmörder … Ich hatte noch nie einen Fall, in dem ich auf so viele verschiedene Aspekte zu achten hatte.«

»Zum Glück hast du ja deinen persönlichen Russen«, sagt Marisa.

Sie meint Graf Vasily Petrovitch, den ich bei den Mordermittlungen in Naples kennengelernt habe.

Wir amüsieren uns prächtig in Sarasota. Marisa kauft so viel ein, dass die Pakete nicht mal annähernd in den Kofferraum der Corvette passen. Sie muss sich alles nach Hause schicken lassen. Das grandiose Zirkusmuseum macht mich wieder zum Kind: das fantastische Zirkusmodell mit vierundvierzigtausend Teilen, die Paradewagen, die Plakate, das riesige Zelt, die Kanone, mit der sich Teufelskerle in die Luft schießen ließen, das Hochseil, der wilde (falsche) Tiger und andere Tiere – plus die Clown-Auto-Nummer, glücklicherweise ohne lebende Clowns.

Wir wohnen im Ritz Carlton, machen einen Strandspaziergang, bestellen beim Zimmerservice ein Abendessen und schauen uns dazu einen Film an. Ich schlage *Top Gun* vor, den ich vielleicht schon fünfzehn Mal gesehen habe, gebe aber Marisas Wunsch nach *Harry und Sally* statt, den sie fast so oft gesehen hat wie ich meinen Tom-Cruise-Pilotenstreifen – zusammen mit *Road House, Annies Männer, Full Metal Jacket* und *Hoosiers* ein Klassiker des modernen Kinos.

Liebeskomödien stehen nicht auf meiner Liste.

Wieder zu Hause öffne ich ein Berghoff, gehe damit an Deck, lasse mich in einem Liegestuhl nieder und wähle die Nummer meines persönlichen Russen.

Graf Vasily Petrovitch ist weder ein Graf noch ist sein richtiger Name Vasily Petrovitch. Er ist der Manager eines sehr erfolgreichen Hedgefonds in Naples namens »The Atocha Fund« – benannt nach einer spanischen Schatzgaleone, die 1622 in einem Orkan vor den Florida Keys gesunken ist.

Ich habe Vasily wiedergetroffen, als er über Marisas Maklerbüro ein Haus gekauft hat – nun ja, wenn man eine Residenz von der Größe eines Hotels Haus nennen will.

Zur ersten Abendgesellschaft in seinem neuen Haus lud er sie ein, und sie erschien mit mir als ihrer besseren Hälfte. Eine aufwändige Veranstaltung, der jede Menge VIPs beiwohnten, von denen mich einer bat, sein Glas nachzufüllen, weil er mich für einen Bediensteten vom Cateringpersonal hielt.

Vasilys richtiger Name ist Boris Ivanovitch, und er ist der Sohn eines Oberbosses der russischen Mafia in Brighton Beach, einem sehr russischen Viertel von Brooklyn. Seine Familie in Brighton Beach ist inzwischen vornehmlich in legalen Unternehmungen tätig, aber vielleicht kann er mir mit ein paar Informationen über Sergey Pavlov und die Oil Patch dienen.

»Schön, mal wieder von Ihnen zu hören, Jack«, sagt er. »Ist ziemlich lange her. Ich nehme an, es geht Ihnen gut?«

»Bestens, Vasily, bestens. Ich nehme an, Ihnen geht es auch gut? Emotional wie finanziell.«

Er kichert. »Ganz recht, sowohl als auch.«

Ich informiere ihn über den Stand meiner laufenden Ermittlungen und darüber, wie er mir helfen könne.

»Ich kenne diesen Sergey Pavlov«, sagt er. »Ein sehr gefährlicher Mann – besonders wenn Milliarden an Öl- und Gasdollars im Spiel sind.«

Aber Vasily ist kein Weichei, er sagt mir seine Hilfe zu. Wir machen für kommenden Dienstag einen Termin in seinem Büro aus. Jetzt ist Freitag, und ich fliege noch heute nach Chicago. Ich habe mich entschlossen, Claires Einladung zu ihrer Hochzeit anzunehmen. Ich werde also klaglos zuschauen, wie meine Ex einem orthopädischen Chirurgen das Jawort gibt – der sie nicht verdient, da bin ich sicher – und der wahrscheinlich die Krankenversicherung bescheißt. Vielleicht verpfeife ich ihn.

20.

Kleiner Fisch, großer Fisch

Der Termin mit Vasily im Büro von Atocha Securities, das sich in der Fifth Avenue South im Zentrum von Naples befindet, ist um elf Uhr morgens. Er hatte acht vorgeschlagen, was ich strikt abgelehnt habe. Vielleicht lebt er nach Moskauer Zeit. Ich stelle den Wagen in der angrenzenden Parkgarage ab, nehme den Lift ins oberste Stockwerk und betrete die Firmenräume.

Die Empfangsdame, eine attraktive junge Frau, führt mich in Vasilys großes Eckbüro. Er steht auf, kommt um den Schreibtisch herum und begrüßt mich. Er gleicht aufs Haar dem russischen Adeligen, der er nicht ist: Mitte bis Ende sechzig, schwarzes Haar mit grauen Einsprengseln und dazu passendem Knebelbart, dunkelblauer Anzug, darunter hellblaues Hemd mit offenem Kragen.

»So, so, Jack, Sie jagen jetzt also Politiker, Ölkonzerne und einen russischen Oligarchen, der reicher ist als Warren Buffett und Bill Gates zusammen.«

»Freut mich ebenfalls, Sie wiederzusehen, Vasily«, sage ich und schüttele seine ausgestreckte Hand.

Er deutet auf eine Sitzgruppe in der Ecke. Sasha, sein Hund, liegt auf einem der beiden Clubsessel und schläft.

Ich nehme den anderen Sessel, Vasily setzt sich aufs Sofa.

»Wie ich sehe, hat Lena Ihnen schon etwas zu trinken angeboten«, sagt er und zeigt auf die Flasche Evian in meiner Hand. »Also, Folgendes habe ich bis jetzt herausgefunden: Meine familiären Verbindungen hier und in Russland haben Sergey Pavlovs Background, wie Sie ihn mir geschildert haben, tatsächlich bestätigt. Er gehört zum engeren Kreis um Putin, und das macht ihn besonders gefährlich, wenn ihm jemand auf den Schlips tritt oder gar versucht, ihn mit Mord in Verbindung zu bringen. Man erzählt sich von Männern, die ihm bei Geschäften in die Quere gekommen sind und danach nie mehr gesehen wurden. Meine Kontaktpersonen glauben diese Geschichten.«

»Am meisten überrascht mich«, sage ich, »wie leicht man die Punkte zwischen den Hendersons, Russell Tolliver, Floridas Ölgesetz, Arthur Wainwright, der ›American Energy Independence Coalition‹, Oil Patch und Pavlov miteinander verbinden kann. Das sieht ganz so aus, als ob es den Schurken – wenn sie sich tatsächlich als die Schurken erweisen – vollkommen egal ist, ob ihnen jemand auf die Spur kommt.«

»Das ist tatsächlich seltsam, allerdings ist es auch typisch für Männer wie Sergey Pavlov, die heute in Russland die Macht haben«, sagt Vasily. »Sie tun, was sie wollen, und versuchen erst gar nicht, ihre rüden Methoden zu kaschieren, weil das die Leute nämlich so einschüchtert, dass sie keinen Widerstand leisten.«

»Und trotz der Spuren, die sie hinterlassen, wird es nicht einfach, Pavlov und seinen Komplizen nachzuweisen, dass sie für die drei Morde verantwortlich sind.«

»Da fällt mir ein, was ich damals während der Ermittlungen in Naples von Ihnen gelernt habe. Wenn man es schaffen sollte, einen kleinen Fisch zu schnappen, dann führt einen dieser manchmal zu dem großen Fisch.«

»Genau daran habe ich auch gerade gedacht. Wenn ich den Killer finden könnte, kann man ihn vielleicht dazu überreden, seine Auftraggeber zu identifizieren.«

»Besonders, wenn jemand aus meiner Familie die Fragen stellt.«

»Ich behalte das im Hinterkopf, Vasily.«

Wenn man von Vasilys Leuten befragt wird, kann man unersetzliche Teile seines Körpers einbüßen.

Aber ich bin noch weit davon entfernt, Sergey Pavlovs Auftragsmörder in einem Verhörraum des Polizeireviers von Fort Myers Beach oder einem Hinterzimmer oder einer Gasse in Brighton Beach ein paar Fragen zu stellen. Also beschließe ich, eine mir bekannte FBI-Agentin um Hilfe zu bitten.

21.

Mein persönlicher Hacker

Am nächsten Morgen rufe ich Special Agent Sarah Caldwell an. »Ich bin morgen in Tampa, Sarah. Wie wäre es, wenn ich Sie zu dem Abendessen einlade, das ich Ihnen noch schulde?«

»Klar, Jack«, sagt sie. »Was ist passiert?«

»Ich könnte etwas Hilfe bei meinen Ermittlungen brauchen.«

»Der Weg ins Herz eines Mädchens führt über Fish and Chips in Captain Jerry's Seafood Shack.«

»Abgemacht.«

Wir sitzen auf der Terrasse mit Blick über die Tampa Bay. Möwen kreisen über den Köpfen der Gäste und hoffen auf von den Tischen herunterfallendes Futter. Während wir unsere Fish and Chips essen, bringe ich Sarah auf den neuesten Stand.

»O Mann«, sagt sie. »Da stecken Sie ja bis zum Hals in globalen Intrigen.«

»Eher bis über beide Ohren, Sarah. Wie würden Sie das angehen?«

Sie taucht eine Fritte in den Ketchup. »Nichts für

ungut, Jack, aber seit Ihren Chicagoer Tagen hat die Welt sich verändert. Heutzutage spielt sich die Ermittlungsarbeit im Cyberspace ab.«

»Hab davon gehört, hab aber keine Ahnung, wie ich dahin komme.«

»Wie steht es um Ihre Computerkenntnisse?«

»Hat mich einige Mühe gekostet, aber im E-Mails-Schreiben bin ich perfekt.«

»Zufälligerweise habe ich die perfekte Reiseleitung für Sie.«

»Wie heißt er und wo kann ich ihn finden?«

»*Sie* heißt Lucy Gates. Nicht verwandt mit Bill. Sie finden sie im Bundesgefängnis in Tallahassee. Sie hat drei Jahre bekommen, weil sie von einer Bank Geld auf ihr Konto transferiert hat, um ihren Studentenkredit abzuzahlen. Das weiß ich, weil ich sie selbst festgenommen habe.«

»Und Sie glauben, die hilft mir?«

»Lucy ist ein anständiges Mädchen. Wenn ich mich recht erinnere, dann hat sie vielleicht noch zwei Monate abzusitzen. Insassen von Bundesgefängnissen wird keine Strafaussetzung gewährt. Das geht also schon mal nicht, aber vielleicht möchte sie ein gutes Werk vollbringen oder nach dem Abendessen einen Schokoladenpudding extra. Oder sie macht es, und das ist das Wahrscheinlichste, weil sie sich langweilt.«

»Und sie kennt sich aus?«

»Sie ist Weltklasse. Wir hätten sie gar nicht geschnappt. Sie hat Gewissensbisse bekommen und sich selbst gestellt.«

Das gibt es also tatsächlich. Wäre doch nett, wenn auch Sergey Pavlov das täte. Da das unwahrscheinlich ist, bitte ich Sarah, mir einen Termin im Knast von Tallahassee zu machen.

Sarah ruft an und teilt mir mit, sie habe mit dem Gefängnisdirektor gesprochen, und ich könne Lucy Gates am kommenden Mittwochmorgen besuchen. Außerdem hat Sarah Lucys Anwältin Janet Spelling kontaktiert, die meinen Plan für eine gute Idee hielt, vorausgesetzt wir bekämen die richterliche Erlaubnis, dass Lucy wieder eine Computertastatur anrühren dürfe, was ihr das Urteil auf Lebenszeit verboten hat, und vorausgesetzt, niemand erführe, dass sie mehr für mich erledige als nur Recherchen in öffentlichen Dokumenten. Sarah versicherte ihr, dass ich diesen Bedingungen zustimmen würde.

Google informiert mich darüber, dass derzeit im Bundesgefängnis in Tallahassee 1104 weibliche Häftlinge einsitzen und dass es ein Gefängnis der niedrigsten Sicherheitsstufe ist. Das ist nicht sonderlich hart, aber Gefängnis ist Gefängnis, und der Verlust der Freiheit lastet schwer auf einem Menschen, auch wenn man nicht in einem Hochsicherheitsknast mit kleinen, etagenförmig aufgestapelten Zellen sitzt und sich einen alten Knacki anhören muss, der als Gutenachtlied »Nobody knows the trouble I've seen« singt.

Sarah kennt einen Bundesrichter in Tampa, und der befürwortete mein Projekt oder zumindest das von mir vermeintlich durchgeführte Projekt. Sarah tischte ihm keine Lügen auf, sie rückte nur nicht freiwillig mit mehr Informationen heraus, als der Richter von ihr haben wollte. Er hat eine Anweisung erteilt, die an den Gefängnisdirektor geschickt wurde und die Lucy für das Projekt autorisiert, einen Computer des Gefängnisses zu benutzen. Der Internetzugang werde streng überwacht, sagte Sarah, aber Lucy sei gut genug, die Überwachung zu unterlaufen und es so aussehen zu lassen, als recherchiere sie für eine polizeiliche Untersuchung in öffentlichen Dokumenten.

Am nächsten Morgen gehe ich zu meinem Briefkasten am Eingang zum Hafen und hole die Post. Auf dem Rückweg zum Boot gehe ich die Umschläge und Reklamesendungen durch und lese auf einem den Absender »Boyd & Boyd Insurance Agency Jacksonville«.

Ich werfe den Briefstapel auf den Kombüsentisch, öffne das Kuvert und nehme ein handgeschriebenes Blatt Papier mit einem Agenturbriefkopf und einer Visitenkarte heraus, die Harlan Boyd als Partner der Agentur ausweist. Auf dem Blatt Papier steht: »Danke, Jack, dass du den Fall übernimmst, und wenn du mal Bedarf an Versicherungen hast, denk an mich. Harlan.«

Boxer, Profi-Footballspieler und Cops neigen dazu, nicht früh genug auszusteigen, und manche tragen deshalb irreparable Schäden davon. Ex-Kollege Harlan ist offensichtlich rechtzeitig ausgestiegen. Schön für ihn. Keine Leichen mehr, die ihn nachts in seinen Träumen und auch tagsüber verfolgen. Ich beneide ihn darum.

Ich fahre mit der Corvette von Fort Myers Beach nach Tallahassee – erst auf der I-75 in nördlicher, dann auf der I-10 in westlicher Richtung.

Nach sechseinhalb Stunden biege ich in den Besucherparkplatz des Gefängnisses ein. Von außen könnte das rote Backsteingebäude mit seiner goldenen Kuppel ein College sein, nur dass hier die »Studenten« ihre Fehler und nicht akademische Probleme hinterfragen sollen. Bei erfolgreichem Abschluss wartet die Freiheit, kein Diplom.

Ich gehe eine Freitreppe hinauf, betrete das Gebäude durch eine Glastür und passiere eine Sicherheitsschleuse (meine Pistole habe ich im Kofferraum gelassen). Dann zeige ich einer Wärterin, die hinter einem Schreibtisch sitzt, meine Marke und sage ihr, wen ich besuchen will.

Sie schaut in die Besucherliste und drückt dann auf einen Knopf. Die summend aufschwingende Metalltür öffnet mir den Weg zu einer zweiten Wärterin, die an einem Tisch sitzt. Sie hakt meinen Namen in einer Liste auf ihrem Klemmbrett ab und erklärt mir die Besucherregeln: kein Austausch von Waren, die sie nicht genehmigt hat; physischer Kontakt ist beschränkt auf eine Umarmung und einen Kuss bei Ankunft und Abschied; Besuchsdauer höchstens eine Stunde.

»Ist das klar?«, fragt sie.

»Kristallklar«, sage ich, ein Verweis auf einen weiteren von mir geschätzten Tom-Cruise-Film, *Eine Frage der Ehre*, den die Wärterin offenbar nicht gesehen hat oder nur einmal und deshalb den Dialog vergessen hat.

Wieder öffnet sich summend eine Metalltür, dann stehe ich in einem großen Besucherraum mit weißen Wänden, vergitterten Fenstern sowie Sitzgruppen mit Tischen, Sesseln und Sofas. Auf einem Tisch stehen eine Kaffeemaschine, Tassen und Untertassen, Wasserflaschen sowie Teller mit Donuts (!) und Keksen.

Frauen in orangenen Overalls, auf dem Rücken in schwarzer Schablonenschrift das Wort »Häftling«, und in weißen Turnschuhen ohne Schnürsenkel (würde sich jemand in einem Gefängnis mit niedriger Sicherheitsstufe aufhängen? Man kann nie wissen). Die Häftlinge sitzen und stehen zusammen mit Menschen in Zivilkleidung. Auch einige kleine Kinder, darunter ein Säugling in den Armen einer Insassin, die dem Baby die Flasche gibt.

Ich bin nicht zum ersten Mal im Besucherraum eines Gefängnisses. Verglichen mit dem Rest der Räumlichkeiten ist das ein ganz angenehmer Ort, wo sich ein Häftling bis zum Ende der Besuchszeit, wenn Freunde und Angehörige wieder gehen müssen, wie ein halbwegs normaler Mensch fühlen kann.

Ich schaue mich nach einer jungen Frau in Orange um, die keinen Besuch hat, als sich in der Wand gegenüber summend eine Tür öffnet, durch die eine Frau in orangenem Overall den Raum betritt – etwa Mitte zwanzig, kurzes dunkles Haar, Nickelbrille.

Ich gehe zu ihr und frage, ob sie Lucy Gates sei.

»Ja.«

»Detective Starkey.«

Sie mustert mich eingehend und sagt: »Ich wusste, Sie

sind nicht Brad Pitt.« Sie deutet auf zwei Polsterstühle an einem der Fenster. »Setzen wir uns, und dann erzählen Sie mal, was genau Sie von mir wollen.«

Wir setzen uns, und ich erzähle es ihr.

»Ich mache es«, sagt sie. »Ich will einfach mal wieder online sein, und wenn auch nur für kurze Zeit. Es fehlt mir.«

»Ich kann Ihnen als Gegenleistung für Ihre Hilfe nichts anbieten«, sage ich. »Außer vielleicht ein CARE-Paket mit einem Kuchen, in dem eine Feile versteckt ist.«

Sie lächelt und streicht sich eine Haarsträhne hinters Ohr. »Nicht nötig. Bei der niedrigen Sicherheitsstufe hier könnte ich einfach zur Tür rausmarschieren. Hat aber noch keiner gemacht, zumindest solange ich hier bin. Ist ziemlich stressfrei. Seine Zeit abzusitzen ist jedenfalls besser, als draußen auf der Flucht zu sein.«

»Wenn Sie sich erwischen lassen, sitzen Sie noch länger«, sage ich. »Vielleicht sogar in einem Knast ohne Tennisplätze.«

Mir waren die zwei Tennisplätze neben dem Parkplatz aufgefallen. Sie gehören zu einem Sportgelände hinter einem hohen Maschendrahtzahn mit Stacheldrahtrollen. Das Tor im Zaun, durch das ich aufs Gelände gefahren bin, stand offen.

»Ich spiele kein Tennis«, sagt sie. »Und ich lasse mich auch nicht erwischen.«

Bei Kaffee und Donuts plaudern wir noch eine Weile. Wir haben noch fünfzehn Minuten bis zum Ende der Besuchszeit. Ich spüre, dass Lucy Gates nicht oft Besuch hat.

Ich erzähle ihr von mir und den Verbrechen, die ich untersuche, obwohl das für ihre Aufgabe nicht erforderlich ist. Ich vertraue darauf, dass sie das für sich behält. Schließlich hatte sie auch den Charakter, sich zu stellen.

Sie erzählt mir, dass sie aus Jacksonville stamme und in Winter Park am Rollins College Geschichte studiert habe.

»Ich wollte eigentlich Jura studieren, konnte mir das aber nicht leisten«, sagt sie. »Ich bin ein Computer-Nerd, der sich alles selbst beigebracht hat. Ich wollte mir das Geld nur *ausleihen.*« Sie malt Anführungszeichen in die Luft. »Nur so viel, um mein Darlehen bei der Jacksonville National Bank zurückzuzahlen. War leicht, das Computersystem der Bank zu hacken, aber dann meldete sich mein verdammtes Gewissen, und ich habe mich gestellt.«

Auch auf Lucys Schulter sitzt also ein guter Engel.

»Vor dem Cyber-Bankraub war mein schlimmster Fehltritt, dass ich bei einem Freund, der Medizin studieren wollte, die Note in Organischer Chemie von C auf A verbessert habe«, sagt sie. »Sonst bin ich immer nur aus sportlichem Ehrgeiz in Server eingebrochen. Na ja, außer das eine Mal, als ich den Stellungsbefehl für den Bruder eines Freundes im Marine Corps geändert habe – von Afghanistan zum Wachpersonal der Botschaft in Paris.«

Aus den Lautsprechern an der Wand ertönt ein lautes Summen.

»Feierabend«, sagt Lucy.

»Die Abmachung mit dem Gefängnisdirektor lautet, dass Sie den Computer in der Bücherei eine Woche lang eine Stunde pro Tag nutzen dürfen«, sage ich und stehe auf. »Dann komme ich wieder, und Sie sagen mir, was Sie herausgefunden haben.«

Sie steht auf und zwinkert mir zu. »Das geht schneller, Detective, viel schneller.«

Ich dachte mir, ich nutze die freie Zeit und arbeite weiter an Bills Manuskript. Weit bin ich nicht gekommen. Lucy hatte gesagt, sie brauche keine Woche, und offenbar wusste sie, wovon sie redete. Zwei Tage später sitze ich wieder im Besucherraum.

»Er ist gut, aber ich bin besser«, sagt Lucy, als wir bei Kaffee und Donuts zusammensitzen.

»Wer ist gut?«

»Der Typ, der in der Cyber-Community unter dem Namen ›Peter der Große‹ bekannt ist. Eine lebende Legende. Er verwischt seine Spuren, aber gewisse Charakteristika verraten ihn als russischen Hacker, der Aufträge für die Regierung und auch für private Kunden erledigt. Kunden wie Sergey Pavlov zum Beispiel.«

»Woher wissen Sie, dass es ein Er ist?«, frage ich.

»Weil er seine Zielobjekte manchmal verhöhnt, indem er sich selbst als Peter Alexeyevich bezeichnet, das ist der volle Name von Zar Peter dem Großen. Er behauptet von sich, das Internet zu beherrschen.«

»Sie haben es also geschafft, den Server von Oil Patch zu hacken?«

»Ja. Auf den ersten Blick deutet nichts auf illegale Aktivitäten von Pavlov oder der Oil Patch hin. Die oberflächlichen Informationen besagen, dass die verschiedenen Ableger von Oil Patch ihre Steuern bezahlen und alle Gesetze beachten. Das Unternehmen ist ein vollberechtigtes Mitglied der American Energy Independence Coalition. Es zahlt viel höhere Jahresbeiträge als die anderen Mitglieder, aber das ist nicht illegal. Sergey und seine Firma unterstützen mit legalen Spenden auch Lobbygruppen, die überall im Land, auch in Florida, Wahlkämpfe und Wählerinitiativen unterstützen. Die höchstzulässige Summe ging an die letzte Wiederwahlkampagne von Arthur Wainwright: 10 000 Dollar von Pavlov, die gleiche Summe von Oil Patch. Unser Zar Peter legt solche Informationen als falsche Fährten aus. Die Hacker, die gut genug sind, um die Server zu knacken, sollen glauben, dass das alles ist, was es zu holen gibt. Aber ich habe einen Pfad in eine gleichsam geheime Cyberhöhle gefunden, und da findet sich die wahre Geschichte.«

»Die da wäre?«

»Die den Beweis liefert für geheime Zahlungen an gewisse einflussreiche Personen in allen Bundesstaaten, die an den Golf von Mexiko grenzen – Personen, die in Zusammenhang stehen mit Konzessionen und anderen Genehmigungen für Projekte von Oil Patch. Und das ist garantiert *nicht* legal.«

»Auch Zahlungen an Arthur Wainwright?«

»Ja. Große Summen, die auf seine Offshore-Bankkonten und Anlagenkonten wandern.«

Vielleicht so große Summen, dass es ihm angeraten erscheint, seinen Goldesel mit allen erforderlichen Mitteln zu schützen – einschließlich Mord.

Ich bedanke mich noch einmal für die gute Arbeit und frage, ob ich einen Brief an den Gefängnisdirektor oder sonst wen schreiben soll, der ihr das Leben im Gefängnis oder später in Freiheit erleichtern könne.

»Nein«, sagt sie. »Der Sieg über Peter den Großen reicht mir vollkommen.«

»Was wollen Sie machen, wenn Sie wieder draußen sind?«

»Weiß ich noch nicht. Am liebsten würde ich mich mit einem Laptop selbständig machen und ein legales Beratungsbüro aufmachen. Aber das ist mir nicht erlaubt, und einen Bau wie den hier will ich nie mehr von innen sehen. Vielleicht werde ich Fahrradmechanikerin oder versuche es mit einem Imbisswagen. Irgendwas wird sich schon finden.«

Ich beschließe ihr zu helfen. Ich werde auf Briefpapier der Polizei von Fort Myers Beach ein Schreiben verfassen und Sarah bitten, das Gleiche mit FBI-Briefkopf zu tun. Darin drücken wir Lucy Gates unseren Dank für ihre Unterstützung bei einer wichtigen Ermittlung aus. Die Briefe schicken wir Lucys Anwältin, die sie nach Belieben verwenden soll.

Als ich mich zum Gehen umdrehe, sagt Lucy: »Ach, übrigens, auf Ihrem Bankkonto bei der Manatee National sind drei Millionen Dollar eingegangen.«

Ich bleibe stehen und schaue mich um.

»Nur ein Witz«, sagt sie lachend. »Nach Ihrem Kontostand zu urteilen, könnten Sie allerdings ein bisschen Kohle gut gebrauchen.«

22.

Der Leibwächter

»Komm ja nicht auf die Idee, es wie damals in Naples zu machen«, sagt Marisa, während wir auf Sanibel Island am Strand entlangschlendern und Touristen beim Muschelsammeln zuschauen. Ich hatte mich als wohlhabendes Mitglied der High Society von Naples ausgegeben, hatte undercover ermittelt und versucht die Aufmerksamkeit eines Mörders auf mich zu lenken, der Menschen mit exakt meinem Profil umbrachte. Es funktionierte, hätte mich aber beinahe das Leben gekostet.

Als ich nicht reagiere, sagt sie: »Jack, du hast gar nicht daran gedacht, undercover zu ermitteln, oder? Bis ich es gerade gesagt habe, oder?«

Stimmt, aber die Idee ist gut. Und da ich keine andere Idee habe, möchte ich gern daran glauben, dass mir das am Ende wohl noch selbst eingefallen wäre.

Sie boxt mir auf den Arm. »Du tust das nicht, hörst du? *Hörst du?*« Sie bleibt stehen und schaut mich finster an. »Wenn dir was zustößt, du Kindskopf! Ich will mir nicht schon wieder einen neuen Freund suchen müssen. Wo ich dich gerade handzahm gemacht habe.«

»Es ist mir zwar zuwider, dir mit meinem Tod Unannehmlichkeiten zu bereiten, aber an Verehrern wird es dir nicht mangeln. Das Jüngelchen, das deinen Pool sauber macht. Wie der dich anschaut. Oder der Anwalt, der dir die Verträge für deine Immobiliendeals aufsetzt. Oder der Bursche, der das Mineralwasser liefert …«

Sie hakt mich unter und geht weiter. »Stimmt. Jetzt, wo du es sagst. Trotzdem, sei vorsichtig. Ich hasse Beerdigungen.«

Um Marisas Undercover-Idee in die Tat umzusetzen, halte ich einen weiteren Besuch bei Lance Porter, dem frischgebackenen Mitglied des Repräsentantenhauses von Florida, für einen guten Beginn. Mal sehen, was er meint, wie man das am besten auf den Weg bringt. Schließlich wohne ich in seinem Wahlkreis. Vielleicht lässt er noch eine Anstecknadel mit der amerikanischen Flagge und eine Führung durchs Kapitol springen.

Als ich sein Büro in Tallahassee anrufe, versichert mir die Frau am Telefon, dass sie meine Bitte für ein Treffen an den persönlichen Assistenten des Abgeordneten Porter weiterleiten und sich dann jemand bei mir melden werde. Porter ist jetzt also ein VIP, mit dem man erst nach Überwindung von zwei Gatekeepern sprechen kann.

Ich würde ja meinen Kater Joe zu meinem persönlichen Assistenten ernennen, nur dass er schon glaubt, ich sei seiner.

Am nächsten Morgen ruft mich eine Frau namens Lori an, um mir mitzuteilen, Mr. Porter habe einen sehr engen

Terminplan. Er habe »wirklich jede Menge Stress am Hals«. Ich könne ihn aber morgen um eins nach seiner Runde Golf im Capital City Country Club treffen. Ich habe auch jede Menge Stress am Hals, aber nur wenn ich mir eine Krawatte binden muss, und das kollidiert nicht mit meinem Terminplan.

Ich sage, bestens, dann würde ich meine Darmspiegelung verschieben und pünktlich vor Ort sein, nur um ihr zu zeigen, wie scharf ich auf das Treffen bin.

»Ich werde den Abgeordneten Porter informieren«, sagt sie.

Über den Termin, nehme ich an, nicht über die Darmspiegelung.

Der Capital City Country Club liegt mitten in Tallahassee zwischen den Pinien und Eichen des Myers Park. Jeder Golfplatz ist eine wundersame Waldlandschaft. Schade nur, dass man das Erlebnis durch das Golfspielen ruiniert.

Das aus Backstein erbaute Clubhaus ähnelt einer Grundschule aus der Eisenhowerzeit, ein Stil, so Marisa, der »Mid-century modern« genannt wird und nichts gemein hat mit dem kunstvoll verschnörkelten Country Club in Naples, der an das koloniale Amerika, toskanische Villen oder würdevolle englische Herrenhäuser erinnert.

Ich halte unter dem Portikus und übergebe die Corvette dem Parkplatzboy.

»Drehen Sie noch eine langsame Runde auf dem

Gelände, damit sie sich abkühlen kann«, sage ich dem Jungen. »Ich habe sie hart rangenommen, sie sollte nicht schweißnass untergestellt werden.«

Er sagt okay. Ich werde ihm ein hübsches Trinkgeld geben müssen.

Innerliche Notiz: Die Klugscheißernummer beim nächsten Mal nicht übertreiben.

Ich genehmige mir an der Bar einen Arnie Palmer. Der legendäre Golfer Arnold Palmer hat den Cocktail aus Eistee und Limonade kreiert. Man muss kein Golfer sein, um Palmers Klasse und Charisma oder seinen speziellen Drink wertschätzen zu können.

Die zahlreichen Fernseher an den Wänden der Bar sind auf den Golfkanal oder einen Nachrichtensender eingestellt. Schwer zu sagen, was langweiliger ist. In der *Fort Myers News-Press* habe ich gelesen, dass der Golfsport Millionen von Spielern verliert, weil die alten Zauseln wegsterben und nachfolgende Generationen nicht nachrücken, weil sie den Sport für zu teuer, zu zeitaufwändig und zu schwierig und die Regeln für zu pingelig halten. Ganz meine Meinung. In einem öffentlichen Park in Fort Myers Beach schaue ich gelegentlich ein paar alten Knaben beim Boccia zu. Boccia ist regelrecht elektrisierend verglichen mit Golf im Fernsehen. »Oh, oh, Brett«, sagt da zum Beispiel ein Kommentator. »Terwilligers Ball ist im seitlichen Wasserhindernis gelandet. Dafür kassiert er eine Zwei-Schlag-Strafe. Er kann von Glück sagen, wenn er jetzt noch ein Bogey schafft. Ohne Birdies in Serie schafft er den Cut nie.«

Hä?

Ich überlege gerade, ob ich den Barkeeper bitten soll, einen Sender mit Baseball zu suchen, da betritt Porter die Bar. Er trägt ein weißes Polohemd mit Clublogo und hellbraune Shorts, die mit kleinen grünen gekreuzten Golfschlägern bestickt sind. So was von süß. Wenn jemand im Humboldt Park in Chicago in so einer Aufmachung zum Softball auftauchte, dann könnte er von Glück sagen, wenn man ihn nur vom Platz *lachen* würde. Einmal habe ich einen Typen erlebt, der musste das ganze Spiel auf der Bank absitzen, weil auf seinem Hemd so ein kleines Krokodil leuchtete.

Auf Porters Polohemd und unter seinen Achseln zeichneten sich Schweißflecken ab. Er sieht mich, winkt, setzt sich auf den Hocker neben mir und begrüßt mich mit den Worten: »Ich hasse dieses gottverdammte Scheißspiel. Aber beim Golf werden jede Menge Geschäfte gemacht. Und wenn man ein Player sein will, dann muss man mitspielen, wenn Sie wissen, was ich meine. Neben der Netzwerkarbeit ist das einzig Gute, dass die Kellner einen nicht nach der Punktzahl fragen und einen auch noch bedienen, wenn man den Cut nicht geschafft hat.«

»Bei meinen alten Kumpels in Chicago waren Bowling und Softball die angesagten Sportarten«, sage ich. »Beides ist im Kern nur eine Ausrede dafür, jede Menge Bier zu kippen.«

Er lacht. Der Barkeeper kommt. »Was darf es sein, Herr Abgeordneter?«

»Ein Coors Light vom Fass, Nathaniel.«

Nathaniel gibt uns die Speisekarten und breitet vor uns auf dem Tresen grüne Stofftischsets mit dem Clublogo aus, dazu passende Servietten und Silberbesteck. Ich öffne meine Karte. Porter schaut erst gar nicht hinein, sondern sagt: »Ich kann den Chicken Pot Pie, den Capital Burger und das Reuben-Sandwich empfehlen. Seit ich meinen neuen Job angetreten habe, bin ich nonstop auf Banketten unterwegs. Mir reicht ein Chefsalat.«

Ich überfliege die Karte und bestelle einen Hotdog, Porter den Chefsalat. Nathaniel bringt sein Bier und schenkt meinen Arnie nach. Porter schaut zu einem Tisch, an dem drei Männer sitzen.

»Meine Golfpartner«, sagt er. »Der Typ in dem roten Hemd ist der Chef einer großen Autovermietung, der daran denkt, seinen Geschäftssitz von New Jersey nach Fort Myers zu verlagern. Die beiden anderen Männer sind der Präsident der Handelskammer von Fort Myers und der Senator, der in Tallahassee unseren Bezirk vertritt. Ich bin dem Autovermieter jetzt so lange in den Arsch gekrochen, das reicht für heute. Ich habe ihm gesagt, dass ich noch mit meinem Anwalt essen muss.«

»Bin mir nicht sicher, ob ich mich damit verbessere.«

»Kommt drauf an«, sagt er lächelnd.

Der Hotdog und der Salat kommen. Beim Essen erzähle ich Porter von meinem Plan, als Kopf einer neuformierten Umweltgruppe gegen das neue Ölgesetz aufzutreten, um so vielleicht den Mörder von Russell Tolliver und den Hendersons aufzuscheuchen. Ich sage ihm, ich hätte

Pavlov und Wainwright im Verdacht, aber keine Beweise, die man vor Gericht verwenden könne.

Er schweigt einen Moment und sagt dann: »Was wäre logischer, als wenn ich den Lockvogel spiele? Ich greife Russells Anliegen auf. Das Gesetz kommt in zwei Wochen zur Abstimmung. Ich werde lautstark meinen Widerstand äußern, mal sehen, ob jemand auf mich losgeht. Und Sie passen auf mich auf.«

»Das ist ein gefährliches Spiel, Lance. Ihr Boss hat das am eigenen Leib erfahren müssen.«

»Gehört zum Job. Ich werde für morgen eine Pressekonferenz einberufen und meine strikte Gegnerschaft zu dem Gesetz zum Ausdruck bringen. Dann werden wir ja sehen, was passiert.«

Was heißt, ich muss mich für eine Weile in Tallahassee niederlassen.

Ich rufe Cubby an, um mir für Tallahassee eine Hotelrechnung mit offenem Ende genehmigen zu lassen. Er schlägt das »Motel 6« vor. Ich entscheide mich für ein Courtyard und zahle den Aufpreis aus eigener Tasche.

Ich war noch nie Leibwächter. Aber *Bodyguard*, der Film mit Kevin Kostner, steht auf meiner Bestenliste. Vielleicht läuft er gerade bei Netflix oder so, dann kann ich ihn mir noch einmal anschauen.

23.

Die Pressekonferenz

Am nächsten Morgen mache ich in der Raymond Diehl Road in der Nähe des Kapitols ein Courtyard-Hotel ausfindig. Ich checke ein und frage, ob Katzen erlaubt seien. Ich war schon früher mit Joe auf Reisen, und es gefällt ihm, besonders wenn im Fernsehen der Sender »Animal Planet« läuft und ich beim Zimmerservice etwas für ihn bestelle. Wer hätte gedacht, dass Katzen Pizza mit Peperoni mögen? Die Frau am Telefon sagt, das Hotel erlaube keine Tiere auf den Zimmern. Ich frage, ob Politiker erlaubt seien. Ohne zu zögern, sagt sie: »Ja, Sir, mit einer nicht erstattungsfähigen Reinigungsgebühr von 500 Dollar.«

Herrlich, oder?

Marisa nimmt Joe gern unter ihre Fittiche. Sie sagt, er gebe einen feinen Mitbewohner ab, falls ich nicht aus Tallahassee zurückkommen sollte. Das ist zwar nicht mein Plan, aber wie heißt es in dem jüdischen Sprichwort? »Der Mensch plant, und Gott lacht.«

Gestern Abend konnte ich kein Programm finden, das *Bodyguard* im Angebot hatte, also muss ich mich auf mein Gedächtnis verlassen. Ich weiß noch, dass Kevin Costner seiner Auftraggeberin, einer berühmten Sängerin, das Leben rettet, weil er sich einem Attentäter in die Schussbahn wirft und die Kugel ihn erwischt. Angesichts meiner Bezahlung erscheint mir das ein bisschen übertrieben.

Porters Pressekonferenz ist für zwei Uhr im Presseraum des Kapitols angesetzt. Unwahrscheinlich, dass angesichts der scharfen Sicherheitsmaßnahmen jemand versuchen würde, ihn dort zu erschießen. Aber ich werde trotzdem hingehen und die versammelte Pressemeute im Auge behalten, ob nicht vielleicht einer von denen weniger einem Reporter als einem russischen Auftragsmörder ähnelt.

Ein Grundsatz im Bewachungsgewerbe lautet, dass jemand, der gewillt ist, sein Leben für ein Attentat einzusetzen, den Job immer erledigen kann. Und es ist immerhin denkbar, wenn auch nicht sehr wahrscheinlich, dass der Attentäter anwesend ist, unbewaffnet, um seine Beute auszuspähen. Wenn es sich um Alexi, Arthur Wainwrights Leibwächter, handeln sollte, dann würde ich ihn zur Seite nehmen und mit ihm über die Kniffe unseres Gewerbes plaudern. Von Profi zu Profi.

Aber vorher muss ich mich mit einem Lunch stärken. Ich frage die junge Frau an der Rezeption, deren Namensschild sie als Lisa ausweist, wo man ein gutes Sandwich bekommen kann.

»Die Geschäftsleute und Politiker gehen am liebsten in ›Andrew's Capital Grill and Bar‹ in der South Adams Street«, sagt sie.

»Von dem Menschenschlag kriege ich immer Verdauungsstörungen.«

Sie schenkt mir ein warmes Lächeln. »Dann würde ich Ihnen das Midtown Caboose in der North Meridian Road empfehlen.«

»Allein der Name ist schon Empfehlung genug«, sage ich und lasse mir den Weg erklären.

Ich werde nicht enttäuscht. Das Schnellrestaurant ist tatsächlich der umgebaute Dienstwagen eines Güterzugs, der auf Eisenbahnschienen in einem Gewerbegebiet etwa acht Kilometer vom Hotel entfernt steht.

Ich nehme das »Blue Plate Special«, das heute ein paniertes Steak mit Kartoffelpüree, Soße und grünen Bohnen ist. Ich war schon immer der Meinung, dass jedes Essen besser wird, wenn man es paniert und in die Fritteuse schmeißt – außer vielleicht die Zitronen-Baiser-Torte, die ich zum Nachtisch esse. Würde mich allerdings nicht überraschen, wenn man auf der Florida State Fair in Tampa genau das machen würde, wo sie anscheinend alles auf einen Spieß stecken und frittieren – einschließlich Mars- und Snickers-Riegel. Habe ich beides probiert und schmeckt ziemlich gut.

Nach dem Lunch fahre ich in die South Monroe Street zum Kapitol, einem aus vier Bauten bestehenden Gebäudekomplex. Ich parke in der öffentlichen Garage. Das eigentliche, historische Kapitol ist ein imposanter weißer Steinbau mit einem Kuppelturm, rot-weiß gestreiften Markisen über den Fenstern und sechs Säulen vor dem Eingang. Heute ist es ein Museum.

Ich gehe zu dem Gebäude, in dem sich die Abgeordnetenkammer und der Senat befinden und zeige an der Sicherheitsschleuse meine Dienstmarke vor, die mir erlaubt, hinten im Gürtelholster meine S & W zu tragen. Porters Büro hat dem Wachmann meinen Namen durchgegeben. Ich trage Khakihose und ein schwarzes Polohemd, das hinten über der Hose hängt, um die Pistole zu verbergen.

Einer der uniformierten Wachmänner zeigt mir den Weg zum Presseraum. Ich nehme den Fahrstuhl in den ersten Stock und betrete den Raum, wo dichtgedrängt Journalisten auf Klappstühlen sitzen, neben Fernsehkameras oder an den Wänden stehen und zum Podium mit dem Siegel von Florida schauen.

Ich gehe nach vorn, um einen besseren Blick zu haben. Auf dem Staatssiegel gibt es jede Menge zu sehen: Eine Frau vom Stamm der Seminolen streut Hibiskusblüten auf das Meeresufer; eine Palmettopalme – die Staatspflanze; im Hintergrund ein Dampfschiff vor der am Horizont aufgehenden Sonne, deren Strahlen bis zum Himmel hinaufreichen. Um den Rand des kreisrunden Siegels stehen die Worte: »*Great Seal of the State of Florida*«. Und »*In God We Trust*«.

Das Staatssiegel von Illinois ist deutlich unkomplizierter. Innerhalb eines goldenen Kreises sieht man in Grün ein großes Dollarzeichen mit den lateinischen Worten für »Wer zahlt, schafft an«.

Aber vielleicht habe ich das auch falsch in Erinnerung. Wenn ja, dann sollte man das entsprechend ändern.

Die Pressekonferenz soll in zehn Minuten beginnen. In bester Kevin-Costner-Manier lasse ich den Blick durch den Raum schweifen, kann aber nirgends Erfrischungen entdecken – ein Hinweis auf die Geringschätzung des Staates Florida für seine Journalisten.

Einige der männlichen Reporter tragen Sakkos, oder ihr Hemd hängt über der Hose, worunter sich Waffen verbergen könnten. Der Attentäter in *Bodyguard* hatte die Sicherheitsschleuse mit einer Keramikpistole überlistet. Ich ermahne mich, dass ich nicht Kevin Costner bin und mir für den Abgeordneten Lance Porter keine Kugel einfangen werde. Hinterher, da werde ich seinen Mörder erbarmungslos jagen.

Eine Frau in einem gelben, mit Sonnenblumen bedruckten Sommerkleid, auf dem fast so viel los ist wie auf dem Florida-Siegel, betritt durch eine Seitentür den Raum. Sie geht zum Podium und sagt: »Der Abgeordnete wird eine kurze Erklärung abgeben und dann für Fragen zur Verfügung stehen.«

Porter erscheint in derselben Tür. Er trägt einen marineblauen Nadelstreifenanzug, ein weißes Hemd und eine rote Krawatte und sieht sehr staatsmännisch aus. Innerliche Notiz: Sollte ich mich jemals um ein politisches Amt bewerben oder beim FBI anheuern, muss ich mir einen marineblauen Nadelstreifenanzug, ein weißes Hemd und eine rote Krawatte zulegen. Wenn ich die Wahl verliere, kann ich die Garderobe immer noch bei Hochzeiten und Beerdigungen auftragen.

Als Porter auf das Podium zugeht, fällt mir ein Mann mit zerzaustem Bart und randloser Brille auf, der an einer Seitenwand lehnt. Er greift in sein Sakko. Ich werde nervös, denke an meine Pistole im Gürtelholster, aber er holt nur einen Kugelschreiber und einen Notizblock heraus, keine Keramikpistole. Unter dem hellbraunen Sakko trägt er ein schwarzes T-Shirt und verwaschene Jeans. Eigentlich hätte ich ihn schon an seinem Äußeren als Zeitungsreporter identifizieren müssen. Attentäter werden besser bezahlt und können sich bessere Garderobe leisten.

Außer der Attentäter operiert undercover und gibt sich als Zeitungsreporter aus.

Außer, außer, außer ...

Mit derart paranoiden Gedanken kann man sich in den Wahnsinn treiben. Außer die Paranoia hilft dir ...

Komm schon, lass gut sein.

Porter klopft auf das Mikro, wie es viele Redner tun und was ein lästiges Geräusch hervorruft. Er wartet, bis es verstummt ist, dann sagt er: »Ich danke Ihnen für Ihr Kommen. Ich habe Sie hergebeten, weil ich Sie über meine strikte Ablehnung der Gesetzesvorlage 0022 des Repräsentantenhauses informieren will. Das Gesetz würde es erlauben, bis achtzig Kilometer vor der Küste nach Öl und Gas zu bohren. Ich übernehme damit das Anliegen des Abgeordneten Russell Tolliver, der viel zu früh von uns gegangen ist.«

Infolge eines Kopfschusses. Aber das nur nebenbei.

»Die Öl- und Gasindustrie befürwortet das Gesetz«, fährt Porter fort. »Im Gebiet zwischen der alten Zweihundert- und der neuen Achtzig-Kilometer-Grenze hat die ›International Oil Patch Partners‹ dank einer Sondergenehmigung für Probebohrungen, die Russell Tolliver ebenfalls abgelehnt hat, Ölreserven entdeckt. Wir haben allen Grund zu der Annahme, dass Oil Patch oder eine andere Ölgesellschaft, die die Fördergenehmigung innerhalb der neuen Grenzen erhält, ein Verfahren einsetzen wird, das nachgewiesenermaßen die Umwelt schädigt: das sogenannte Fracking. Ein weiteres Gesetz, das Kommunen verbieten soll, Moratorien gegen Fracking zu verhängen, ist schon in Vorbereitung. Die Gesetzesvorlage 0022 ist in zwei Ausschüssen wohlwollend beurteilt worden und steht im Repräsentantenhaus zur Abstimmung an. Ich rufe meine Kolleginnen und Kollegen aus beiden politischen Lagern auf, gegen das Gesetz und damit für sauberes Wasser für zukünftige Generationen zu stimmen. Ich stehe Ihnen jetzt für Fragen zur Verfügung.«

Der an der Wand lehnende Reporter hebt die Hand. Porter zeigt auf ihn. »Erik.«

»Erik Blalock von der *Tampa Tribune*«, sagt er.

Da Porter den Mann anscheinend kennt, stellt Erik sich wohl dem Publikum der Fernsehsender vor.

»Der wichtigste Unterstützer von Gesetzesvorlage 0022 ist der Abgeordnete Arthur Wainwright«, sagt Erik. »Beschuldigen Sie ihn geheimer Absprachen mit Big Oil?«

»Das zu beurteilen überlasse ich den Bürgern bei der nächsten Wahl«, antwortet Porter.

Aalglatt. Porter hat eine Zukunft als Politiker. Nach Jahren im Schatten der Männer mit der Macht ist er nun selbst ein Player.

Er deutet auf eine junge Frau, die ein rotes Kleid, eine Perlenkette mit dazu passenden Ohrringen, Highheels und TV-Make-up trägt, das auf dem Bildschirm besser aussieht als in natura. Sie steht fast ganz vorn und hält ein Mikrofon mit einem kleinen Schild in der Hand: *WTLV Action News*.

»Laura«, sagt Porter.

Sie stellt sich nicht wie der Zeitungsmann mit ihrem ganzen Namen vor. Wahrscheinlich ein Fernsehstar, den sowieso jeder kennt.

»Zunächst, Lance, möchte ich Ihnen im Namen des Teams von WTLV Action News zu Ihrem neuen Job gratulieren und gleichzeitig unsere Anteilnahme über den Verlust des Abgeordneten Russell Tolliver zum Ausdruck bringen.«

Lance. Vielleicht veranstalten die beiden hin und wieder Pressekonferenzen für zwei. Wenigstens nennt sie ihn nicht Lancie-Baby.

»Danke, Laura«, sagt Porter.

»Meine Frage ist folgende«, fährt Laura fort. »Glauben Sie, dass es zwischen den Morden an dem Ehepaar Henderson und an Russell Tolliver irgendeine Verbindung gibt?«

Erstaunlich! Die Reporterin eines Lokalsenders macht praktisch selbst die Nachrichten. Mal sehen, wie Porter diese anscheinend unerwartete Frage pariert. Er denkt kurz nach und reibt sich mit der rechten Hand das Kinn. »Eine sehr gute Frage, Laura, deren Beantwortung ich aber den ermittelnden Behörden überlassen möchte.«

Perfekt. Er ist zwar erst kurz im Amt, aber als Referent schon so lange im Geschäft, dass er sich bestens auskennt.

Mit derart gekonnten Schachzügen könnte er sich für das Präsidentenamt bewerben.

Kurz begegnen sich unsere Blicke. Einen Augenblick glaube ich, er werde mich gleich als den verantwortlichen Ermittler in den Mordfällen outen. Aber er schaut wieder weg und stellt sich weiteren Fragen eines Radiojournalisten, eines Fernsehmannes und eines Zeitungsreporters aus Tampa. Kenntnisreich beantwortet er alle ihre Fragen zu Tiefseebohrungen und Umweltproblemen.

Dann schaut er auf seine Uhr und sagt: »Die Zeit ist um. Nochmals danke, dass Sie gekommen sind.«

Die Frau in dem quirligen Sommerkleid folgt Porter durch die Tür, durch die sie hereingekommen sind, und die Journalisten verlassen ebenfalls den Presseraum. Laura gibt das Mikrofon ihrem Kameramann und kommt zu mir. Sie streckt die Hand aus. Während ich ihre Hand schüttele, fallen mir die rot lackierten Fingernägel auf, die lang genug sind, um einen Panther in die Flucht zu schlagen. »Ich bin Laura DeVoe. Sie gehören nicht zum Pressekorps der Hauptstadt.«

In ihrer Feststellung steckt die Frage: »Wer zum Henker sind Sie? Und was machen Sie in meinem Revier?«

Was soll ich sagen, ohne gleich heute Abend Gegenstand eines Sonderberichts von WTL Action News zu werden? »Ich arbeite für die Capitol Police. Seit dem Mord an dem Abgeordneten Tolliver sind wir besonders wachsam.«

Ich brauche eine Geschichte, die erklärt, warum ich

Porter beschatte, und die erscheint mir so gut wie jede andere. Innerliche Notiz: Sergeant Mikanopy einweihen.

Kurz fürchte ich, dass sie mich nach meinem Ausweis fragt, aber sie zwinkert mir nur zu. »Na dann, viel Glück.« Damit verlässt sie den Raum, wobei das Klackern der Highheels auf dem Fliesenboden widerhallt.

Laura DeVoe von WTLV Action News sieht gut aus, wenn sie vor der Kamera steht, und ich kann vermelden, wenn sie ihren Arbeitsplatz verlässt, sieht sie genauso gut aus. Mir ist vollkommen bewusst, dass in diesen neuen Zeiten sexuelle Kommentare eines Mann über eine Frau verboten sind, und das ist auch gut so. Wahrscheinlich ist diese Neuigkeit aber noch nicht bis zu meinem alten Revier in Chicago durchgedrungen.

Im Hotel ziehe ich meine Laufkleidung an und absolviere einen strammen Lauf durch das Regierungsviertel. Danach dusche ich, rufe Sergeant Mikanopy an und frage, ob ich ihn am nächsten Tag zum Lunch einladen und um einen Gefallen bitten dürfe. Klar doch, sagt er, das sei die beste Methode, ihn um einen Gefallen zu bitten.

Porter ruft mich auf dem Handy an und fragt: »Und, Jack, wie war ich?«

So gut wie jeder andere Politgauner, denke ich. »Genau richtig«, sage ich. »Jetzt werden wir ja sehen, ob die Bösewichter darauf anspringen.«

»In meiner Wohnung und im Büro fühle ich mich sicher. Es müsste eigentlich reichen, wenn Sie mich bei öffentlichen Auftritten begleiten.«

»Das ist zwar nicht die optimale Methode, um jemanden zu beschützen. Aber wenn Sie wollen, probieren wir es.«

»Abgemacht«, sagt er.

Porter hat heute keine öffentlichen Auftritte mehr. Ich lege mich aufs Bett, schalte einen Nachrichtensender ein und schaue zu, bis mich das Blabla über die Politik des Präsidenten einschläfert. Ich habe mich schon entschieden, für Kandidat »Weder-Noch« zu stimmen.

Als ich wieder aufwache, ist es Zeit fürs Abendessen. Ich gehe in die Lobby, frage Lisa an der Rezeption nach einer Sportbar und lobe ihre vorzügliche Lunch-Empfehlung. Ich frage nicht nach einer »guten« Sportbar, weil es meiner Erfahrung nach keine schlechten gibt.

Sie sagt, die in der Nähe des Campus der Florida State University seien die besten, was logisch klingt, da die Uni immer großartige Football-Mannschaften hatte. Lisa nennt mir ein paar Bars, die sich alle an der West Tennessee Street oder in der Nähe befinden.

»Wo gehen Sie am liebsten hin?«, frage ich.

»Ich studiere an der Florida State, ich kenne sie alle. Hängt davon ab, wonach Sie suchen. Eine hat die besten Burger, eine andere die besten Chicken Wings, die nächste die beste Happy Hour.« Sie schaut mich an und lächelt. »Und wieder eine andere ist die beste, um Mädchen abzuschleppen. Oder in meinem Fall, Jungs.«

»Hören sich alle gut an, aber für heute Abend ist mir die mit den besten Burgern die liebste.«

Sie erklärt mir den Weg zum The Seminole.

Ich sitze am Tresen und esse einen Tomahawk Burger, der aus einem halben Pfund Rinderhack aus Querrippe und Sirloin plus Käse, Champignons, Zwiebelringen und einem Spiegelei oben drauf besteht. Ein Kunstwerk. Meine Philosophie war immer klar: Sollte einst ein Meteor auf meinem Kopf einschlagen, würde ich dann als letzte Mahlzeit einen kleinen Grünkohlsalat mit Extra-Dressing wollen? Nein, danke!

Ich frage den Barkeeper, ob er auf einem der vielen Fernseher in der Bar ein Baseballspiel für mich finden könne.

»Klar«, sagt er. »Wir kriegen die Spiele der MLB über Satellit.«

Er nimmt die Fernbedienung, scrollt durch ein Bildschirmmenü, und schon sehe ich wie der Pitcher der Cubs, Jake Arrieta, seine Gegner narrt.

»Danke«, sage ich. »Studieren Sie an der Florida State?«

»Ja. Und ich mache hier den Barkeeper und fahre für Uber. Wenn ich ein guter Footballer wäre, bräuchte ich mir kein Taschengeld zu verdienen.«

Ich weiß, was er meint. Wie Lisa im Hotel braucht auch er einen Job. Footballspieler in Division-One-Teams wie dem der Florida State University müssen zwar hart auf dem Spielfeld arbeiten, aber nicht außerhalb. Überall im Land gibt es Skandale um ehemalige Studenten, die an ihren alten Unis Starspieler mit Geschenken und Scheinjobs versorgen. In manchen Städten sollen Spieler von der Polizei bei Gesetzesverstößen bevorzugt behandelt werden. Und schon lange kursiert der Witz, dass Spieler in populären Sportarten wie Football und Basketball Kurse wie »Unterwasserkorbflechten« belegen können, die, nun ja, nicht sonderlich arbeitsintensiv sind. Allerdings scheint mir das Flechten eines Korbs unter Wasser eine ziemlich schwierige Aufgabe zu sein, vorausgesetzt man hat eine Taucherausrüstung zur Hand. Unterm Strich bleibt die Tatsache, dass Division-One-Universitäten jedes Jahr Millionen mit ihren Sportprogrammen verdienen. Football-Trainer mit Rockstarstatus kassieren deutlich mehr als Präsidenten eines Colleges.

Ich kehre noch vor Ende des Spiels ins Hotel zurück. Zugegeben, Baseballspiele dauern lange – ein Problem, das auch die Liga nicht mehr lange ignorieren kann. Ich meine, muss sich ein Batter unbedingt eine Auszeit nehmen, damit er sich zwischen jedem Schlag mehr als drei Mal seine Handschuhe auf- und zuknöpfen kann? Puristen sagen, Finger weg von unserem Nationalsport. Die Diskussion darüber ist zwar nicht so hitzig wie die über den zweiten Verfassungszusatz oder das Abtreibungsrecht, aber in gewissen Teilen der Bevölkerung spielt sie durchaus eine Rolle.

24.

Der Mann mit den zwei Dienstmarken

Am nächsten Morgen sitze ich in der Lobby des Courtyard und studiere zum kostenlosen Frühstück den Sportteil des *Tallahassee Democrat*: Der Name lässt mich an der Objektivität der Tageszeitung in der Hauptstadt zweifeln.

Ich schlage Mikanopy das Midtown Caboose vor für unseren Lunch. »Ausgezeichnete Wahl«, sagt er. »Wie ich sehe, arbeiten Sie sich in die lokalen Gegebenheiten ein.«

Ich bin pünktlich um zwölf da, setze mich in eine Nische am Fenster und bestelle einen Kaffee. Mikanopy kommt eine Viertelstunde später und setzt sich mir gegenüber.

»Tut mir leid«, sagt er. »Hatte noch etwas zu erledigen. Hat länger gedauert, als ich dachte.«

Die Kellnerin bringt die Speisekarten und schenkt mir Kaffee nach. Wir studieren die Karte und bestellen. Schon am Telefon hatte ich ihm von meiner Tarnung erzählt und gefragt, ob er mir helfen könne. »Und, haben Sie über meinen Plan nachgedacht?«, frage ich. »Darf ich eine Zeitlang den Kollegen von Ihnen spielen?«

Er greift in seine Jackentasche, holt eine Dienstmarke heraus, schiebt sie über den Tisch und sagt halb ernst, halb spöttisch: »Schwören Sie feierlich, dass Sie als Mitglied der Capitol Force von Tallahassee gewissenhaft, ehrlich und mutig tun, was immer Sie vorhaben zu tun?«

»Ich schwöre«, sage ich und schiebe die Marke in die Hosentasche.

Er schaut mich an und kratzt sich am Kinn. »Was ich so gehört habe, sind Sie ein ganz verlässlicher Bursche. Also, verhalten Sie sich so, dass ich das nicht bereuen muss.«

»Von wem haben Sie das gehört?«

»Erstens von Sam Longtree, zweitens von Cubby Cullen. Den habe ich vor ein paar Jahren in Orlando bei einer Tagung für Führungskräfte kennengelernt. Ich habe ihn gestern angerufen. Er hat gesagt, Sie sind jeden Dollar wert, den er Ihnen zahlt.«

Beim Essen lege ich ihm meine Theorie des Falles und was ich mit Lance Porter vorhabe genauer dar.

»Was wissen Sie über Porter?«, fragt Mikanopy.

»Nicht viel. Nur die nackten Daten seines Lebenslaufs. Warum fragen Sie?«

»Nur so. Ist einfach besser, wenn man in einem Spiel, bei dem es knallen könnte, die Spieler kennt.«

Ich habe den Verdacht, Mikanopy traut Porter aus irgendeinem Grund nicht über den Weg, will mir aber offenbar nicht sagen, warum. Zumindest noch nicht.

25.

Halten Sie sich von Fenstern fern

Wie die Arbeit eines Soldaten ist die eines Polizisten meistens langweilig. Lange Phasen mit stumpfsinnigen, gleichbleibenden Tätigkeiten, unterbrochen von rasender, adrenalintreibender Aktion und Gefahr. Aber meistens Langeweile. Für einen Cop sind das Schlimmste Observierungen. Man wartet, beobachtet Stunden, manchmal Tage am Stück, trinkt zu viel Kaffee und kämpft gegen nachlassende Konzentration an, während man in seinem Auto sitzt oder aus einem Fenster schaut. Wie ich bald feststelle, ist es als Leibwächter nicht anders.

In den nächsten drei Tagen hat der Abgeordnete Lance Porter nur zwei öffentliche Auftritte. Als Teil einer Rundfahrt durch die Hauptstadt besuchen ihn Pfadfinder aus Fort Myers: In seinem Büro schüttelt er Hände und posiert für Fotos mit den Wölflingen und ihren Gruppenleitern. Außerdem besucht er (in Begleitung von mir) eine Abendgesellschaft des »Leon County Democratic Club« und wirbt um Wahlkampfspenden. Dort geht die einzig glaubhafte Gefährdung vom Essen aus, das irgendwas mit verkochtem braunem Fleisch ist.

Ich beschließe, noch drei Tage weiterzumachen und

dann nach Fort Myers Beach zurückzufahren. Abends um neun liege ich auf meinem Hotelbett, schaue mir *Der Bachelor* an und versuche herauszufinden, warum das eine von Marisas Lieblingssendungen ist, als das Telefon klingelt. Es ist Mikanopy.

»In Lance Porters Haus hat es eine Schießerei gegeben«, sagt er. »Er ist unverletzt. Ich bin schon auf dem Weg. Wenn Sie wollen, kommen Sie nach.«

»Ich komme. Wie ist die Adresse?«

Er gibt sie mir. Ich schalte den Fernseher aus, bevor der Bachelor seine Wahl trifft (ich stand auf die Brünette mit dem Abschluss in Journalismus von der Columbia University, er hatte anscheinend ein Auge auf die blonde, ehrgeizige Schauspielerin geworfen), und fahre zu Porters Haus.

In zehn Minuten bin ich da. Das Haus ist ein ansehnlicher, gelb verputzter Bungalow in einer netten Wohngegend. Ich parke auf der Straße. In der Auffahrt stehen ein Streifenwagen der Polizei Tallahassee und ein SUV von der Capitol Police. Ich betrete die Vorderveranda, öffne die Haustür und gehe hinein. Porter, Mikanopy und ein bulliger Beamter in Uniform stehen im Wohnzimmer. Die Uniformstreifen weisen den Polizisten als Sergeant aus, laut Namensschild heißt er Jacoby.

Sergeant Jacoby legt instinktiv die Hand auf sein Pistolenhalfter und fragt: »Und wer zum Teufel sind Sie?«

»Ist schon gut, Sergeant, das ist mein Leibwächter«, sagt Porter.

Jacoby schaut mich von oben bis unten an. »Hatte

immer gedacht, dass Leibwächter einen Leib bewachen, solange er noch lebt.«

Da ist was dran. Die Vorhänge des Spiegelglasfensters zur Straßenseite sind aufgezogen. Ein kleines Einschussloch ist zu sehen. Aus dem Putz der gegenüberliegenden Wand ist ein Stück herausgebrochen.

»Das Honorar *steigt*, wenn sein Auftraggeber nicht umgelegt wird«, sagt Mikanopy mit einem Grinsen.

»Was ist passiert?«, frage ich in die Runde.

»Ich war hinten im Büro und habe Papierkram erledigt, als ich ein Geräusch gehört habe«, sagt Porter. »Ich bin nach vorn gegangen, hier ins Wohnzimmer, habe das Loch im Fenster und das in der Wand gesehen und die Polizei angerufen. Einen Schuss habe ich nicht gehört.«

Jacoby zieht einen Plastikbeutel aus der Hosentasche. Darin steckt ein Stück Metall. »Das habe ich aus der Wand gepult«, sagt er. »Kleines Kaliber, wahrscheinlich .22.«

Ich frage mich, warum Porter mich nicht direkt angerufen hat. Anscheinend ahnt er, was mir durch den Kopf geht. »Ich war ja nicht verletzt, ich hätte Ihnen morgen früh alles erzählt.«

»Wenn ein Abgeordneter oder Regierungsbeamter betroffen ist, verständigen wir immer die Capitol Police«, sagt Jacoby zu mir. Er schaut zu Porter. »Kommen Sie morgen ins Präsidium. Da können Sie uns erzählen, wer das vielleicht gewesen sein könnte und warum Sie es für nötig hielten, einen sogenannten Leibwächter zu engagieren.«

Autsch!

Nachdem Jacoby gegangen ist, fragt Porter, ob wir etwas trinken wollen. Mikanopy nimmt ein Bier, ich nehme einen Kaffee, Porter genehmigt sich einen Wodka mit Eis. Wir sitzen im Wohnzimmer und nippen an unseren Getränken. Mir fällt auf, dass ich nichts über Porters Privatleben weiß, außer dass er Army Ranger gewesen ist und in Regierungsjobs gearbeitet hat. Ich sehe im Wohnzimmer keine Fotos von einer Ehefrau oder Kindern. Vielleicht sind die alle im Büro.

»Seltsam«, sagt Mikanopy. »Ein Schuss durchs Fenster, aber kein Zielobjekt im Zimmer. Kommt mir eher wie eine Warnung als ein Mordversuch vor.«

Er hat recht. Das war nicht der Modus Operandi des Mörders, hinter dem ich her bin.

»Vielleicht war das wirklich nur eine Warnung«, sagt Porter. »Wenn das Gesetz verabschiedet wird, und das wird es, dann gibt es keinen Grund mehr, mich aus dem Weg zu schaffen.«

Stimmt. Und ich stehe dann ohne einen Plan da, wie ich dem Mörder der Hendersons und von Russell Tolliver auf die Spur kommen soll.

»Bis zur Abstimmung halten Sie sich von Fenstern fern«, sage ich zu Porter.

26.

Chicken Oscar

Vor der großen Abstimmung nimmt Porter noch einen weiteren öffentlichen Termin wahr. Beim Dinner zur Verleihung der alljährlich vergebenen Preise von Marion Hendersons Organisation »Bürger für eine gesunde Umwelt« wird er im Hyatt-Place Hotel in Fort Myers die Festrede halten. Tom Henderson, der Bruder von Marions Ehemann Larry, seine Frau Lynette und die Kinder von Larry und Marion Henderson, Nathan und Elise, werden anwesend sein, wenn die neue Präsidentin der Organisation Marion Henderson postum einen Ehrenpreis verleiht.

Etwa hundert Gäste füllen den Ballsaal des Hotels, als Marisa und ich eintreffen. Als regelmäßige Spenderin ist sie ebenfalls eingeladen.

An der Rezeption erhalten wir Namensschilder und gehen zu dem uns zugewiesenen Tisch Nummer drei, der sich in der Nähe des Podiums befindet, wo Porter sprechen wird. Marisa trägt ein schwarzes Kleid, das von vorn einiges und von hinten mehr als das sehen lässt. Sie sieht fantastisch aus. Ich frage sie, ob das Schulterholster mit der S & W unter der Jacke mich dick macht.

Sie sagt, mit der Pistole habe das nichts zu tun. Innerliche Notiz: Entweder abnehmen oder nicht mehr fragen.

Als der Salat serviert wird, steht die neben Porter sitzende Frau auf, geht zum Podium und klopft gegen das Mikro, was ein lautes Rauschen zur Folge hat (man sollte meinen, erfahrene Redner würden irgendwann lernen, das bleiben zu lassen). »Guten Abend«, sagt sie. »Mein Name ist Letitia Baker. Ich werde Marion Henderson als Präsidentin von ›Bürger für eine gesunde Umwelt‹ bis zum Ende ihrer nicht abgelaufenen Amtszeit vertreten. Ich möchte ihrem Schwager und ihrer Schwägerin Tom und Lynette sowie Larrys und Marions wundervollen Kindern Nathan und Elise, die heute Abend unsere Gäste sind, für ihr Kommen danken und ihnen im Namen aller Anwesenden unser tief empfundenes Beileid aussprechen. Alle, die Larry und Marion kannten, mochten und respektierten sie und trauern über ihren viel zu frühen Tod. Lassen Sie sich nun das Essen schmecken, bevor unser Ehrengast, der Abgeordnete Lance Porter, ein paar Worte an uns richten wird.«

Wir haben die Auswahl zwischen Chicken Oscar oder gar nichts. Ich nehme das Hühnchen.

Die Abendgesellschaft ist nur für geladene Gäste, aber ein Attentäter könnte sich als falscher Hotelangestellter hineingeschmuggelt haben. Während des Essens versuche ich die Kellner im Auge zu behalten. Soweit ich das sehen kann, ist die einzig tödliche Waffe, mit der sie hantieren, das Hühnchen. Als der Nachtisch serviert wird (sieht aus wie Käsekuchen, schmeckt aber wie der Pappkarton, in dem er wahrscheinlich angeliefert wurde), erhebt sich erneut Letitia Baker und stellt Lance Porter vor. Sie arbeitet kurz seinen Lebenslauf ab, dann tritt er unter herzlichem Applaus vors Mikrofon.

Porter spricht etwa zwanzig Minuten. Er lobt die wichtige Arbeit von »Bürger für eine gesunde Umwelt«, die unsere wertvollen natürlichen Ressourcen schützt, damit wir zukünftigen Generationen ein Land hinterlassen können, das nicht so vergiftet ist wie China. Ich für meinen Teil hoffe, dass der Koch des Hyatt Place das Rezept für sein Chicken Oscar nicht an zukünftige Generationen weitergibt.

Gegen Ende seiner Ausführungen sagt Porter: »Sie alle kennen die Gesetzesvorlage 0022, die neue Regeln für Öl- und Gasbohrungen im Golf vorsieht. Sie kommt in Kürze zur Abstimmung, und ich werde mit einem donnernden Nein stimmen.«

Er lässt eine Pause für weiteren Applaus folgen, und er bekommt ihn. »Im Moment sieht es so aus, als würde das Gesetz das Repräsentantenhaus und den Senat passieren und von Gouverneur Anderson unterzeichnet werden. Das ist kein Grund zur Verzweiflung. Wir werden diesen aufrechten Kampf fortführen, zusammen, jetzt und in Zukunft. Unsere Sache ist eine gerechte Sache, und am Ende werden wir uns durchsetzen.«

In die stehenden Ovationen hinein sagt Marisa zu mir: »Dein Kumpel hat alle Kniffe drauf. Schade, dass er keiner anständigen Arbeit nachgeht.«

Letitia ruft Familie Henderson aufs Podium und überreicht Marions Ehrenpreis an ihre weinenden Kinder. Hätte es – was nicht der Fall ist – eines zusätzlichen Ansporns bedurft, den Mörder ihrer Mutter zu schnappen, dann hätte ich ihn nun gehabt.

27.

Gesetze und Würste

Otto von Bismarck traf den Nagel auf den Kopf, als er sagte: »*Gesetze* sind wie *Würste,* man sollte besser nicht dabei sein, wenn sie gemacht werden.« Tatsächlich habe ich schon gesehen, wie Würste gemacht werden, in Chicago, in der Fleischfabrik Vienna Beef. Und das war wesentlich bekömmlicher als das Spektakel, das sich in der Kammer des Repräsentantenhauses von Florida entfaltete.

Ich sitze auf der Besuchertribüne und höre mir vor der Abstimmung die Debatte über das Ölgesetz an. Da die Sicherheitsvorkehrungen in der Kammer streng sind, bin ich weniger als Leibwächter anwesend, sondern dokumentiere eher den Abschluss dieser Phase meiner Mordermittlung. Das Problem ist, dass es im Augenblick keine nächste Phase gibt.

Die Republikaner haben im Repräsentantenhaus und im Senat die Mehrheit und stellen den Gouverneur. Porter ist wie sein ehemaliger Boss Demokrat.

Der Abgeordnete Arthur Wainwright ist der Bannerträger der Gesetzesbefürworter. Er und seine Kollegen aus der republikanischen Partei betonen in ihren Reden alle positiven Aspekte für Florida, vor allem Steuereinnahmen und Jobs, wenn der Staat Bohrungen näher an der Küste genehmige. Lance Porter und seine Mitstreiter von den Demokraten schildern die negativen Folgen des Gesetzes, darunter unvermeidliche Ölkatastrophen im Golf sowie mögliche Erdbeben und die Grundwasserverseuchung durch das Fracking.

Das Geschwafel ist vollkommen überflüssig, weil die Sache längst entschieden ist. Leidenschaftliche Reden im Kongress überzeugen niemanden. Das ist alles nur Show, vor allem wenn es im Fernsehen übertragen wird. Porter hat mir vorher erzählt, dass die Abstimmung entlang der Parteilinien ausgehen wird: im Repräsentantenhaus mit einundachtzig zu neununddreißig und im Senat mit sechsundzwanzig zu vierzehn Stimmen für das Gesetz. Gouverneur Lucas Anderson habe schon erklärt, er werde das Gesetz unterzeichnen, sobald (nicht falls) es verabschiedet sei.

Nachdem das Palaver seinen Lauf genommen hat, geht die Abstimmung tatsächlich genau so aus. Nach der Sitzung treffe ich mich im Café des Kapitols mit Porter zum Lunch. Er scheint die Niederlage nicht sonderlich schwer zu nehmen. Wahrscheinlich weil er das Abstimmungsergebnis schon seit Einbringung des Gesetzes kannte.

»Ihr Job hier ist erledigt. Was haben Sie als Nächstes vor?«, fragt er mich.

»Schätze, ich werde bei der Polizei in Fort Myers Beach nachfragen, ob sie einen Ordner für ungelöste Fälle haben, den ich ein bisschen aufstocken kann.«

Die Polizei in Fort Myers Beach hat tatsächlich einen Ordner mit ungelösten Fällen. Doch bei denen geht es um Graffiti am Gebäude der Grundschule, eine Reihe von Fahrraddiebstählen sowie eine Handvoll Einbrüche von vor sechs Jahren – wobei die Hauptverdächtigen im Fall der Einbrüche, eine Diebesbande aus Miami, zwar schon für ähnliche Brüche in Naples, Orlando und Jacksonville einsitzen, die in Fort Myers Beach aber bestreiten. Das müssen Trittbrettfahrer gewesen sein, behaupten sie.

Jetzt enthält der Ordner auch noch meine drei Morde.

Ich sitze in Cubbys Büro auf dem Besucherstuhl und lege ihm meine Detective-Dienstmarke auf den Tisch. »Ich habe komplett versagt, Cubby.«

»Weißt du was, Jack?«, sagt er. »Behalt die Marke, als Nächstes gebe ich dir was Leichtes. Einen Überfall auf einen Tante-Emma-Laden vielleicht, bei dem man das Gesicht des Typen auf der Überwachungskamera erkennen kann und sich ein Passant die Autonummer notiert hat. Wenn du den Fall lösen kannst, dann notiere ich dir einen Schlagdurchschnitt von fünfzig Prozent. Das ist besser als die zehn besten Batter in der Hall of Fame. Die kannst du sicher auswendig, oder?«

»Ty Cobb hatte seine ganze Karriere über einen Schnitt von 36,6 Prozent«, sage ich. »Roger Hornsby hatte 35,8 Prozent, Shoeless Joe Jackson 35,6, Lefty O'Doul 34,9 und Ed Delahanty 34,6. Mein Vater kannte die Top-Fünfzig auswendig. Mein Bruder Joe und ich haben daran gearbeitet, aber dann ist mein Vater gestorben und dann mein Bruder und ich bin über zwanzig nicht hinausgekommen.«

Er schiebt die Marke wieder über den Tisch. »Damit hast du wenigstens keinen Ärger mit Strafzetteln mehr, wenn du mal zu schnell unterwegs bist. Weißt du, wie wir hier die Farbe von deiner Corvette nennen? ›Knastrot‹.«

Mir ist klar, dass Cubby mir die Marke nur deshalb lässt, damit ich bei zukünftigen Ermittlungen sofort Gewehr bei Fuß stehe – warum, kann ich angesichts meiner gerade abgelieferten Leistung nicht sagen. Ich stecke die Dienstmarke wieder ein. Ist leichter, als sich mit ihm herumzustreiten. Als ich aufstehe, nimmt er sein Portemonnaie aus der Schublade, zieht einen Dollarschein heraus und gibt ihn mir.

»Das Steuerformular kriegst du mit der Post. Die Bundesregierung lässt dir schätzungsweise neunundachtzig Cent.«

Glücklicherweise erhebt der Staat Florida keine Einkommenssteuer. Ich beschließe, keine Spesenabrechnung für Essen, Benzin und Hotel einzureichen – zumindest so lange der Mörder nicht seiner gerechten Strafe zugeführt ist. Im Moment sieht es so aus, als würde ich auf meinen Kosten sitzen bleiben.

28.

Red Cloud spricht

Mein nächster Fall ist aber doch nicht so leicht wie Cubby Cullens hypothetischer Überfall auf einen Tante-Emma-Laden.

Ich kehre zu meinem normalen Tagesablauf zurück, genieße Marisas und Joes Gesellschaft, mache mich im Parrot nützlich, gehe Bills neueste Ergänzungen an seinem Manuskript durch, und versuche ab- anstatt zuzunehmen, indem ich auf zuckerhaltige Snacks verzichte und mehr trainiere.

Viele Wochen später. Es ist neun Uhr an einem Samstagabend. Die Stammkunden trudeln im Drunken Parrot ein – so wie es Billy Joel in »Piano Man« besingt, einem meiner Lieblingssongs von ihm.

Ich lehne an der Bar und unterhalte mich mit Ricky Mancuso, einem Freund und Besitzer einer kleinen Fangflotte, mit der er Steinkrabben fängt. Steinkrabbensaison ist in Florida vom 15. Oktober bis zum 15. Mai, wir stecken also mittendrin. Die von Ricky frisch aus dem Golf angelieferte Köstlichkeit steht bei mir auf der Speisekarte.

Krabben werden mit Drahtfallen gefangen. Wenn sie die vorgeschriebene Größe erreicht haben, wird eine Schere abgetrennt und das Tier wieder ins Wasser geworfen, wo der fehlende Körperteil nachwächst. Das Scherenfleisch ist süß und zart und schmeckt besonders gut, wenn man es vorher in Senfsoße tunkt.

Steinkrabbe ist mir die liebste von allen Krabbenarten und besser als Hummer.

Es heißt, nie habe jemand daran gedacht, das Fleisch aus den Scheren der Steinkrabbe zu essen, bis ein Fischkundler mit einem Beutel voll zu einem gewissen Joe Weiss ging, einem Mann, der von New York nach Miami Beach gekommen war und 1918 mit seiner Frau Jennie in der Biscayne Street eine Lokalität namens »Joe's Restaurant« eröffnet hatte. Der Fischkundler hatte beobachtet, dass die Krabben in den Gewässern vor Miami in großer Zahl vorkamen, und sich gefragt, ob sie vielleicht essbar seien. Joe kochte sie, Jennie machte die Senfsoße dazu, der Rest ist Geschichte. Das Restaurant wurde in »Joe's Stone Crab« umbenannt. Es existiert immer noch und ist – laut dem *Restaurant Business Magazine*, das ich manchmal in einer öffentlichen Bücherei durchblättere – hinter dem »TAO Asian Bistro« in Vegas und vor meinem Lieblingslokal in Washington, D.C., dem »Old Ebbitt Grill«, das zweitumsatzstärkste Restaurant im ganzen Land.

Sam Longtree kommt zu uns, bestellt bei Ricky zehn Dutzend Steinkrabbenscheren nach und sagt zu mir: »Kann ich dich mal kurz sprechen, Boss?«

Ricky schaut auf seine Taucheruhr, sagt, er müsse jetzt nach Hause, das Essen warte schon, und geht.

Sam sagt: »Sie wissen doch, dass ich im Stammesrat der Florida-Seminolen sitze. Wir haben da ein Problem mit dem Casino, das uns Kopfschmerzen macht.«

Er meint das Arrowhead Casino in Immokalee, das dem Stamm gehört. »Was für ein Problem?«, frage ich.

»Einer zweigt Einnahmen ab, und wir kriegen nicht raus, wer. Alle Croupiers und Angestellten an den Kassen werden mit Kameras überwacht, und die Abrechnung wird jede Nacht überwacht von einem fest angestellten Vertreter aus unserer Steuerberatungskanzlei, der wir voll und ganz vertrauen.«

»Wie viel Geld fehlt?«

»Hat vor ungefähr vier Monaten mit kleinen Beträgen angefangen, mehr wissen wir auch nicht. Inzwischen hat sich die Summe auf drei- bis viertausend pro Woche erhöht. Das läppert sich.«

»Soll ich mal einen Blick drauf werfen?«

Er schaut mich an, als habe er daran noch gar nicht gedacht, und fängt an zu grinsen. »Da wäre ich dir dankbar, Detective.«

Das war das erste Mal, dass er mich so nannte.

Am nächsten Morgen suche ich meine Detective-Dienstmarke für Forty Myers Beach und finde sie in einer Schublade. Ich fahre nach Immokalee, um mich mal im »Arrowhead Casino« umzusehen. Bevor ich das Boot verlasse, füttere ich noch Joe und erzähle ihm von meinem

Vorhaben. Er miaut, was in meinen Ohren klingt wie: »Alles auf Rot.«

Nicht, dass ich mich darauf verlasse, meine Dienstmarke werde mich schon vor Strafzetteln bewahren, aber das Fahren auf der Landstraße macht mir einfach zu viel Spaß, sodass ich nicht auf die Geschwindigkeitsbegrenzung achte – bis ich schließlich gestoppt werde. Ein Streifenwagen der Florida Highway Patrol, der sich in einer Nebenstraße des Highway 82 hinter einigen Feuerbüschen versteckt hat, nimmt die Verfolgung auf und scheucht mich mit dem kurzen Aufheulen seiner Sirene an den Straßenrand.

Der Polizist steigt aus und nähert sich meinem Fenster an der Fahrerseite. Der Polizist ist eine attraktive junge Polizistin. Eine Hand liegt auf der Pistole. In letzter Zeit ist im Land vermehrt auf Polizisten geschossen worden, auch bei Verkehrskontrollen.

»Die Hände bitte aufs Lenkrad, Sir«, sagt sie.

Gute Vorgehensweise. Ich gehorche. Jetzt steht sie neben mir. Das Namensschild weist sie als Corporal Beinekee aus. Der Sitz ihrer Uniform belegt, dass ihr Schneider natürliche Schönheit zu schätzen weiß.

»Kennen Sie die Höchstgeschwindigkeit auf dieser Straße, Sir?«, fragt sie.

»Fünfundachtzig?«, sage ich. Das war genau meine Geschwindigkeit. Einen Versuch ist es wert.

»Wie wär's mit vierzig?«, sagt sie mit einem fast unmerklichen Lächeln.

»Tut mir leid«, sage ich. »Ich hab nicht aufgepasst.

Außerdem ist das langsame Fahren schlecht für den Wagen.«

Ich nehme an, dass meine Dienstmarke und die Geschichte, ich sei unterwegs zur Aufklärung eines Raubüberfalls im Casino, der genaugenommen gar nicht *im* Casino stattfindet, auf Corporal Beinekee keinen Eindruck machen würde.

Sie lächelt und greift nach dem Strafzettelblock. Während sie schreibt, frage ich: »Kommen Sie oft hier vorbei?«

Mein Humor funktioniert immer noch nicht. Ich lege den Strafzettel ins Handschuhfach und überlege, ob Lance Porter das vielleicht auf bundesstaatlicher Ebene regeln kann.

Alle Casinos sehen ziemlich gleich aus, ob in Las Vegas, Atlantic City, Biloxi oder auf Stammesgebiet zwischen Maine und Kalifornien. Manche sind in raffinierten Bauwerken untergebracht, die Wunderwerke antiker, moderner oder zukünftiger Welten vortäuschen wollen, manche sehen von außen aus wie Ketten-Motels. Aber innen ist die Wirkung überall die gleiche: riesige Räume voller neonblitzender Spielautomaten; halbrunde, mit Filz überzogene Kartenspieltische; kreisende Rouletteteller; lange, rechteckige Craps-Tische mit klackernden Würfeln; Pokerräume, wo sich Männer und Frauen die Karten dicht vor die Brust halten und versuchen, jede verräterische Bewegung zu vermeiden.

Es gibt Bars, Restaurants und Podeste, auf denen unterschiedlich begabte Bands Songs spielen, die untergehen im fieberhaften Lärm der Menschen, denen man ihr Geld abknöpft. Am Ende gewinnt immer das Haus. Nirgends Fenster, denn die Besitzer wollen nicht, dass die Gäste (alias Trottel) durch Einflüsse von außen wie den Übergang vom Tag zur Nacht und wieder zum Tag abgelenkt werden. Nirgends Uhren an den Wänden. Egal, welche Zeit es ist, Zeit zum Spielen ist immer.

Das Arrowhead Casino ist ein zweistöckiger Bau mit hellbraun verputzten Wänden und Metalldach. Als ich hineingehe, schlägt mir sofort eine blaugraue Wolke aus beißendem Tabakqualm entgegen, der mir Tränen in die Augen treibt und die Nasengänge zusammenpresst. Kommunale, einzel- oder bundesstaatliche Nichtrauchergesetze haben in den Casinos der Ureinwohner Nordamerikas keine Geltung. Stammesgebiet ist souverän. Im »Indian Gaming Regulation Act« von 1988 wurde den Stämmen das Recht zugesprochen, Glücksspielstätten zu betreiben.

Bevor ich Sam Longtree kennenlernte, habe ich die Ureinwohner Nordamerikas »Indianer« genannt. Er informierte mich in seiner beiläufigen, aber ernsten und würdevollen Art darüber, dass er in Amerika zu Hause sei, nicht in Indien. Die Ureinwohner Nordamerikas seien die ersten Besitzer des Landes gewesen, auf dem ich gerade stünde. Er zitierte Red Cloud, einen Anführer vom Stamm der Oglala-Lakota: »Der weiße Mann hat uns viel versprochen, aber gehalten hat er nur *ein* Versprechen. Er schwor, uns das Land zu stehlen, und er hat es gestohlen.«

»Und jetzt stiehlt uns jemand das Casinogeld«, hat Sam zu mir gesagt. »Ich behaupte nicht, dass es jemand von eurem Stamm ist, aber ausschließen würde ich das nicht – angesichts der Geschichte auf diesem Kontinent, seit im siebzehnten Jahrhundert die Kriege zwischen Europäern und Eingeborenen begonnen haben.«

Auf Stammesgebiet habe ich keine Befugnisse. Sam sorgt sich um das Image des Casinos, er hofft, den Betrug unter der Decke halten zu können. Ich habe ihm versprochen, mein Bestes zu tun und mit dem Sicherheitsdienst des Casinos und, falls nötig, mit der Stammespolizei zusammenzuarbeiten. Im Gesetz zur Genehmigung der Casinos, hatte er mir erklärt, sei festgelegt, dass Verbrechen in Zusammenhang mit den Glücksspielbetrieben der Indianer (wie die Ureinwohner Nordamerikas in den Amtsstuben des Bundes immer noch genannt werden) in den Zuständigkeitsbereich des FBI fallen.

Sollte es so weit kommen, kenne ich eine freundliche FBI-Agentin, die ein Geheimnis bewahren kann.

29.

Ein Rätsel innerhalb eines Geheimnisses, umgeben von einem Mysterium

Wie ein Feuerwehrmann durch ein brennendes Gebäude bewege ich mich durch das verqualmte Casino zum Informationsschalter. Wenn ich über den Boden kriechen würde, fiele mir das Atmen leichter, aber das wäre würdelos.

Das Klischee von der älteren Frau, die unablässig Spielautomaten füttert, stimmt. Dazwischen der eine oder andere ältere Mann. Offensichtlich ziehen die Spielautomaten hauptsächlich ältere Menschen an, zumindest in Gottes Wartesaal, wie man Florida auch nennt.

Ich bleibe an einem der Automaten hinter einer Frau stehen, die die Siebziger-Marke schon vor einiger Zeit im Rückspiegel gesehen hat. Das weiße Haar ist in kleine Locken gelegt. Sie trägt ein bedrucktes Hauskleid und weiße Sneaker. Im Aschenbecher auf der schmalen Ablage vor dem Spielautomaten liegt eine brennende Zigarette ohne Filter. Es ist offensichtlich, dass sie Donuts so sehr liebt wie ich, vielleicht sogar noch mehr.

Sie spielt irgendein ausgeklügeltes Spiel mit dem Thema »Die Schätze der Kleopatra«. Die Bilder zeigen eine verführerische Kleo, Kamele, Pyramiden, eine Oase in der Wüste. Die Frau schiebt einen Fünfdollarschein in die Maschine, worauf diese blinkend und blitzend signalisiert: Los geht's!

Die Frau spürt, dass jemand hinter ihr steht, dreht sich um, deutet auf den großen weißen Plastikknopf und sagt: »Ich habe kein Glück. Was ist, Sonnyboy, willst du mal?«

Ich zucke mit den Schultern und drücke den Knopf. Noch mehr Lämpchen blinken und blitzen, eine Sirene heult, Kleopatra legt einen Bauchtanz hin, und eine Kaskade Metalljetons ergießt sich in einen Korb. Aus dem Innern der Maschine verkündet eine Computerstimme laut, dass der Fünftausend-Dollar-Jackpot geknackt ist.

Die Frau kreischt vor Freude, steht auf, umarmt mich stürmisch, nimmt einen der Jetons und gibt ihn mir. »Toll gemacht, Champ!«, sagt sie. »Warum bleibst du nicht noch ein bisschen?«

»Tut mir leid, Ma'am, ich habe eine Verabredung. Viel Glück noch.«

Im Gehen schaue ich auf den Jeton. Fünfzig Dollar, mein Detective-Honorar mal fünfzig. Sinnvoll genutzte Zeit.

An den Kartentischen sitzen hauptsächlich Männer. Alle Kartengeber sind junge Frauen, die enge Tops im Hooters-Girls-Stil, Hotpants, schwarze Netzstrümpfe und hohe schwarze Lackstiefel tragen. Keiner der Spieler ist ein Ureinwohner Nordamerikas. Schätze, die Idee dahinter ist, dem weißen Mann (und der weißen Frau) das Bankkonto zu plündern.

»Ich heiße Jack Starkey«, sage ich zu der Frau am Informationsschalter. »Ich bin mit John Running Bear verabredet.«

Er ist der Chef des Sicherheitsdienstes.

Die Frau an der Information hat kupferfarbene Haut und langes, dunkel glänzendes Haar, das ihr bis zur Mitte des Rückens hinunterreicht. Sie trägt ein Wildlederkleid mit Fransen und bunten Perlen. Vielleicht haben die im Casino-Shop noch eins für Marisa übrig.

Sie zeigt zum Fahrstuhl hinter den Roulettetischen. »Erster Stock. John erwartet Sie schon.«

Im ersten Stock öffnet sich die Fahrstuhltür, und ich gehe in einen Korridor mit zahlreichen Türen. An der dritten rechts steht »Sicherheitsdienst«. Ich mache auf und stehe in einem großen, lang gestreckten Raum. An einer Wand hängen Monitore, die Bilder aus dem Casino zeigen. Ein breites Pult mit Rädchen und Knöpfen steht vor einer anderen Wand, und in einer dritten ist ein großes Fenster eingelassen, durch das man das ganze Casino übersehen kann. Einwegverspiegelt, nehme ich an.

Ein Schreibtisch ist so positioniert, dass der Mann, der dahinter sitzt, die Monitore im Blick hat. Er kommt um den Schreibtisch herum und streckt mir die Hand entgegen. »Detective Starkey, John Running Bear. Sam Longtree meint, Sie könnten uns bei unserem Problem behilflich sein.«

Er sieht aus wie Ende vierzig, Anfang fünfzig und hat den Körperbau eines Middle Linebackers, der er laut Sam an der Florida State University auch gewesen ist. Seinen

Abschluss hat er in Strafrecht gemacht. Die Proficlubs hatten schon ein Auge auf ihn geworfen, als eine Knieverletzung im letzten Studienjahr seine Karriere beendete. Er habe erst, so Sam, bei einer privaten Sicherheitsfirma gearbeitet und dann den Casinojob angenommen.

Er deutet auf einen der beiden Besucherstühle und geht wieder hinter den Schreibtisch.

»Sam Longtree ist ein guter Freund. Er hat Sie nachdrücklich empfohlen.«

»Ich weiß nicht, ob ich zu Ihren Ermittlungen noch Nützliches beisteuern kann, Mister … John.«

»Sehr taktvoll, Detective. Aber Sie treten hier niemandem auf die Füße. Ich bin froh, dass ich auf Ihre Erfahrung zurückgreifen kann.«

Ich lasse unerwähnt, dass ich meinen letzten Fall verbockt habe.

»Als Erstes machen wir einen Rundgang durchs Casino. Dann zeige ich Ihnen den Zählraum. Unser Geschäftsführer, Larry Tall Chief, ist heute in New Orleans bei einer Tagung von Casinomanagern. Er ist in drei Tagen zurück. Ich werde für Sie einen Termin mit ihm und auch mit dem Finanzforensiker ausmachen, den wir engagiert haben, um die von unserer Steuerberatungskanzlei geprüften Bücher noch einmal unter die Lupe zu nehmen.«

Im Fahrstuhl nach unten sagt John: »Wir betreiben unser Geschäft ehrlich. Für einen Glücksspielbetrieb sind unsere Gewinnauszahlungen fair. Wenn jemand ständig mehr verliert, als er oder sie sich nach unserer Meinung leisten kann, dann lassen wir sie nicht mehr spielen und verweisen sie an die Anonymen Spieler. Wenn jemand betrunken ist oder unter Drogeneinfluss steht, dann lassen wir ihn nach Hause chauffieren. Wenn jemand überdurchschnittlich oft das Haus schlägt, wozu die Mehrheit der Spieler nicht fähig ist, dann beobachten wir diese Person sehr genau. Wenn sie nicht falsch spielt oder die Karten zählt, was zwar legal ist, wir aber trotzdem nicht mögen, lassen wir den Spieler machen. Die meisten Casinos tun das nicht. Wer zu viel gewinnt, bekommt Hausverbot. Sie verstehen also, dass wir uns nur ungern bescheißen lassen.«

Während wir durch die verschiedenen Bereiche gehen, erklärt er mir die jeweiligen Spiele. Die Spielautomaten seien so eingestellt, dass von hundert gespielten Dollar zwei für das Haus abfallen. »Das ist großzügig«, sagt er. »Hört sich nicht nach viel an, läppert sich aber.«

Wir kommen zu den Kartenspielen. »Bei Blackjack hat man die besten Chancen. Die Möglichkeit eines Gesamtgewinns liegen bei 42,22 Prozent, dass man plus minus null herauskommt bei 8,48 Prozent, dass das Haus gewinnt bei 49,1 Prozent. Ein versierter Spieler kann auch in den Pokersälen gut abschneiden.«

Als Nächstes kommen wir zu den Roulettetischen, in deren Kesseln am oberen Rand eine kleine weiße Kugel herumsaust und schließlich auf eine Zahl fällt.

»Allgemein gilt, je leichter das Spiel zu verstehen ist, desto schlechter die Chancen für den Spieler«, sagt John. »Zum Beispiel Roulette: Das Haus gewinnt mit einer

Quote von 37 zu 1, zahlt aber nur 35 zu 1 an den Gewinner aus. So funktioniert die komplizierte mathematische Formel, die die Quoten ausrechnet.«

Wir setzen unseren Rundgang durch das Casino fort, und John Running Bear weist mich in die restlichen Spiele ein. Auch wenn die Chancen gegen sie stehen, machen die meisten Spieler einen glücklichen Eindruck. Aber vielleicht sind die Chancen im Casino besser als die im richtigen Leben.

»Lektion gelernt«, sage ich. »Spiele nicht *gegen* das Haus. *Sei* das Haus.«

»Exakt. Und nur für den Fall, dass Sie in Erwägung ziehen, sich ein Powerball-Los für die 1,5-Millionen-Dollar-Ziehung morgen Abend zu kaufen. Die Chancen, alle sechs Zahlen zu erwischen, stehen bei 1 zu 292,2 Millionen.«

»Aber es gibt Gewinner, und ich schaue einfach gern im Fernsehen die Ziehungen, weil die Mädchen, die die Kugeln aus der Trommel ziehen, immer eine Augenweide sind.«

»Gute Vermarktung«, sagt John und beendet den Rundgang durch den Hauptsaal. »Und jetzt in den Zählraum.«

Wir fahren wieder in den ersten Stock und bleiben vor einer Tür ohne Schild stehen. Um sie zu öffnen, tippt John auf einem Tastaturblock neben der Tür Zahlen ein. Wir betreten einen großen Raum mit weißen Wänden und grellen Neonröhren über den Tischen, an denen vielleicht zwanzig Männer und Frauen mit Hilfe von Maschinen Stapel von Geldscheinen und Münzen zählen. Die Apparate machen einen elektronisch surrenden und metallisch klirrenden Lärm.

»Die Kameras an der Decke überwachen jeden Handgriff. Ich kenne die Leute und auch ihre Familien, alles Seminolen. Aber wenn sie den Raum verlassen, werden sie alle durchsucht. Ich glaube nicht, dass das unser Problem ist. Nun ja, wir werden sehen.«

»Wenn das Geld gezählt ist, was passiert dann damit?«

»Ein gepanzerter Wagen unserer Geldtransportfirma holt das Geld jeden Abend ab und bringt es zu unserer Bank.«

»Welche Bank?«

»Die Manatee National in Fort Myers.«

Interessant. Meine Ermittlungen führen offenbar immer wieder zu dieser Bank.

»Ich hoffe, die haben zur Kontoeröffnung wenigstens einen Toaster und einen Radiowecker springen lassen.«

»Die bieten uns Vorzugsbehandlung an, was heißt, gute Verzinsung, wettbewerbsfähige Anlagerenditen und die Dienstleistungen ihrer Korrespondenzbanken überall auf der Welt.«

»Das ist auch meine Bank«, sage ich. »Vielleicht könnten Sie ein gutes Wort für mich einlegen, dass die mein Girokonto kostenfrei stellen.«

»Mal sehen, was ich tun kann.«

Als wir wieder in seinem Büro sitzen, frage ich ihn, wo er das Problem vermutet.

»Da können Ihnen später Larry Tall Chief und der

Finanzforensiker besser Auskunft geben. Ich weiß nur, dass die Überwachungsbänder keinerlei Hinweise liefern, dass die Croupiers, das Kassenpersonal oder die Angestellten im Zählraum Geld abzweigen. Aber unsere Zahlen im Zählraum sind in den letzten vier Monaten höher gewesen als die auf unserem Bankkonto. Eine naheliegende Möglichkeit wären also die Fahrer des Geldtransporters. Aber ich verstehe nicht, wie sie das hätten machen sollen. Seit den ersten Auffälligkeiten bin ich gelegentlich mit zur Bank gefahren, unangekündigt, aber die Zahlen gingen trotzdem weiter nach unten. Egal, ob ich dabei war oder nicht.«

»Wie schon Winston Churchill sagte: Ein Rätsel innerhalb eines Geheimnisses, umgeben von einem Mysterium.«

»Das ist der Grund, warum man Ihnen für die Lösung einen Haufen Dollar zahlt«, sagt er.

Einen Dollar – plus die fünfzig, die ich gerade von der Spielautomaten-Lady bekommen habe. Allmählich wird der Job richtig lukrativ.

30.

Kopf-an-Kopf-Rennen

Sicher weiß ich nur eins: Reynold Livingstone III, der ehemalige Vizepräsident der Bank, klaut das Geld des Casinos nicht. Was den Kreis der Verdächtigen einengt – auf jeden, der im Casino und bei der Steuerberatungskanzlei, dem Sicherheitsunternehmen, der Geldtransportfirma oder der Bank arbeitet.

Zu behaupten, ich würde keine Fortschritte machen, wäre unfreundlich und stark vereinfacht ausgedrückt.

Ich sitze am Freitagnachmittag im Drunken Parrot, erzähle Sam von meinen vielversprechenden und löblichen Fortschritten und warte auf John Running Bear, um mit ihm meine nächsten Gesprächstermine festzuzurren, als Cubby zur Tür hereinkommt. Da ich dem Casino Diskretion zugesagt habe, weiß Cubby nichts von dem Fall. Aber wenn er Bescheid wüsste, hätte er auch nichts dagegen. Für einen Dollar kann man sich schließlich keine exklusiven Dienstleistungen kaufen.

»Hast du die Dienstmarke noch, Jack?« fragt er.

»Die Frage lässt nichts Gutes erahnen, Cubby. Trotzdem, einer geht aufs Haus.«

Er bestellt ein Blue Moon Ale mit einer Orangenscheibe. Nach dem ersten Schluck sagt er: »Ich habe keinen neuen Fall für dich, aber da ist gerade ein Mord passiert, der könnte mit deinem alten Fall zusammenhängen.«

»Erzähl.«

Cubby weiß, dass ich wie jeder Detective ungeklärte Fälle hasse.

»Ein Bursche namens Turner Hatfield wurde letzte Nacht tot in seinem Büro aufgefunden. Anwalt mit Einzelkanzlei. Büro in der Canal Street. Erschossen mit einem einzigen Schuss aus einer Kleinkaliberpistole. Die Putzfrau hat ihn um 23 Uhr auf dem Boden liegend gefunden.«

»Mein naheliegender Befund lautet: Beim Mord an einem Anwalt ist der Kreis der Verdächtigen ziemlich groß, Cubby.«

»Korrekt. Aber warum du mir sofort eingefallen bist, war der Umstand, dass Hatfield deinen Kumpel Lance Porter um dessen Sitz im Repräsentantenhaus herausgefordert hat. Keine Ahnung, ob das für dich von Bedeutung ist.«

Ein Kapitel im Handbuch *Polizeiarbeit für Dummies* ist überschrieben: »Wer profitiert?« Was heißt: Wer auch immer von einem Verbrechen profitiert, gehört ganz oben auf die Verdächtigenliste.

Nur eine einzige Person profitiert von allen vier Morden. Lance Porter.

Turner Hatfield ist wie die Hendersons und Russell Tolliver mit einer Pistole Kaliber .22 erschossen worden. Das ist doch immerhin schon mal ein Ansatz.

Ich bitte meinen Kumpel Google um Informationen aus dem Wahlkampf. Vorbehaltlich der Fehlermarge haben die letzten Meinungsumfragen für Porter und Hatfield ein »Kopf-an-Kopf-Rennen« prognostiziert. Die Artikel über den Wahlkampf weisen darauf hin, dass Porter einen durch und durch demokratischen Wahlbezirk vertritt. Der letzte Sieg eines Republikaners ist schon über dreißig Jahre her.

Kopf an Kopf?

Konnte es sein, dass es bei den drei ersten Morden gar nicht um Öl und Gas ging, sondern um Porters Ambitionen auf einen Sitz im Repräsentantenhaus? Hatte er die Hendersons getötet, um die Polizei vom Mord an Tolliver abzulenken? Und hatte er ein weiteres Mal getötet, um einen Mitbewerber auszuschalten? Laut meinen Recherchen ist das Abgeordnetendasein ein Teilzeitjob mit mageren 29 687 Dollar Jahresgehalt. War es das wert?

Das erscheint mir dann doch sehr unwahrscheinlich. Allerdings ist alles, was ich habe, unwahrscheinlich. Vielleicht hat die Tatsache, dass Obama US-Senator und dann Präsident wurde, nachdem er im Senat von Illinois gesessen hatte, die Einsätze erhöht, zumindest in Porters Augen.

Aber ist Porter tatsächlich fähig, kaltblütig zu morden? Mir fällt ein, dass er Army Ranger gewesen ist. Die Kenntnisse besitzt er also, was ihn aber noch nicht zu einem erbarmungslosen psychopathischen Killer macht. Napoleon sagte: »Großer Ehrgeiz ist die Leidenschaft eines großen

Charakters. Diejenigen, die damit ausgestattet sind, können sehr gute oder sehr schlechte Taten vollbringen. Alles hängt von den Prinzipien ab, die sie leiten.«

Als der Gouverneur ihn für den Rest der Wahlperiode zu Russell Tollivers Nachfolger ernannte, lebte Porter in Tallahassee, weil seine Aufgabe als Tollivers Assistent ein Vollzeitjob war. Um sich aber für Tollivers Sitz zu bewerben, muss er Bürger im District 78 sein, in dem auch Fort Myers liegt.

Während ich in meiner Bar zum Lunch einen Burger verspeise, beschließe ich, herauszufinden, wo Porter lebt, wenn er nicht in Tallahassee ist, und wie er es schafft, vom Gehalt eines Teilzeitabgeordneten seinen Lebensunterhalt zu bestreiten. Zuerst rufe ich sein Büro in Tallahassee an und sage der Frau am Telefon, ich sei ein alter Freund, ob sie mir nicht seine Adresse und Telefonnummer geben könne.

»Tut mir leid«, sagt sie. »Aber ich bin nicht befugt, Ihnen diese Informationen zu geben. Ich kann ihm aber eine Nachricht hinterlassen.«

»Dann sagen Sie dem Abgeordneten Porter, dass Jack Starkey mit ihm sprechen möchte.«

»Und in welcher Sache?«

Es wäre nicht sehr schlau, ihm ausrichten zu lassen, er stehe unter vierfachem Mordverdacht, also sage ich: »Ich möchte ihm eine Spende für seinen Wahlkampf zukommen lassen.«

»Ich bin sicher, Mr. Starkey, dass er sich bei Ihnen melden wird«, sagt sie.

Eine Wahlkampfspende ist bei einem Politiker ein todsicherer Köder – ähnlich einem blutigen Fleischklumpen für einen Hai.

Eine Viertelstunde später ruft Porter an. »Freut mich, von Ihnen zu hören, Jack. Ich hoffe, es geht Ihnen gut.«

»So gut, wie es einem den Umständen entsprechend gehen kann.«

»Und die sind?«

»Ich habe gerade meinen achtundvierzigsten Geburtstag hinter mir. Ich kann nicht mehr so weit laufen und schaffe nicht mehr so viele Liegestütze wie noch mit siebenundvierzig, und manchmal betrete ich einen Raum und weiß dann nicht mehr, warum. Ist praktisch über Nacht passiert.«

Das stimmt zwar nicht, aber warum ihn nicht glauben lassen, ich wäre nicht mehr ganz dicht, nur für den Fall, dass er wirklich der Täter ist. Davon bin ich zwar noch nicht überzeugt, aber es tut gut, überhaupt etwas in Richtung der Lösung des Falls zu unternehmen.

Er lacht.

»Das blüht uns allen mal.«

»Wie wär's, wenn wir uns mal wieder treffen und ein bisschen quatschen«, sage ich.

»Sehr gern. Ich wohne jetzt in Fort Myers. Morgen zum Lunch im City Club?«

Ein exklusiver Club. Die Privilegien der Macht.

»Um eins?«, fragt er.

Ich bin froh, dass er kein Frühstücks-Meeting vorschlägt. Morgenkoma und so. Ich sage prima, und wir beenden das Gespräch.

Ich habe nicht vor, ihn beim Essen zu fragen, ob er vier Menschen ermordet hat. Eine beiläufige Plauderei, das ist meine Strategie. Vielleicht erfahre ich dabei etwas Wichtiges, zum Beispiel, wo er war, als sein Hauptkonkurrent Turner Hatfield getötet wurde, oder ob er einen Vollzeitjob hat, mit dem er sein staatliches Salär aufbessert. Wenn nicht, könnte das darauf hindeuten, dass er eine andere Einnahmequelle hat. Vielleicht Sergey Pavlov. In Rubel.

31.

Online Banking

Im Morgengrauen des nächsten Tages – soll heißen, um zehn Uhr – fahre ich zur Einkaufsmeile Colonial Boulevard am Rand der Innenstadt von Fort Myers, um in einem Starbucks einen Mann namens Thomas Able zu treffen. Er ist der Finanzforensiker, der die Bücher des Arrowhead Casino überprüft.

Able hat gesagt, er werde draußen vor dem Café an einem Tisch sitzen. Im Freien sitzen drei einzelne Männer und an einem vierten Tisch eine Gruppe Frauen. Einer der Männer trägt einen blauen Seersucker-Anzug, ein weißes Hemd mit blau gepunkteter Fliege und eine Schildpattbrille. Er ist über fünfzig, das braune Haar schütter. Ein Buchprüfer wie aus dem Bilderbuch.

Ich gehe zu ihm und stelle mich vor.

»Entschuldigung, kennen wir uns?«, sagt er.

Kein Buchprüfer. Der zweite Mann in rosa Polohemd und grauer Hose ist es auch nicht. Unwahrscheinlich, dass der Transvestit in der Frauenrunde der Buchprüfer ist. Ich schließe also messerscharf, dass es der dritte Sologast ist, und gehe zu seinem Tisch. Er sieht aus wie Anfang dreißig, hat die gebräunte Gesichtsfarbe eines Naturburschen, trägt ein ausgebleichtes blaues T-Shirt, Khakishorts und Bootsschuhe. Er trinkt Kaffee aus einem Pappbecher.

»Tom Able?«, frage ich.

Er erhebt sich halb. »Detective Starkey? Freut mich, Sie kennenzulernen. Entschuldigen Sie meinen Aufzug, aber ich habe auf meinem Segelboot herumgewerkelt. War schon zu spät, um noch nach Hause zu fahren und mich umzuziehen.«

»Ich gehe eben rein und hole mir einen Kaffee.«

Ich warte hinter zwei Frauen, die bei dem Mädchen an der Theke (Marisa würde sie »Barista« nennen) komplizierte Getränke in Auftrag geben, Dinge, in denen Worte wie »Venti«, »con panna« und »Caramel Macchiato« vorkommen.

Dann bin ich an der Reihe und sage dem Mädchen, dass ich einen großen schwarzen Kaffee möchte. Sie hebt die Augenbrauen und schaut mich an, als habe sie noch nie eine solche Bestellung entgegengenommen, was wahrscheinlich stimmt. Aber sie gibt mir den Kaffee. Vielleicht glaubt sie, ich sei von Wölfen großgezogen worden oder gerade aus einem dreißigjährigen Koma erwacht.

Draußen bedanke ich mich bei Able, dass er sich zu dem Treffen bereit erklärt hat, und frage ihn, was er mir über das finanzielle Problem des Casinos sagen kann.

»Ich habe mir die Finanzberichte für die letzten drei Jahre angeschaut«, sagt Able. »Nichts Ungewöhnliches. Die Steuerberatungskanzlei, die für das Casino arbeitet, scheint in Ordnung zu sein. Was ich aber entdeckt habe, ist Folgendes: Bis vor vier Monaten war das Casinokonto am Nachmittag, wenn der tägliche Geldtransport die Einnahmen bei der Bank ablieferte, korrekt. Aber in den letzten vier Monaten fehlte am nächsten Morgen immer ein kleiner Beitrag, der mit der Zeit zunahm und schließlich zu einem Fehlbetrag von insgesamt vierzigtausend Dollar führte.«

»Und der Dieb hat geglaubt, er kommt damit durch?«

»Das ist nichts Neues«, sagt er. »Funktioniert wie beim Kreditkartenbetrug. Der Dieb beschafft sich irgendwie die Kontonummer der betreffenden Person und fängt an, kleine Summen abzuzweigen. Drei Dollar, dann fünf und so weiter bis zu mehreren hundert Dollar. Dann hört er auf und nimmt sich jemand anderen vor.«

»Wie kommt jemand an das Konto des Casinos ran?«

»Niemand marschiert mehr wie John Dillinger mit Knarre und Papiertüte in eine Bank. Wenigstens niemand, der schlau ist. Heute hackt man Computer. Ein Profi weiß, dass in einem Casino große Summen ein- und ausgezahlt werden. Er kann deshalb eine Zeit lang arbeiten, ohne dass man ihm draufkommt.«

Hacken. Natürlich.

»Irgendeine Ahnung, wer das sein könnte?«

»Nein, aber ich kenne jemanden, der Ihnen helfen kann. Eine junge Frau. Lucy Gates. Bei Problemen wie dem hier arbeite ich manchmal mit ihr zusammen. Legal natürlich, mit Gerichtsbeschluss.«

Lucy Gates. Wir haben den gleichen Hacker.

»Ich kenne sie. Wusste gar nicht, dass sie schon wieder draußen ist.«

Ich hatte mir nicht gemerkt, wie lange sie noch sitzen musste.

»Seit ein paar Wochen. Hat eine Internet-Beratungsfirma in Key West aufgemacht. Anscheinend hat sie den Behörden während der Zeit im Knast bei einer Ermittlung geholfen und deshalb vom Gericht die Betriebserlaubnis für ihren Laden bekommen.«

Ich freue mich, dass Lucys Hilfe bei meiner Untersuchung ihr eine zweite Chance beschert hat.

»Wie haben Sie sie kennengelernt?«, frage ich.

»Sie hat eine Rund-E-Mail an Firmen geschickt, von denen sie glaubte, sie könnten ihre Dienste gebrauchen. Und da war ich auch dabei.«

Er gibt mir Lucys Adresse. Ich will das Problem des Arrowhead Casino so schnell wie möglich lösen, damit ich mich mit meinen Ermittlungskünsten wieder auf den Mordfall konzentrieren kann.

32.

Private Angelegenheiten

Der City Club nimmt die gesamte oberste Etage eines fünfzehnstöckigen Bürogebäudes im Zentrum von Fort Myers ein. Ich fahre mit dem Fahrstuhl nach oben und werde von einem älteren Mann im Anzug begrüßt, der hinter einem Pult stehend den Eingang zum Club bewacht. Es gibt keine Sicherheitsschleuse. Die Angst vor Waffen treibt ihn weniger um als die Sorge, die mangelhaften Umgangsformen der Uneingeweihten könnten die Mitglieder des Clubs infizieren.

»Kann ich Ihnen helfen, Sir?«

Ich sage ihm, dass Mr. Porter mich erwartet. Er sagt, »der Abgeordnete Porter« erwarte mich in der Bar. Wie unhöflich von mir, den Titel meines Gastgebers unerwähnt zu lassen.

Ich betrete den großen Speiseraum. Ein die gesamte Wand einnehmendes Panoramafenster bietet einen imposanten Blick auf die Stadt, den Caloosahatchee River, Pine Island und den blau schimmernden Golf von Mexiko. Ich gehe in den eichenholzvertäfelten Bar-Raum, wo Porter am Tresen sitzt und die junge Barkeeperin bequatscht.

Er steht auf und begrüßt mich mit festem Händedruck. »Schön, Sie zu sehen, Jack. Sie haben hoffentlich Ihr Scheckbuch dabei.«

Zwinker, zwinker. Ein kleiner Scherz unter politischen Insidern.

»Nein, aber ich habe eine Bankkarte«, sage ich.

Er lächelt.

»Das geht auch. Also, setzen wir uns und essen.«

Seit unserem letzten Treffen hat sich irgend etwas an Lance Porter verändert. Seine Garderobe war schon damals gut, aber jetzt ist sie eindeutig edel. Seine Slipper, ausweislich der kultigen goldenen Trense von Gucci, sind aus weicherem Leder. Vielleicht hat er im Lotto gewonnen, aber wahrscheinlich gibt es andere Gründe.

Ich folge ihm in den Speiseraum zu einem Tisch am Fenster. Ein Kellner – weißes Hemd, schwarze Fliege, schwarze Smokinghose – reicht mir eine Speisekarte. Er weiß offensichtlich, dass mein Gastgeber keine braucht. Im Capital City Country Club war es genauso. Speisekarten sind für Frischlinge.

Wie nicht anders zu erwarten, bestellt er einen Salat, diesmal einen Cobb Salad. Ich nehme ein BLT-Sandwich und bitte – Gourmet, der ich bin – um extra knusprigen Speck.

Der Kellner geht, und ich sage: »Ich nehme an, der neue Job gefällt Ihnen, sonst würden Sie sich nicht um eine weitere Amtszeit bewerben.«

»Florida steht vor vielen wichtigen und schwierigen Problemen. Ich glaube, ich kann zu deren Lösung meinen Beitrag leisten.«

Er hält mir seine Wahlkampfrede. Zeit, das Thema zu wechseln. »Was wollen Sie in der sitzungsfreien Zeit machen?«

»Ich werde Russells Witwe Vivian dabei helfen, ihre privaten Angelegenheiten zu managen, einschließlich der vier Autohäuser, die ihr nun gehören. Unglücklicherweise hat Russells Sohn Ross keinen Sinn fürs Geschäft. Er lebt in Los Angeles von seinem Treuhandfonds und versucht, Schauspieler zu werden.«

Gehört Porter auch zu Vivians »privaten Angelegenheiten«?

»Können Sie mir einen guten Deal für einen Chevy Silverado vermitteln, Lance?«

»Fürchte nein. Die Marken in Vivians Autohäusern sind Lexus, Toyota, Honda und Acura.«

»Nein, danke. Ich bin für Made in America, da bin ich eisern.«

»Sie sind nicht mehr auf der Höhe der Zeit, Jack. Alle Marken, die ich gerade aufgezählt habe, betreiben Fabriken in Amerika. Und dreizehn amerikanische Marken lassen zur Zeit fast ausschließlich im Ausland fertigen.«

»Meine Corvette wurde in Bowling Green, Kentucky, produziert. Ich habe mir da das Corvette Museum angeschaut. Was fahren Sie derzeit?«

»Einen Lexus LS 460. Sehr angenehmes Gefährt.«

Ich frage mich, ob er Liebhaberrabatt bekommt. »Was ist eigentlich der Höchstbetrag, den man für einen Kandidaten spenden darf?«

»Dreitausend.«

Ich habe mein Scheckbuch doch dabei. Ich ziehe es aus der Innentasche meines Blazers und schreibe für die genannte Summe einen Scheck aus, ausgestellt auf Lance Porter, Kapitol, wie von ihm gewünscht.

Mit etwas Glück sitzt er schon im Knast, bevor der Scheck eingelöst wird. Wenn er nichts mit der Sache zu tun hat und gewählt wird, schuldet er mir einen Gefallen. Richter wäre nicht schlecht.

33.

Die Kronjuwelen

Die Fahrt auf dem US Highway 1 von Floridas Festland nach Key West ist ziemlich spektakulär: Inselhüpfen mit dem Auto über die Florida Keys, rechts das sanfte Blau des Golfs von Mexiko, links die weißen Schaumkronen des Atlantischen Ozeans.

Ich habe Marisa gefragt, ob sie mitkommen möchte, aber sie hat mehrere Immobiliendeals abzuwickeln, was aber auch heißt, sie kann sich so lange um Joe kümmern. Unterwegs musste ich an Ernest Hemingways berühmte Katze mit den sechs Zehen denken. Ein Schiffskapitän hatte sie dem Schriftsteller geschenkt, und die Nachkommen dieser polydaktylen Katze treiben sich immer noch auf seinem Anwesen in der Whitehead Street in Key West herum, dem heutigen »Ernest Hemingway Home and Museum«. Joe hat die traditionellen fünf Vorderzehen. Erst heute Morgen haben ich sie gezählt.

Ich fahre in die südlichste Stadt auf dem nordamerikanischen Kontinent, um Lucy Gates zu besuchen, Computerhackerin der Extraklasse. Ich habe ihr am Telefon gesagt, ich bräuchte ihre Hilfe, habe ihr das Problem des Arrowhead Casino geschildert, habe gesagt, für die Rechnung komme das Casino auf, und Sarah Caldwell habe einen richterlichen Durchsuchungsbeschluss besorgt, sodass die Arbeit legal sei. Sie hat sofort zugesagt und nach Details gefragt.

Zusätzlich zu der Casinoermittlung möchte ich allerdings auch mehr über Lance Porters derzeitige Aktivitäten erfahren. Wahrscheinlich treiben sich seine Geheimnisse irgendwo da draußen im Cyberspace herum, wo Lucy sie aufspüren kann.

»Ach übrigens, da ist immer noch dieser andere Fall, den könnten Sie sich vielleicht auch noch mal anschauen«, habe ich also angefügt. »Der mit den Russen und den Ölbohrungen im Golf. Inzwischen habe ich vier Morde und einen neuen Verdächtigen.«

Sie hatte kurz geschwiegen. »Ich nehme an, für die Ausforschung dieses Verdächtigen haben Sie keine richterliche Vollmacht?«

»Stimmt.«

»Dann kommen Sie besser persönlich nach Key West. Wenn ich Ihnen dabei helfen soll, und darüber muss ich erst noch nachdenken, dann müssen Sie die Computertastatur mit Ihren eigenen Fingern bedienen. Ich mache nur den Coach, ins Gefängnis gehe ich nämlich nicht zurück.«

»Kein Problem, ich mache den dressierten Affen für Sie.«

»Ein Affe würde es schneller kapieren, aber jetzt kommen Sie erst mal her.«

Fünf Stunden nach meiner Abfahrt in Fort Myers Beach erreiche ich Key West und checke ins Casa Marina Resort in der Reynolds Street ein. Das Hotel an der Südspitze der Insel ist ein dreistöckiges gelbes Gebäude, das mit seinen Stuckverzierungen aussehen will wie ein alter herrschaftlicher Landsitz im spanischen Stil.

Mein Zimmer hat Poolblick. Warum soll ich für Meerblick zahlen, wenn ich zu Hause auf dem Wasser lebe? Das ist was für Touristen. Unterwegs kehre ich zum Lunch im Blue Marlin in Islamorada ein, einem weltberühmten Fischerdorf am »Mile Marker 82«. Die Meilenschilder bezeichnen die Lage der Ortschaften am zweihundertsiebzig Kilometer langen Overseas Highway zwischen Miami und Key West.

Das Blue Marlin hat außer exzellenten frittierten Muscheln Wände voller Fotos mit Prominenten zu bieten, die zum Angeln in Islamorada waren: im Jachthafen mit ihrer am Flaschenzug hängenden Trophäe oder im Kampfstuhl auf dem Bootsdeck mit der durchgebogenen Angelrute. Viele Fotos sind sehr alt, verblichen und schwarz-weiß, andere in Farbe. Man sieht Ernest Hemingway, Ted Williams, Joe DiMaggio mit Marilyn Monroe, John Wayne, Clint Eastwood und Bill Clinton mit einer Frau, die nicht Hillary ist.

Ich bin mit Lucy im Sloppy Joe's, einer historischen Bar in der Duval Street, zum Abendessen verabredet, habe also noch genügend Zeit für einen Strandlauf. Dabei komme ich an der Ecke South Street und Whitehead Street an einer Betonboje vorbei, die den südlichsten Punkt auf dem nordamerikanischen Festland markiert. Ich laufe weiter durch die Whitehead Street, rufe den sechszehigen Katzen im Garten des Hemingway-Museums ein lautes Hallo von Joe zu und mache mich dann durch die Duval Street auf den Rückweg zum Hotel.

Ich dusche, ziehe mir meine Badehose an und lege mich für die drei Stunden, die mir noch bis zum Essen bleiben, am Pool in einen Liegestuhl und lese. Krimis interessieren mich nicht. Alles schon gesehen, mit eigenen Augen. Ich ziehe Sachbücher vor, besonders über Geschichte. Gerade lese ich *Das perfekte Pferd: Die unglaubliche US-Mission zur Befreiung eines Lipizzaner-Gestüts aus den Händen der Nazis* von Elizabeth Letts. Eine fesselnde Lektüre, trotzdem döse ich ein.

Nach einer halben Stunde wache ich wieder auf, und zum zweitenmal in letzter Zeit kann ich mich an einen Traum erinnern. Diesmal bin ich jemand, der von einem mir unbekannten Mann angeheuert wurde, um in den Everglades einen Fall zu untersuchen, in dem illegal Alligatoren geschossen werden und ebenso illegal Crystal Meth gekocht wird. Kurz bevor ich aufwache, stehe ich bis zur Brust im Sumpf und starre auf eine sehr große Pythonschlange, die ihrerseits mich als Option für ihren Lunch im Auge hat. Ich hoffe, ich kriege dafür mehr als nur den einen Dollar, den man mir im richtigen Leben bezahlt.

Ich springe zur Abkühlung in den Pool, gehe dann auf mein Zimmer und mache mich wieder an die Korrekturen von *Stoneys Dilemma.*

Lonnie Williams hatte jetzt ein Zimmer hinter schwedischen Gardinen bezogen, und da gehörte er auch hin. Jeder andere Detective in der Abteilung hätte für die Arbeit eine Belobigung erhalten, aber für Stoney hatten die Bosse derartige Ehren schon vor längerer Zeit eingestellt, da sie ihn den Neulingen nicht als gutes Beispiel hinstellen wollten. Er war zu sehr der störrische Einzelgänger – aber vielleicht muss man das sein, um die Fälle zu lösen, die sonst keiner lösen konnte. Stattdessen gaben sie ihm ein paar freie Tage für gute Führung. Diesmal eine Woche, in der er sich einen Angelausflug nach Florida gönnte.

Stoney flog von O'Hare nach Miami, mietete einen Wagen und fuhr nach Key West, wo er schon früher so manch unbeschwerte Stunde verbracht hatte. Er checkte ins Sailfish Inn ein, ein Billighotel mit Panoramablick auf den Parkplatz, weil er sich die teuren Läden nicht leisten konnte. Da stiegen die Leute ab, die keine Angestellten der Stadt Chicago waren – zumindest nicht solche, die sich nicht schmieren ließen. Im Sailfish bekam er das, was man bei den Marines drei Mahlzeiten und eine Matratze nannte, und das reichte ihm völlig.

Er stellte seinen Seesack ins Zimmer und ging dann an die Tiki-Bar am Pool. Er bestellte sich einen Rum-Drink und sagte der Barkeeperin, das Obstzeug und das Papierschirmchen könne sie sich für die Touristen aufheben.

Die Barkeeperin, die ihm den Drink mixte, hieß

Louise. »In deiner Stimme, Sonnyboy, höre ich den Sound von Chicago«, sagte sie.

»Und in deiner höre ich den Sound einer Lady, die für Trinkgelder arbeitet«, sagte Stoney.

Sie lächelte. »Ich habe um sechs Feierabend, nur für den Fall, dass du neugierig bist.«

»So ein Zufall, genau um sechs geht mein Abend los.«

Worauf sie noch breiter lächelte und sagte: »Hört sich ganz nach einem Plan an.«

Was korrekt war.

Ein paar Tage später ging Stoney zur Galleon Marina und suchte nach einem Charter-Angelboot, das noch Platz für einen Passagier hatte. Er ging über den Anlegesteg, bis er an einem Boot namens E-Z-Livin' vorbeikam. Auf einem Schild stand, dass es halb- und ganztägige Ausflüge anbot.

Die E-Z-Livin' war nur eines in einer langen Reihe von Charterbooten, aber unter den Passagieren, die schon an Bord waren, befanden sich ein paar hübsche Mädchen zwischen zwanzig und dreißig, die Bikinis trugen, die offensichtlich nicht nach Gewicht verkauft wurden.

Ein wettergegerbter Mann, anscheinend der Kapitän, kippte gerade einen Eimer Fische in eine Köderwanne. »Ahoi, Skipper, haben Sie noch einen Platz frei?«

Der Kapitän schaute ihn an und sagte: »Nur wenn Sie mir schwören, auf meinem Boot nie wieder das Wort ›Ahoi‹ auszusprechen.«

Inzwischen ist es Zeit für mein Abendessen mit Lucy. Da ich in meinen Prä-Marisa-Zeiten mal eine Zeit lang in Key West mit einer Barkeeperin namens Louise liiert war, mache ich aus der Barkeeperin Louise im Manuskript noch schnell eine Barb. Auch wenn unsere Liaison vollkommen einvernehmlich gewesen war, so ist es doch möglich, dass Louise das Buch in die Hände fällt, dass sie der Einfachheit halber das mit der Einvernehmlichkeit vergisst und einen Anwalt anheuert, um sich einen Teil von Bills Tantiemen zu ergaunern.

Sloppy Joe's ist ein zweistöckiges, weiß verputztes Gebäude mit Ziegelpfeilern. Der Name des Lokals steht in großen Buchstaben vorn und an der Seite über den Türen. Im Innern hängen die Flaggen vieler Länder von der Decke. Die Wände sind bepflastert mit Devotionalien aus der langen Geschichte der Bar. Am auffälligsten sind die zahllosen Fotos des berühmtesten Stammgasts, Ernest Hemingway, dessen Name untrennbar mit Key West verbunden ist. Über der Hemingway-Fotogalerie hängt ein Blauer Marlin an der Wand.

Es ist Hochsaison, und das Sloppy Joe's ist brechend voll, als ich zehn Minuten vor der ausgemachten Zeit um halb sieben eintreffe. Eine große Gruppe wartet auf einen freien Tisch. Glücklicherweise habe ich reserviert. Die Hostess ist jung, das blonde Haar reicht ihr bis zu den Hüften, die Haut ist mahagonifarben. Sie trägt ein schwarzes Top, knallkurze Jeansshorts und rosa Flipflops. Ich nenne ihr meinen Namen.

»Tut mir leid, Sir, aber Sie können erst an Ihrem Tisch Platz nehmen, wenn die ganze Gesellschaft eingetroffen ist. Sie können gern solange an der Bar warten.«

»Was ist der Grund für diese Vorschrift?«, sage ich. »Warum kann ich nicht am Tisch warten?«

In ihrem Blick sehe ich folgende Ansage: »Pass auf, Opa, ich mache die Regeln nicht. Also, setz dich an die Bar oder verpiss dich, ist mir scheißegal.«

Ich setze mich auf den einzigen freien Hocker an der Bar. »Was darf's sein, Kumpel?«, fragt der Barkeeper.

Der Mann ist stämmig, Ende fünfzig, Anfang sechzig, rötliche Gesichtsfarbe, dichter und struppiger weißer Bart, schütteres weißes Haar. Er trägt ein grünes, kurzärmeliges Hemd, wie Fischer sie tragen, und hellbraune Leinenshorts. Er ist tatsächlich das Ebenbild des berühmtesten Stammgasts der Bar, Papa Hemingway.

»Ein Root Beer Light, bitte.«

Er hat kein Berghoff, aber Barq's und serviert es mir in einem eisgekühlten Krug. In meiner Trinkerzeit hatte ich eine feste Regel: kein Getränk mit mehr als zwei Inhaltsstoffen, es sei denn, es handelte sich um Obstzeug oder Papierschirmchen. Die lässigste Bestellung aller Zeiten stammt von Paul Newman in *Haie der Großstadt*. In der Pause seiner Poolbillard-Partie gegen Jackie Gleason als Minnesota Fats bestellt Newman als Fast Eddie Felson bei dem Barkeeper einen Kentucky-Bourbon: »J. T. S. Brown, kein Eis, kein Glas.« Na, ist das ein Drink für Männer?

Lucy Gates kommt. Sie ist fast genauso angezogen wie die Hostess, nur das Top ist rosa. Ist in Key West anscheinend die Uniform für junge Frauen. »Das ist der Rest meiner Tischgesellschaft. Können wir uns *jetzt* an unseren Tisch setzen?«

»Hat er Sie sehr genervt, Sherry?«, fragt Lucy die Hostess.

»Nicht mehr als die anderen Penner, die hier reinkommen.« Sie nimmt zwei Speisekarten und sagt: »Folgen Sie mir.«

Sherry hat eine strahlende Zukunft vor sich. Allerdings nicht, wenn das den Umgang mit Menschen erfordert.

Wir folgen ihr zu einer Nische im hinteren Teil des Raums und setzen uns.

»Sie sehen gut aus, Lucy«, sage ich. »Die Freiheit bekommt Ihnen.«

Sherry gibt uns die Speisekarten, und eine Kellnerin nimmt unsere Getränkebestellung auf. Lucy nimmt einen trockenen Martini und ich noch ein Root Beer.

»In Bundesgefängnissen wissen sie nicht, wie man einen anständigen Martini mixt«, sagt Lucy. »Wenn einer in der Küche dich nicht mag, dann nimmt er Milch statt Wodka und Spucke statt Wermut.«

Ich verziehe das Gesicht. »Igitt. Wie läuft das Beratungsgeschäft?«

»Hält mich auf Trab. Key West gefällt mir besser als Tallahassee. Logisch, oder?«

Logisch. In Tallahassee steht das Gefängnis. Die Kellnerin kommt mit unseren Getränken und fragt, was wir essen möchten. Lucy bestellt einen Taco-Salat, ich das, was ich hier immer bestelle, das »Original Sloppy Joe

Sandwich«, das so lecker schmeckt wie Schulessen. Das Essen in der Schule habe ich immer gemocht.

»Ich habe die Lösung für Ihren Casinobetrug«, sagt Lucy. »Hat mich nicht mal eine Stunde gekostet.«

Ich bin nicht überrascht. »Dann lassen Sie mal hören.«

»Ich konnte Geldtransfers vom Bankkonto des Casinos auf ein Konto bei der Schwab-Bank zurückverfolgen, das auf den Namen Chester Kravitz läuft. Und das ist der Haupteigner des Top Hat Casino in Atlantic City. Das Top Hat steht kurz vor der Pleite. Kravitz hat nie ein Hehl daraus gemacht, dass er die Vorteile der Indianercasinos für ungerecht hält. Schätze, der Diebstahl der Gelder des Arrowhead Casino ist seine Rache.«

»Haben Sie gerichtsverwertbare Beweise gefunden?«

»Wen auch immer Kravitz angeheuert hat, um das Arrowhead-Konto zu hacken, er war ein blutiger Amateur. Die Papierspur habe ich für Sie ausgedruckt. Ist leicht nachzuverfolgen. Ich glaube, damit bekommt Sarah locker einen Gerichtsbeschluss, um sich die Finanzen von diesem Kravitz genauer anzuschauen. Dann haben Sie Ihren Mann.«

Ich hebe mein Glas Root Beet und proste ihr zu. »Sie sind fantastisch, Lucy. Schicken Sie mir die Rechnung, der Scheck liegt dann in der Post.«

Das Essen kommt. »Und wie weit sind Sie mit Ihrem Mordfall?«, fragt sie. »Und nicht vergessen: Wenn einer von uns dafür hinter schwedischen Gardinen landet, dann sind Sie das.«

Weshalb sie von mir verlangt hatte, meinen Laptop mitzubringen – meine, nicht ihre Finger auf der Tastatur, meine, nicht ihre IP-Adresse. Beim Essen erläutere ich ihr meine Verdachtsmomente gegen Lance Porter, der Sergey Pavlov und Arthur Wainwright als Hauptmordverdächtigen abgelöst hat. Ich zähle ihr auf, was ich über ihn wissen will.

»Das kriegen wir hin«, sagt Lucy. »Treffen wir uns morgen in Ihrem Hotelzimmer. Nicht so früh, so um zehn. Ist das okay?«

Eine Frau mit meinem Biorhythmus. Wir beenden gemächlich unser Essen, dann gehe ich unter sternenklarem Himmel zum Hotel zurück. Vom Atlantik weht eine warme Brise an Land. Ich bin zufrieden und zuversichtlich, dass Lucy mir helfen kann, Lance Porters Kronjuwelen durch den sprichwörtlichen Wolf zu drehen.

34.

Hintergrundüberprüfung

So um zehn am nächsten Morgen warte ich in meinem Zimmer auf Lucy. Es klopft, ich öffne, und Lucy steht da – zusammen mit dem Kellner vom Zimmerservice, der Kaffee, Orangensaft und Donuts bringt. Ohne solide Unterlage keine solide Untersuchung.

Ich sage dem Kellner, er solle alles auf den Tisch neben den Laptop stellen, und unterzeichne die Rechnung. Lucy schenkt sich Kaffee ein und sagt: »Also los, fangen wir gleich an.«

Ich schenke mir auch einen Kaffee ein, nehme einen Donut mit Puderzucker und setze mich vor meinen Laptop. Lucy zieht sich einen Stuhl heran.

»Über die Technologie brauchen Sie nichts zu wissen«, sagt sie. »Folgen Sie einfach meinen Anweisungen. Drücken Sie auf die Tasten, die ich Ihnen nenne, und scrollen Sie mit dem Trackpad, so wie ich es Ihnen sage.«

»Ich hoffe, Sie werden stolz auf mich sein, Lucy.«

Ich beiße von meinem Donut ab, wobei ein paar Krümel auf die Tastatur fallen, die ich mit der Hand wegzuwischen versuche, dabei aber meine Tasse umstoße und ihr meinen Kaffee über die Beine kippe.

»Kein vielversprechender Anfang«, sagt sie und saugt mit einer Stoffserviette die Flüssigkeit auf. »Also, weiter jetzt.«

Nur einmal unterbrochen von einem Sandwich vom Zimmerservice folge ich in den nächsten vier Stunden ihren Anweisungen und absolviere eine schwindelerregende Tour durch private, kommerzielle und regierungsamtliche Webseiten und mache mir ständig Notizen.

Nach zwei Stunden weiß ich schon viel mehr über Lance Porter: Ich habe seinen Führerschein, seine Steuererklärung, seine Kreditkarte, seine Bankauszüge. Er hat die Lincoln Highschool in Tallahassee mit Notendurchschnitt A abgeschlossen und gehörte zur Laufmannschaft der Schule. Mit einem Stipendium der Armee studierte er an der University of South Florida in Tampa Psychologie im Hauptfach, war vier Jahre Mitglied der Rudermannschaft und schloss mit Notendurchschnitt B ab. Nach der Uni diente er als Leutnant auf verschiedenen Stützpunkten der Armee, wurde zum Ranger ausgebildet und verdiente sich Orden, darunter ein »Bronze Star« mit einem »Combat V« für Tapferkeit im Kampfeinsatz und ein »Purple Heart« für seinen Einsatz in Afghanistan.

Nach dem Abschied aus dem aktiven Dienst absolvierte er ein Management-Trainee-Programm bei einer Bank in Tampa. In dieser Zeit engagierte er sich als freiwilliger Wahlkampfhelfer für einen Bürgermeisterkandidaten in Tampa und schloss sich nach dessen Wahlsieg seinem Stab an. Als der Bürgermeister, ein Mann namens Lester Grimes, in den Senat von Florida gewählt wurde, folgte Porter ihm nach Tallahassee, arbeitete in diversen Funktionen für ihn, bis er schließlich sein persönlicher Assistent wurde.

Als Grimes ermordet wurde, ernannte der Gouverneur für den Rest der Legislaturperiode Grimes' Witwe zu dessen Nachfolgerin, und Porter schloss sich dem Stab von Russell Tolliver an. Der Mord an Lester Grimes wurde nie aufgeklärt. Er war in der Garage des Kapitols tot in seinem Wagen aufgefunden worden, getötet mit einem einzigen Kopfschuss aus einer Pistole Kaliber .22. War das Porters erster Mord? Hatte er gehofft, der Gouverneur würde ihn zu Grimes' Nachfolger machen? Hatte er es mit der gleichen Methode und diesmal mit mehr Erfolg bei Tolliver versucht?

Ich bitte Lucy, Porters finanzielle Verhältnisse der letzten fünf Jahre zu durchleuchten. Sie zeigen einen Menschen, der das Gehalt eines staatlichen Angestellten bezieht und die entsprechenden Ausgaben hat. Einige Wochen nach Russell Tollivers Tod allerdings begann Porter monatlich 10 000 Dollar auf sein Konto einzuzahlen.

Ich habe eine Idee. Ich bitte Lucy, die Geschäftsbücher von »Tolliver Motors« zu hacken. Und tatsächlich, die Firma bezahlt Porter ein monatliches »Beraterhonorar« von 10 000 Dollar. Porter hat erwähnt, dass er Vivian Tolliver, der Erbin von Tolliver Motors, bei »privaten Angelegenheiten« behilflich sei. Aber er hat keinerlei Erfahrung in der Automobilbranche. Dafür sind 10 000 Dollar eine Menge Geld.

Wir surfen noch eine Weile weiter, ohne auf weitere

Anomalien zu stoßen. Lucy schiebt seufzend ihren Stuhl zurück. »Ist natürlich klar, dass Sie nichts von dem Zeug vor Gericht verwenden können.«

»Sonnenklar, Lucy. Aber ich habe eine Idee, wie wir den Fisch an den Haken kriegen können.«

Ich fahre zurück nach Fort Myers Beach, erzähle erst Marisa, was ich über den Casino-Schwindel und über Lance Porter herausgefunden habe, und erzähle danach Cubby nur die Ergebnisse zu Porter.

Mein nächster Schritt in dem Mordfall ist einer, mit dem die Polizei schon seit der Steinzeit Erfolg hat, vorausgesetzt damals gab es schon Räuber und Gendarm: Beschattung. Folge der verdächtigen Person so lange, bis sie etwas macht, das sie belastet. Und das macht sie früher oder später immer.

Ich muss Lance Porter so dicht im Nacken sitzen wie der Teufel dem Papst.

35.

Die lustige Witwe

Verglichen mit einer Beschattung ist ein Schildkrötenrennen auf dem Jahrmarkt nervenzerfetzend spannend.

In den nächsten drei Tagen folge ich Porter in Fort Myers auf Schritt und Tritt und lasse ihn auch bei einer Fahrt nach Tallahassee nicht aus den Augen. Dafür benutze ich einen von Cubbys Zivilfahrzeugen, einen braunen Ford Crown Victoria. Ist weniger auffällig als ein klassisch rotes Corvette-Cabrio. Wenn ich für die Bundesregierung arbeiten würde, könnte ich jetzt in einem klimatisierten Raum sitzen und den Job mit einer Drohne oder via Satellit erledigen. Eigentlich könnte Lucy Gates das für mich bewerkstelligen. Oder ich könnte mir selbst eine Drohne kaufen, eine GoPro-Kamera daran befestigen und Lucy Gates anheuern, um sie zu steuern. Im Moment allerdings sitze ich einfach in einem Wagen, halte die Augen offen und warte.

Während ich Porter beschatte, besucht er kein einziges Mal die Zentrale von Tolliver Motors, die sich östlich der Innenstadt von Fort Myers am Lee Boulevard befindet, in einem Toyota-Autohaus zwischen mehreren anderen Autohäusern. Aber er fährt jeden Abend zum Haus des verstorbenen Russell Tolliver. An einem dieser Abende führt er die lustige Witwe, die etwa zwanzig Jahre älter ist als er, zum Essen ins »Veranda« aus. Das zweistöckige Restaurant im romantischen Landhausstil liegt in der Second Street nicht weit vom Broadway. Interessanter Ort für ein Geschäftsessen. Marisa und ich waren ein paarmal da, immer zu besonderen Anlässen, zum Beispiel, um die Tatsache zu feiern, dass Mittwoch war.

Während das glückliche Paar im »Veranda« schmaust, sitze ich in einer Nebenstraße in meinem Wagen und esse ein Thunfisch-Sandwich aus einem 7-Eleven. Das Datum auf der Plastikhülle besagt, dass es heute gemacht wurde, verrät aber nicht, in welchem Monat oder Jahr.

Nach dem Essen fahren sie in Porters schwarzem Lexus zu Tollivers Eigenheim. Um ein Uhr morgens fährt er wieder. An den beiden Abenden zuvor hat er das Haus zur Essenszeit betreten und nach Mitternacht wieder verlassen. Vielleicht haben Vivian Tolliver und Lance Porter tatsächlich Geschäftliches besprochen, zum Beispiel Rabattaktionen mit Heißballonfahrten und Gratis-Hotdogs.

Aber vielleicht haben sie sich auch gegenseitig heiß gemacht.

Vivian Tolliver ist eine attraktive Frau, aber ich glaube nicht, dass Porter in sie verliebt ist. Wahrscheinlicher ist, dass er an das japanische Wagenlager ihres Mannes will.

Mir fällt ein, dass in Porters Militär- und Krankenakte stand, er sei in den ersten beiden Jahren nach seiner Entlassung im Veteranenhospital von Tampa ambulant wegen Posttraumatischer Belastungsstörung behandelt worden. Das ist nichts Ungewöhnliches. Der Körper verlässt das Kriegsgebiet, aber nicht immer auch der Geist. Das ist einigen Marines aus meinem Bekanntenkreis passiert. Bis auf einen konnten sie das alle mit Medikamenten, Therapien und Selbsthilfegruppen überwinden. Der eine tötete seine Freundin, den an den Tatort gerufenen Polizisten und dann sich selbst.

Inzwischen glaube ich, dass Lance Porter – einst von der Armee zum Töten ausgebildet, jetzt mein höchstpersönlicher Abgeordneter im Repräsentantenhaus von Florida –, getrieben wird von politischem Ehrgeiz und von Geldgier, und dass sein verwirrter Geist es ihm ermöglichte, fünf Menschen zu ermorden, die ihm im Weg standen. Sollte Vivian ihn in ihrem Testament bedacht haben, dann ist sie die Nächste.

Am fünften Morgen meiner Observation sitze ich in der Nähe von Porters Haus im Wagen und lese auf Seite 3 der *Fort Myers News-Press* den Bericht über eine Fernsehdebatte zwischen Porter und Mitchell Gordon, seinem republikanischen Widersacher.

Der Artikel erklärt Gordon zum klaren Sieger. Der Autor bezeichnet Porter als für den Abgeordnetenjob nicht qualifiziert und weist darauf hin, dass die Öl- und Gasbohrungen, die Porter ablehne, Arbeitsplätze schaffen und für beträchtliche Steuereinnahmen sorgen würden. Die Zustimmung für Gordon, den Republikaner, war über Nacht um fünf Punkte gestiegen, sodass er nun in dem stark demokratisch geprägten Stimmbezirk nur noch acht Punkte hinter Porter liegt. Vielleicht reicht das Porter, um Gordon als Bedrohung zu empfinden.

Ich selbst habe einmal den Köder gemacht, um einen Mörder aus der Reserve zu locken. Vielleicht steht Gordon kurz davor, es mir in diesem Fall gleichzutun.

Mitchell Gordon ist Herzchirurg mit eigener Privatpraxis. Vielleicht betrachtet er sich als einen zweiten Ben Carson – ein erfolgreicher afroamerikanischer Arzt mit dem Wunsch, etwas zurückzugeben. Da es nicht richtig wäre, Gordon ohne seine Zustimmung als Köderfisch für einen Hai zu benutzen, rufe ich in seiner Praxis an, um einen Termin auszumachen.

»Sind Sie schon Patient bei uns?«, fragt die Sprechstundenhilfe. Ich sage, ich sei Detective und wünschte den Doktor in einer privaten Angelegenheit zu sprechen.

»Den nächsten freien Termin habe ich erst in drei Wochen«, sagt sie.

In drei Wochen könnte der Doc schon steif im Leichenschauhaus liegen. Ich erwäge kurz, ihr das zu sagen, besinne mich dann aber auf eine dezentere Methode. »Ma'm. Es handelt sich um eine dringende polizeiliche Angelegenheit, über die ich mit Dr. Gordon sprechen muss. Ich bin sicher, er wird mich empfangen.«

Sie denkt darüber nach und schiebt mich heute noch dazwischen.

Ich treffe pünktlich in Dr. Gordons Praxis ein, melde mich am Empfang und zeige meine Dienstmarke vor. Die Frau, die ich an der Stimme als die erkenne, mit der ich am Telefon gesprochen habe, schickt mich in ein Untersuchungszimmer, wo ich mich zwanzig Minuten lang zu Tode langweile. »Dringend« definiert sich in diesem Umfeld anscheinend als Herzattacke. »Polizeiliche Angelegenheit« steht erst weiter unten auf der Liste.

Schließlich ein Klopfen an der Tür, und ein großer Mann mit schlanker Läuferfigur, etwa Anfang vierzig, kommt herein und sagt: »Detective Starkey, Mitchell Gordon. Es ist wirklich sehr viel los heute. Was kann ich für Sie tun?«

Er setzt sich an einen schmalen Schreibtisch an der Wand. Ich nehme mir auch einen Stuhl, erzähle ihm die Kurzversion der Lance-Porter-Geschichte und bitte ihn, unser Gespräch vertraulich zu behandeln. Er stimmt zu.

Als ich fertig bin, sagt er: »Sie haben also Grund zu der Annahme, dass ich mich in Gefahr befinde.«

»Ja. Ich schlage vor, wir kooperieren und warten ab, ob Lance Porter einen Versuch unternimmt, Ihnen nach dem Leben zu trachten.«

»Den Sie im Idealfall unterbinden würden.«

»Ich beherrsche meinen Job, Doktor, so wie Sie den Ihren beherrschen. Aber keiner von uns beiden kann immer ein positives Ergebnis garantieren.«

Er nickt.

»Wie wahr, Detective. Wie wahr.«

Er denkt kurz nach. Vielleicht schätzt er wie vor einer Operation die Chancen ein.

»Einverstanden.«

36.

Die Hexenstunde

In den nächsten beiden Wochen beschatte ich Gordon bei seinen Wahlkampfauftritten, wie ich Lance Porter beschattet habe, nachdem er seinen Widerstand gegen das Ölbohrgesetz kundgetan hatte. Der Doktor spricht auf einer Bürgerversammlung in einem Feuerwehrhaus, absolviert einen Lunch-Termin im Rotary Club, hält Reden vor verschiedenen Bürgervereinigungen und eröffnet ein neues »Chick-fil-A«-Restaurant.

Er ist ein geschickter Wahlkämpfer. Ich erfahre, dass er vor seinem Medizinstudium in Harvard Vorsitzender des Debattierclubs in Dartmouth gewesen ist. Ich frage ihn, wie es ihn mit solchen Referenzen nach Fort Myers verschlagen hat. »Zwei Gründe«, sagt er. »Meine Frau stammt von hier, und jede Menge Menschen mit einer Herzschwäche.«

Im Laufe des Wahlkampfs verkürzt Gordon seinen Rückstand auf Porter auf drei Prozentpunkte. Sollte Porter zuschlagen wollen, wäre jetzt der ideale Zeitpunkt. Die dritte Kandidatin im Rennen, eine Frau von der Libertarian Party, liegt bei vier Prozent und stellt keine Bedrohung dar.

Drei Uhr morgens ist in Polizeikreisen als die »Hexenstunde« bekannt. Das ist die Phase des tiefsten Tiefschlafes: Wenn SWAT-Teams Türen eintreten und schlafende Übeltäter verhaften, bevor sie noch merken, wie ihnen geschieht. Wenn Einbrecher in Häuser einsteigen, deren Bewohner zu Hause sind. Und wenn Attentäter zuschlagen.

Es ist drei Uhr morgens, Dr. Gordon, seine Frau Laureen und ihr schwarzer Labrador Martin, benannt nach Martin Luther King, befinden sich in einem Residence Inn in der Nähe des Fort Myers International Airport. Ich habe in ihrem zweistöckigen, gelben Haus im Kolonialstil am Belle Meade Drive Position bezogen und spiele im Schlafzimmer im ersten Stock auf meinem iPad Blackjack.

Meine S & W liegt auf dem Tisch neben meinem Stuhl.

Ich warte auf Lance Porter oder die Person, die er für die Drecksarbeit angeheuert hat.

Ich schalte mein iPad aus. Mein Stuhl ist so gestellt, dass jemand, der durch die Tür das dunkle Schlafzimmer betritt, mich nicht sehen kann. Vorher habe ich Kissen unter die Bettdecke gesteckt, die zwei schlafende Körper simulieren sollen.

Als für Fort Myers Beach zuständiger Detective liegt Fort Myers außerhalb meines Zuständigkeitsbereichs. Aber Cubby kennt den Polizeichef von Fort Myers und den Sheriff vom Lee County und hat beide in meinen Plan eingeweiht.

Irgendwo da draußen hat der Sheriff ein SWAT-Team versteckt. Es hat Anweisung, Porter oder die von ihm angeheuerte Person ins Haus zu lassen. Wenn sie ihn schon draußen verhaften würden, könnte man ihn höchstens wegen widerrechtlichen Betretens belangen und vielleicht noch – wenn er keinen Waffenschein hat – wegen unerlaubten Waffenbesitzes.

Wenn das SWAT-Team Schüsse hört, hat es Anweisung, sofort ins Haus einzudringen und den oder die Überlebenden einzusammeln. Wenn niemand auftaucht, lade ich das SWAT-Team auf meine Kosten ins nächste Dunkin' Donuts ein.

Zwanzig nach drei.

Zwanzig vor vier.

Zehn nach vier.

Vielleicht hat Porter noch nie von der tiefsten Tiefschlafphase gehört.

Ich höre ein Geräusch.

Genauer: Ich erahne es. Das ist eine Kunst, die ich auf Nachtpatrouille bei den Marines gelernt habe: eine Störung in der Atmosphäre, die einen umgibt, zu erahnen. Etwas dringt in dein Kraftfeld ein. Ein Feind, der sich nähert.

Dann höre ich Schritte auf der knarzenden Holztreppe. Offenbar weiß Porter oder sonst wer nicht, dass man, um Geräusche zu vermeiden, am Treppenrand auf die Stufen treten muss.

Ich stehe auf, nehme die S & W in die Hand und drücke mich hinter der Tür mit dem Rücken gegen die Wand.

Langsam schwingt die Tür auf, ein Augenblick verstreicht, dann zerreißt das Dröhnen von Schüssen die Dunkelheit. Ein Mann in Schwarz mit einer schwarzen Sturmhaube meuchelt die Kissen.

Bei der Präparierung des Betts war mir aufgefallen, dass die Kissen von der bekannten Marke »My Pillow« waren, vier für 49,99 Dollar das Stück. Ich weiß das, weil ich diese Kissen schon immer gehasst habe. Zu oft hatte ich im Fernsehen den Werbespot ertragen müssen. Eher würde ich meinen Kopf auf einen Felsen legen als auf ein My Pillow-Kissen. Die Gordons brauchen jedenfalls neue.

Der Attentäter steht mit dem Rücken zu mir. Im Fernsehen oder im Kino brüllt jetzt der Cop: »Keine Bewegung! Polizei! Waffe fallen lassen! Sofort!« Echte Cops, jedenfalls solche, die auch am nächsten Tag noch in den Kampf ziehen wollen, tun das nicht. Wenn sie den Übeltäter lebend verhaften wollen, dann schlagen sie ihm mit einem schweren Gegenstand auf den Kopf, vorzugsweise mit einem Klavier, falls eins zur Hand. Wenn auf dem Fahndungsplakat steht »Tot oder Lebendig«, dann schießen sie.

Ich brauche Porter, oder wer immer das auch ist, lebendig. Da im Schlafzimmer kein Klavier steht, schlage ich ihm den Kolben meiner Pistole auf den Hinterkopf.

Er geht sofort in die Knie und schlägt hart auf dem Boden auf. Dabei lässt er die halbautomatische Pistole fallen. Ich kicke sie außer Reichweite – allerdings ist er schon so angeknockt, dass für ihn alles außer Reichweite ist. Ich nehme meine Handschellen vom Gürtel und fessele ihm die Hände auf den Rücken, drehe ihn um und und ziehe ihm die Sturmhaube herunter.

»Hallo, Herr Abgeordneter Porter«, sage ich. »Meine Stimme haben Sie sich gerade verscherzt.«

37.

Zellengenossen

Inzwischen hat Dr. Gordon Mitchell in den Umfragen einen bequemen Vorsprung. Eine seiner Spendenveranstaltungen findet im Hyatt-Place Hotel in Fort Myers im gleichen Ballsaal statt, wo Lance Porter seine Rede für die Preisträger der »Bürger für eine gesunde Umwelt« gehalten hat.

Marisa und ich sitzen mit Cubby Cullen, Carl Dejohn, dem Polizeichef von Fort Myers, seiner Frau Tessa, und Clark David, Sheriff von Lee County, und seiner Frau Sally an einem Tisch.

Es wird das gleiche Chicken Oscar serviert wie bei der Preisverleihung der »Bürger für eine gesunde Umwelt«. Ich nehme an, dass es heute für uns zubereitet wurde und nicht die Reste vom letzten Mal sind. Allerdings kann ich das ohne vorherige Autopsie nicht mit Sicherheit sagen.

Als es Zeit für Dr. Gordons Rede ist, klopft er nicht an das Mikro und produziert dieses grässliche Rauschen. Dafür ist er zu erfahren. Es dauert eine Zeit, bis der Applaus sich legt. »Für unseren Sieg, der zum Greifen nahe ist, habe ich vielen Menschen zu danken, und das werde ich auch gleich tun. Aber bevor ich das tue, möchte ich meine Wertschätzung für einige besondere Gäste zum Ausdruck bringen, die hier an Tisch zwei sitzen, gleich da vorn.« Er deutet auf unseren Tisch. »Sie alle haben von Lance Porters Verhaftung gehört und von seinem Versuch, sich durch meine Ermordung die Wahl zu sichern.« Er wendet sich an seine Frau Laureen, die neben ihm auf dem Podium sitzt. »Wie Sie sehen, ohne Erfolg.« Er schaut wieder zu uns. »Die Männer an diesem Tisch, unterstützt von ihren starken Frauen, haben dafür gesorgt, dass ich heute Abend bei Ihnen sein kann. Sie verkörpern die Art von effektiver Polizeiarbeit, die unsere Gesellschaft in diesen unruhigen Zeiten so dringend braucht.«

Er tritt kurz zu seinem Tisch und nimmt sein Weinglas, kehrt zum Podium zurück und wendet sich mit erhobenem Glas uns zu. »Meine Herren, meine Damen, ich verneige mich vor Ihnen.«

Diesmal gelten die stehenden Ovationen uns.

Marisa flüstert mir ins Ohr: »Unterstützt von ihren starken Frauen, das gefällt mir.«

Lance Porter wird zunächst wegen versuchten Mordes an Mitchell und Laureen Gordon, Hausfriedensbruchs, Zerstörung von Sachwerten (die Kissen), widerrechtlichen Schusswaffengebrauchs und Widerstands bei der Festnahme angeklagt, was nicht ganz korrekt ist, da er bei der Verhaftung bewusstlos war. Aber sein Wort stand gegen meins. Für die halbautomatische Sig Sauer Mosquito Kaliber .22 hat er einen Waffenschein.

Aber die Staatsanwältin vom Lee County, Lenore Whiteside, will Porter für die Morde zuvor anklagen. Die Beweislast der Indizien ist erdrückend: Porter wusste, dass die Hendersons am Tag ihrer Ermordung im Pine Island Sound segeln waren, weil sein Boss Russell Tolliver ihn zuvor gebeten hatte, für den Tag des Segeltörns ein Treffen mit Marion zu vereinbaren. Und natürlich kannte er Tollivers Terminkalender und wusste deshalb, wann der mit seinem Boot einen Angelausflug machen wollte. Turner Hatfield stellte wie Dr. Gordon eine Gefahr für Porters politische Karriere dar und wurde auf die gleiche Art getötet wie die anderen Opfer.

Aber ein Geschworenenprozess ist immer ein Vabanquespiel, besonders wenn er sich nur auf Indizienbeweise stützt. Lenore Whiteside, eine beinharte Lady mit der K.-o.-Bilanz von Mike Tyson, gelingt es, Porter und seinen Anwalt davon zu überzeugen, die bei den Mordopfern sichergestellten Kugeln würden den Geschworenen zeigen, dass sie mit hoher Wahrscheinlichkeit aus Porters Waffe abgefeuert worden seien. Whiteside erzählt ihnen außerdem, die Kugel aus der Wand in Porters Wohnzimmer stamme aus derselben Waffe, was beweise, dass er selbst durch sein eigenes Fenster geschossen habe …

Damit hat sie geblufft. Die ballistischen Tests beweisen das nicht zweifelsfrei, aber etliche Entscheidungen des Obersten Gerichts, nicht zuletzt der berühmte Fall »Frazier gegen Cupp« aus dem Jahr 1969, haben diese Taktik unter gewissen Umständen als rechtmäßig eingestuft.

In der Voruntersuchung würde Porter und seinem Anwalt diese Ungereimtheit bezüglich der ballistischen Tests sicher auffallen, aber bevor es dazu kommen kann, bietet Whiteside einen Deal an, über den der Angeklagte und sein Anwalt binnen vierundzwanzig Stunden entscheiden müssen: Für das Geständnis, die vier Morde begangen zu haben, bietet die Staatsanwältin viermal Lebenslänglich in einem Staatsgefängnis an. Andernfalls würde die Anklage auf die Todesstrafe plädieren.

Den Mord an Grimes ließ Whiteside außen vor, da er verübt wurde, bevor Porter zu Tollivers Team gestoßen war. Angesichts der Tatsache, dass Grimes' Witwe Samantha den Senatssitz ihres verstorbenen Mannes eingenommen hatte, sind die Indizienbeweise in diesem Fall weniger zwingend. Trotzdem trifft die Staatsanwältin sich mit Samantha Grimes und informiert sie darüber, dass der Mann, der mit fast hundertprozentiger Sicherheit der Mörder ihres Mannes ist, in Haft sitzt.

Porter akzeptiert den Deal. Aber er hat einen Einwand. Einen wichtigen Einwand. Die Hendersons habe er nicht getötet. Für die Mordnacht hat er ein wasserdichtes Alibi. Wegen Komplikationen nach einer Blinddarmoperation lag er drei Tage – welche Ironie – in dem Krankenhaus, in dem Dr. Mitchell Gordon seine Herzoperationen durchführt. Porter gibt zu, seinen Boss Russell Tolliver getötet zu haben, um sich dessen Posten unter den Nagel zu reißen. Er habe die Henderson-Morde nachgeahmt, um den Verdacht von sich abzulenken und um den Eindruck zu erwecken, alle drei Morde stünden in Zusammenhang mit der Auseinandersetzung um das neue Ölgesetz.

Kluges Kerlchen.

Dummer Detective.

38.

Das Mordbuch

Plötzlich habe ich keinen Verdächtigen mehr für die Morde, zu deren Untersuchung man mich ursprünglich angeheuert hat. Es tröstet mich etwas, dass Lance Porter den Deal angenommen hat und jetzt in der Union Correctional Institution im Union County seine Strafe absitzt.

Wenn ich gewollt hätte, hätte ich Cubby bitten können, seine Verbindungen spielen zu lassen und mich über Porter auf dem Laufenden zu halten – wie es ihm geht, welche Arbeit man ihm zugewiesen hat, wer sein Zellengenosse ist. Aber es ist amüsanter, ihn sich bei irgendeiner Drecksarbeit vorzustellen, zum Beispiel bei der Reinigung der Toiletten. Ich hoffe, er ist die Knastnutte eines Zellengenossen namens Mad Dog, ein verschwitzter, volltätowierter Koloss mit fauligen Zähnen und noch fauligerem Mundgeruch. Und wie lange muss er das aushalten? Solange er seinen Zellengenossen nicht umbringt, weil er scharf auf die untere Koje ist, ist Bewährung denkbar, aber nicht sehr wahrscheinlich. Wenn sie ihm vergönnt ist, dann ist er vielleicht noch jung genug, um für das Gouverneursamt zu kandidieren, seinen Widersacher zu töten, die Wahl zu gewinnen und sich selbst zu begnadigen.

Ich bin versucht, die Untersuchung abzublasen. Marisa hat mich eindringlich gebeten, Cubby Bescheid zu sagen. Joe auch. Als ich ihn über die Lage ins Bild setze, miaut er, was in meinen Ohren klingt wie: »Vielleicht solltest du dir einen etwas besser bezahlten Job besorgen.«

Genau das erzähle ich Cubby beim Lunch in Stan's Diner. Er sagt: »Du hast Lance Porter ausgeschaltet, und das ist ja schon was. Die Statistiken sagen, dass bundesweit 64 Prozent aller Morde unaufgeklärt bleiben. Da ist eine Aufklärungsquote von 50 Prozent angesichts unserer kommunalen Verbrechenswelle keine Schande.«

»Ich weiß«, sage ich.

Das Essen kommt. Wir essen schweigend. Dann hebt Cubby den Blick und lächelt mich an. »Du willst nicht wirklich hinschmeißen, oder?«

»Nein.«

»Braver Junge.«

Samuel Goldwyn, der berühmte Filmproduzent, hat einmal gesagt: »Je härter ich arbeite, desto mehr Glück habe ich.«

Schon wahr, aber im Augenblick lautet die Frage: arbeiten woran? Ich habe die Biografien von Larry und Marion Henderson gründlich durchleuchtet, habe geglaubt, den Fall gelöst zu haben, und lag völlig daneben.

Ist Letitia Baker meine neue Hauptverdächtige? Hat sie Marion und dann auch Larry umgebracht, um Marion als

Präsidentin von »Bürger für eine gesunde Umwelt« zu beerben? Immerhin ist das die Methode, die Lance Porter anwenden würde.

In Ermangelung echter Geistesblitze gingen mir solch durchgeknallte Gedanken durch den Kopf.

Zurück zu Schritt eins.

Genauer, zurück zu Seite eins – und zwar des »Mordbuchs«. So wird für gewöhnlich der Ordner genannt, in dem alles über einen bestimmten Mordfall festgehalten ist. Mein Mordbuch befindet sich in der Asservatenkammer des Polizeireviers von Fort Myers Beach. Bevor ich am nächsten Tag ins Revier gehe, treffe ich mich bei Captain Jack's mit Marisa zum Lunch. Für mich frittierte Muscheln, für sie Muschelsuppe Manhattan.

»Was waren noch mal die Hauptgründe für Mord?«, sagt sie.

»Liebe, Geld …«

»Geld hast du schon probiert, Sherlock. Du hast dir Larry Hendersons Bank angeschaut. Du hast herausgefunden, dass Lance Porter gemordet hat, weil er den Job von seinem Boss und dessen Autohäuser wollte, also dessen Geld. Vielleicht solltest du dich mal mit dem Punkt Liebe befassen.«

Sie hatte recht. Etwas in Larrys oder Marions Leben musste ich übersehen haben.

Um mein Gehirn auf Trab zu bringen, bitte ich die Kellnerin um einen Nachschlag von der Sauce Tartare.

Cubby entdeckt mich im Konferenzraum des Reviers, wo ich mir noch einmal alles anschaue, was wir über die

Henderson-Morde gesammelt haben: Harlan Boyds Bericht, den Bericht der Küstenwache, den Autopsiebefund, die Buchprüfung der Manatee National Bank durch das FBI, eine Kopie der Akte der Polizei von Fort Myers und meine Notizen über den Selbstmord von Reynold Livingstone III – einschließlich meiner falschen Schlussfolgerung, Lance Porter habe die Tat begangen.

»Schon irgendwas gefunden?«, fragt Cubby.

»Nur, dass meine Ermittlungen bezüglich der Henderson-Morde in eine Sackgasse geführt haben.«

Nachdem ich alle Unterlagen durchgesehen habe, mache ich einen Strandlauf. Ich hoffe auf eine Eingebung, das einzige Ergebnis ist jedoch ein gezerrter Leistenmuskel. Ich humpele zum Auto zurück, fahre zu meinem Hausboot, dusche und mache mich auf den Weg zum Drunken Parrot.

Der Spring Break und die Hauptsaison für die Touristen sind vorbei, die Bar ist also in Händen der Stammgäste. Darunter Phil Gold, der sich selbst einen säkularen Juden nennt, was heißt, er mag Räucherlachs auf Bagels und Zungen-Sandwich, verspürt aber keine besondere Nähe zum Alten Testament. Phil, der einen Baumarkt am Estero Boulevard betreibt, lehnt schon ziemlich angestochen an der Bar und trinkt Brandy mit mexikanischer Coke, die wir nur wegen ihm führen. Er hat mir das mal erklärt. Coca-Cola USA hat irgendwann in den Achtzigern für die Cola-Produktion von Rohrzucker auf Glucose-Fructose-Sirup umgestellt, während die Abfüller in

Mexiko bis heute Zucker verwenden. Coke-Aficionados, sagt er, schmeckten den Unterschied. Zucker, behauptet er, schmecke besser und sei gesünder. Ich habe beide probiert und bin einverstanden, was den Geschmack angeht, es ist nicht so süß, aber beim Punkt Gesundheit, na ja, Phils Gewicht ähnelt stark dem eines Blockers beim Football. Das sagt alles. Coca-Cola Light, so Phil, schmecke wie Kerosin.

»Hi, Phil, wie läuft's denn so?«, frage ich.

»Lucinda und ich hatten gerade unseren Hochzeitstag«, sagt er. »Hab ihr gesagt, ich weiß es sehr zu schätzen, dass sie in guten wie in schlechten Zeiten eisern zu mir gestanden hat, obwohl gut ist es eigentlich schon lange nicht mehr gewesen. Einmal, bei der Hirschjagd, da hat mir ein Kumpel eine Doppelladung Schrot verpasst. Ein andermal habe ich die Dachrinne sauber gemacht, falle runter und breche mir die Hüfte. Und dann hat ein Tornado unser Haus abgedeckt, und ein Blitz hat eingeschlagen und unsern Laden abgefackelt, und …«

Er trinkt einen Schluck und fügt hinzu: »Weißt du was, Jack, so langsam fange ich an zu glauben, dass Frauen nur Unglück bringen.«

Außer mit Marisa und Joe rede ich nie mit Zivilisten über eine laufende Untersuchung. Also sage ich nur: »Und, was hältst du von den Cubs im Moment?«

Phil stammt aus Cleveland, aber er schluckt den Köder nicht.

39.

Das Zweitschlimmste

Ich bin für den heutigen Samstagmorgen bei Tom und Lynette Henderson angemeldet. Das mit Zedernschindeln verschalte Ranchhaus liegt in der Cypress Avenue, einer hübschen Wohngegend von Fort Myers. In der Auffahrt steht ein Ford F-250 Pick-up, auf dem Rasen neben der Garage ein Hänger mit einem Angelboot aus Aluminium. Ich habe viele Pick-ups und Boote vor und neben den Häusern gesehen, an denen ich vorbeigefahren bin. Grundsolide Menschen aus der Arbeiterklasse, die hier wohnen und genießen, was Florida an Fleiluftaktivitäten zu bieten hat.

Ich muss die traurige Nachricht überbringen, dass der Mörder von Larry und Marion Henderson sich immer noch auf freiem Fuß befindet. Als Porters Verhaftung bekanntgegeben wurde, hat Tom mich angerufen und sich dafür bedankt, dass ich den Mörder seines Bruders und seiner Schwägerin geschnappt hätte. Er sagte, jetzt könnten er und seine Frau und irgendwann sicher auch die Kinder wieder in Frieden leben.

Das Schlimmste am Beruf eines mit Mordfällen befassten Detective ist, den nächsten Angehörigen die Nachricht vom Tod eines geliebten Menschen zu überbringen. Das Zweitschlimmste ist, ihnen zu sagen, dass man den Mörder nicht fassen konnte, zumindest noch nicht. Wenn Detectives das nicht können, dann sind wir nur Männer und Frauen in Anzügen mit Pistolen und goldenen Dienstmarken, die Kaffee trinken, Donuts essen und in unsere Funkgeräte sprechen, während wir in Zivilfahrzeugen durch die Gegend fahren.

Tom hält eine Tasse Kaffee in der Hand, als er mir die Tür öffnet. »Hallo, es gibt also Neuigkeiten über den Tod von Larry und Marion?«

Ich wollte es ihnen nicht am Telefon sagen. »Können wir das drinnen besprechen?«

»Klar, sicher, Entschuldigung.« Er tritt zur Seite und macht die Tür ganz auf.

Lynette, seine Frau, kommt aus der Küche, und wir setzen uns ins Wohnzimmer. »Die Kinder sind bei Freunden«, sagt sie.

Ich komme gleich zur Sache. »Wir haben herausgefunden, dass Lance Porter nicht der Mörder von Larry und Marion ist. Er lag zur Tatzeit im Krankenhaus. Er hat zwei andere Menschen getötet, Russell Tolliver und Turner Hatfield.«

Die beiden schauen sich an und warten darauf, dass ich sage, wir hätten den richtigen Mörder geschnappt. Wie gesagt, das ist das Zweitschlimmste an dem Job.

Danach müssen die üblichen Hausarbeiten erledigt werden, die samstags anfallen: Wäsche waschen, Auto waschen, ein paar Hemden und Hosen zur Reinigung bringen, bei Walgreens Nachschub an Cholesterintabletten besorgen. (Keine Ahnung, warum ich die brauche, muss genetische Gründe haben. An den Double-Bacon-Cheeseburgern kann es jedenfalls nicht liegen: Was so gut schmeckt, kann nicht schlecht sein). Keine dieser Erledigungen erfordert viel Hirn, das im Augenblick, was meine Untersuchung angeht, auch nicht sehr gut in Form ist. Manchmal muss man zur Problemlösung den Zen-Ansatz wählen: mit offenem Geist die Antwort auf sich zukommen lassen.

Ich kann vermelden, dass mein Geist tatsächlich offen ist, trotzdem aber keinerlei Hinweise auf eine Antwort erkennbar sind. Vielleicht sollte ich mir eine safrangelbe Kutte überziehen, mich in einer Berghöhle im Schneidersitz auf den Boden hocken und tief atmend Sprechgesänge anstimmen. Aber woher soll ich eine Kutte nehmen und in Florida eine Berghöhle finden? Ich hole also wieder *Stoneys Dilemma* hervor und mache mich an die Arbeit. Oft ist die fiktive Welt der realen vorzuziehen.

Stoneys Angelausflug nach Key West bestand nur aus Fangen und Freilassen. Als er wieder seiner Arbeit in Chicago nachging, galt das nicht mehr. Wenn man einen Kriminellen wieder freiließ, so Stoneys Meinung, bewies das nur, dass das Strafjustizsystem versagt hatte.

»Schön braun geworden, Jack. Jetzt brauchst du deinen Kopf wieder für die echte Jagd.«

Das sagte Lieutenant Davey Davis, als er Stoney im Pausenraum traf. Er war der Leiter des Morddezernats, ein großer, schlanker Mann in den Fünfzigern, der immer makellose Maßanzüge trug. Stoney stand vor einem Tisch, auf dem eine bis auf ein paar Krümel leere Donut-Schachtel lag, und schenkte sich eine Tasse Kaffee ein.

Stoney schaute die Schachtel an.

»Der frühe Vogel kriegt die Leckereien«, sagte Davis.

»Und einer von den Geiern waren Sie«, sagte Stoney. »Sie haben noch Puderzucker auf dem Hemd.«

»Deshalb bin ich Ihr Boss. Mein Tag fängt schon vor zehn an.«

»Also, was ist alles passiert, während ich weg war?«

»Nichts Besonderes. Mehr Feuergefechte auf der South Side als im vergleichbaren Zeitraum auf dem Schlachtfeld in Afghanistan.« Davis schenkte sich auch einen Kaffee ein. »Haben Sie schon mit Ihrem Partner gesprochen?«

»Hab zu Bobby gesagt, dass ich mir nur schnell noch einen Kaffee hole.«

Davis trank einen Schluck und verzog das Gesicht. »Das nächste Mal nehmen wir für den Sekretärposten einen Barista und kein hübsches Mädchen. Egal, jedenfalls sind Sie und Delahanty dem Mord an einem Priester zugeteilt.«

Stoney verließ den Pausenraum und ging zu seinem Schreibtisch im Dienstraum. Bobby saß mit hochge-

legten Beinen am Tisch daneben und las in der Tribune. Bobby war fünf Jahre älter und zwanzig Pfund schwerer als Stoney und hatte ebenfalls Puderzucker auf dem Hemd.

»Steht in der Zeitung irgendwas über unseren verstorbenen Padre?«, fragte Stoney seinen Partner.

Bobby nahm die Zeitung herunter und setzte sich auf. »Gleich auf der Titelseite. Anscheinend ist Vater Bernard Jacoby von der Pfarrgemeinde Saint Mary's gestern Nachmittag in der Beichtkabine …«

»Moment. Du meinst Beichtstuhl, oder? Da sitzt man. Da zieht man sich nicht um. Wann warst du das letzte Mal in einer Kirche?«

»Bei der Beerdigung meiner Mutter. Also, wie ich gerade sagte, bevor du mich so unhöflich unterbrochen hast, wurde der Priester in dem Beichtdings von der Putzfrau gefunden. Mit drei Kugeln in der Brust. Und nach den drei Löchern in der vergitterten Trennwand zu urteilen, hat die Kugeln jemand abgefeuert, der auf der anderen Seite saß.«

»Hm«, brummte Stoney. »Möglich, dass der Täter vorher gar keine Sünden zu bereuen hatte, hinterher allerdings schon. Irgendwelche Spuren?«

»Die Tribune schreibt, dass der ehrwürdige Vater beschuldigt wurde, sich in einer Pfarrgemeinde in South Dakota an Messdienern vergangen zu haben. Kam nie zur Anklage, aber die Kirche hat der Familie Schweigegeld in ungenannter Höhe bezahlt.«

»Wie lange ist das her?«

»Acht Jahre. Jacoby war in Arizona ein Jahr zur Therapie in einer von diesen Kliniken, die die Kirche betreibt, und danach hier in der Gemeinde St. Mary's.«

»Ich dachte, die Kirche gibt Pädophilen keine zweite Chance mehr«, sagte Stoney. »Aber vielleicht haben sie das ja wieder abgeschafft, bei dem Mangel an Männern Gottes, ganz zu schweigen von dem an Nonnen.«

»Erinnerst du dich an den Fall in Joliet vor ein paar Jahren? Ein Messdiener wird erwachsen, dient eine Zeit lang im Marine Corps, kommt nach Hause zurück und metzelt seinen alten Priester mit einem Kampfmesser nieder. Hat behauptet, der Priester hätte ihn missbraucht.«

»Ja, ich erinnere mich«, sagte Stoney. »Vielleicht sollten wir einen Ausflug nach South Dakota machen.«

»Wenn nichts dabei rauskommt, können wir uns zumindest Mount Rushmore anschauen«, sagte Delahanty.

Ich war zwar noch nie am Mount Rushmore, aber immer der Ansicht, dass, wäre man einmal dagewesen, das genau einmal zu viel gewesen wäre. Aber vielleicht liege ich ja falsch. Jedenfalls war kein Besuch in den Black Hills von South Dakota erforderlich, um mich wieder in das Geheimnis der toten Hendersons einzuarbeiten.

Was ich bis jetzt weiß oder zu wissen glaube, ist, dass die Morde anscheinend nichts mit Larrys Hendersons Job in der Manatee National Bank oder mit Marions Hendersons Engagement als Umweltaktivistin zu tun haben. Mir wird klar, dass ich mich – nachdem ich glaubte, den Fall gelöst zu haben – nicht sehr eingehend mit ihrem Privatleben beschäftigt habe.

Ich fange mit Larry an. In Lauf der Woche unterhalte ich mich noch einmal mit den Nachbarn der Hendersons und arbeite eine von Tom Henderson erweiterte Liste mit Larrys Freunden ab. Außerdem spreche ich mit dem Pastor der Kirche, die die Hendersons regelmäßig besuchten. Larry und Marion haben die Organisation »Habitat for Humanity«, die Häuser für Bedürftige baut, unterstützt. Er war nicht beim Militär, hat regelmäßig an den wöchentlichen Treffen des Kiwanis Club teilgenommen, war in der Ehemaligen-Vereinigung der University of Florida aktiv, fuhr gerne zum Angeln aufs Meer und war Trainer eines Baseballteams der Little League, in dem auch sein Sohn, der achtjährige Nathan, spielte.

Diese Information ist neu. Wahrscheinlich hat Tom das einfach vergessen, als er die erste Liste erstellt hat.

Und wie sich bei meiner Befragung des Co-Trainers namens Hector Diaz herausstellt, hat der Vater von einem der Jungen Larry bedroht, weil er dessen Sohn nicht oft genug eingesetzt habe.

»Wir haben die Drohung nicht ernst genommen«, sagt Hector. Wir stehen in seiner Autowerkstatt in Fort Myers neben einem Toyota Celica mit Unfallschaden. »Wenn man im Jugendbereich arbeitet, ist das nichts Ungewöhnliches. Manche Eltern ticken aus, wenn sie glauben, ihr Sohn oder ihre Tochter würden bei Baseball-, Basketball-

oder Fußballspielen zu oft auf der Bank sitzen. Die Kids nehmen das nicht krumm, die Eltern sind das Problem. Da bedauert man manchmal, dass man den Trainerjob macht.«

»Wie heißt der Vater?«, frage ich Hector.

»Alex Kramer. Er organisiert Angeltouren.«

»Was hat er Mr. Henderson angedroht?«

»Nach einem der Spiele ist Kramer auf dem Parkplatz zu Larry gegangen. Ich bin gerade in meinen Wagen gestiegen. Verstehen konnte ich nichts, aber Kramer ist laut geworden und hat Larry ein paarmal den Finger in die Brust gebohrt. Später hat er mir erzählt, Kramer hätte behauptet, Larry würde Nathan häufiger spielen lassen als seinen Sohn. Beide spielen im Center Field. Und Larry würde es noch bereuen, wenn er seinem Jungen nicht genauso viel Einsatzzeiten geben würde.«

»Stimmte das mit den Einsatzzeiten?«

»Kann ich nicht sagen. Ich arbeite hauptsächlich mit den Pitchern und Catchern und kümmere mich um die Trainingspläne. Auf die Rotation der anderen Spieler achte ich nicht.«

»Wo finde ich Kramer?«

»Die Privatadresse habe ich nicht, aber sein Boot liegt in der ›Turtle Key Marina‹. Ist, glaube ich, ein Boston Whaler.«

40.

Captain Kramer

Die »Turtle Key Marina« liegt in Cape Coral, einer Stadt südwestlich von Fort Myers direkt am Golf. Das Hafenmeistergebäude ist eine überdimensionale, in Längsrichtung durchschnittene Wellblechröhre. Außerdem befinden sich in der Anlage eine große Baracke zur Einlagerung von Booten und vier lange Docks. Ich habe das Gefühl, dass die Marina mich an irgendwas erinnert, an was, weiß ich nicht. Ich bin noch nie hier gewesen, und ich kenne auch niemanden, der hier einen Liegeplatz hat.

Ich betrete das Gebäude und frage eine Frau, die Kanister mit Schiffsmotorenöl in Regale sortiert, wo ich Alex Kramer finden kann.

»Captain Kramer hat eine Morgencharter«, sagt sie. »Er müsste so um eins zurück sein.« Sie schaut zur Theke und sagt: »Da drüben liegen seine Visitenkarten, wenn Sie eine Charter buchen wollen.«

Noch zwei Stunden. Ich bedanke mich, nehme mir eine von den Visitenkarten und fahre zu Cubby Cullen nach Fort Myers Beach.

»Hört sich vielversprechend an«, sagt Cubby, nachdem ich ihm von Kramer und der Drohung erzählt habe. »Wie wär's, wenn du als Trainer die Mannschaft übernimmst, Kramers Jungen auf die Bank setzt und einfach abwartest, was passiert.«

Er sagt das mit einem Lächeln im Gesicht – offenkundig ein Witz.

»Also, Jack, was willst du jetzt unternehmen?«

Ich ziehe Kramers Karte aus der Tasche und lege sie auf Cubbys Schreibtisch. Auf der Karte sind die Zeichnung eines Tarpuns, Kramers Name und die Kontaktdaten zu sehen.

»Mir ist nach einem kleinen Angelausflug.«

Am Abend kocht Marisa eins ihrer Gourmetgerichte, und ich bringe sie auf den neuesten Stand.

»Gab es da nicht mal so einen ähnlichen Fall, bei dem Cheerleader eine Rolle spielten?«, fragt sie.

Ich hatte von dem Fall gelesen. »Eine Frau in Texas wollte einen Auftragsmörder engagieren, der die Mutter der Cheerleader-Rivalin ihrer Tochter an der Junior Highschool umbringen sollte. Der Mann, den sie anheuern wollte, hat sie verpfiffen.«

»Was ist mit ihr passiert?«

»Wenn ich mich recht erinnere, hat sie zehn Jahre gekriegt, ist aber schon nach sechs Monaten auf Bewährung wieder draußen gewesen. Außerdem musste sie für einen Deal in einem Zivilprozess einen Haufen Kohle an die Familie abdrücken.«

»Ich erinnere mich«, sagt Marisa. »Die haben einen Film draus gemacht, mit Holly Hunter.«

»Ja, außerdem einen Film fürs Fernsehen und einen Roman.«

»Den Film kenne ich, das Buch nicht.«

Innerliche Notiz: Lass die Finger vom Verlagsgeschäft.

Am nächsten Morgen rufe ich die Nummer auf Kramers Visitenkarte an. Beim vierten Klingeln hebt er ab.

»Captain Kramer, was kann ich für Sie tun?«

»Ich würde gerne einen Angeltrip buchen«, sage ich.

»Klar. Ich bin gerade mit einem Kunden beim Flachwasserfischen. Moment, ich muss mal eben in meinen Kalender schauen.«

Nach ein, zwei Minuten meldet er sich wieder. »Um die Jahreszeit bin ich eigentlich immer ausgebucht, aber gestern hat einer einen Termin für Mittwochmorgen abgesagt. Passt das?«

»Okay. Welche Uhrzeit?«

»Kommen Sie um sieben in die Marina.«

Das habe ich befürchtet. »Am Nachmittag haben Sie nichts mehr frei?«

»Nein, für die nächsten zwei Wochen ist das die einzige Möglichkeit.«

»Also gut, dann bis Mittwoch um sieben. Und, wie beißen sie?«

»Snooks, Red Snapper und Barsche beißen recht gut.« Eine Pause, danach wieder seine Stimme. »Muss Schluss machen, mein Kunde hat gerade was Großes am Haken.«

Genau das erhoffe ich mir für Mittwoch.

Am Mittwoch biege ich um zehn vor sieben in die Marina ein. Unterwegs bin ich Zeuge des Sonnenaufgangs geworden, das erste Mal seit meinen Tagen im Marine Corps. Okay, so lange ist es nun auch nicht her, aber ich kann auf absehbare Zeit ganz gut darauf verzichten.

Ich parke und gehe in das Hafenmeistergebäude. Die Frau von gestern steht an der Kasse hinter der Theke und tippt den Einkauf eines Kunden ein. Aus einem großen belüfteten Wasserbecken schöpft ein Mann Weißfische in einen Eimer. Er ist gebaut wie ein Rodeoreiter, groß und kräftig, trägt ein schwarzes T-Shirt, Jeans und ausgetretene Bootsschuhe. Auf seiner Baseballkappe steht »Rapala«, der Name eines Köderproduzenten. Auf der Kappe steckt eine Sonnenbrille, Gesicht, Hals und Arme sind tief gebräunt.

Ich gehe zu ihm. »Captain Kramer?«

Er nickt mir zu. »Die Snapper gestern haben auf die Weißfische gut angebissen. Für den Fall, dass das nicht klappt, nehmen wir noch Egel und Würmer mit.«

Ich strecke die Hand aus. »Jack Starkey.«

»Dachte ich mir«, sagt er und gibt mir die Hand. Er nimmt zwei Kühlboxen aus der Kühltruhe, die neben der Theke an der Wand steht, und sagt zu der Frau: »Schreib's auf meine Rechnung, Alice.«

»Viel Glück, Alex«, sagt sie, dreht sich um und stapelt

weiter Zigarettenschachteln in ein Gestell hinter der Theke.

Ich folge Kramer nach draußen, und zusammen gehen wir zu einem der Anlegestege. Er steigt auf einen Boston Whaler mit Yamaha-Außenborder, stellt den Eimer mit den Weißfischen und die Kühlboxen ab und streckt mir die Hand entgegen. Sehe ich schon so alt aus, dass man mir auf ein Boot helfen muss?

Kramer hat ungefähr mein Alter, Ende vierzig, aber ich wiege locker dreißig Pfund mehr als er, weshalb ich ihm das Hilfsangebot auch nicht übel nehme. Ich steige ohne Hilfe ins Boot. Er macht die Leinen los, setzt sich auf den Kapitänsstuhl, wirft den Außenborder an und legt ab. »Wir versuchen es an ein paar Stellen im Matlacha Pass, wo sie gestern super gebissen haben, und fahren dann vielleicht in den Fluss, mal sehen.«

Ich setze mich in den Stuhl neben ihm. »Das überlasse ich ganz Ihnen, Captain. Sie kennen sich hier schließlich aus.«

Er schaut mich an. »Ja, glaube schon, zumindest hier draußen auf dem Meer.«

Ich hatte Cubby um Informationen über Kramer gebeten: verheiratet, ein Sohn, über die Jahre ein paar Verhaftungen wegen Schlägereien in Bars, Geldstrafen, aber kein Gefängnis, keine schwerwiegenden Straftaten. Cape Coral Highschool abgeschlossen, Dienst bei der Küstenwache in Alaska und in Washington State. Aktiv in der Veteranen-Organisation »American Legion«, zahlendes Mitglied bei der »National Rifle Association«.

In dem Bericht stand nichts von »kaltblütigem Killer«. Es war an mir, das nachzutragen.

Wir lassen uns im Matlacha Pass treiben und setzen vor den Mangroven Weißfische aus. Als Kramer aus dem Kasten unter einer Sitzbank die Angelruten hervorholt, sehe ich auch eine Schrotflinte. Auf einen Bootstrip eine Waffe mitzunehmen ist nicht ungewöhnlich. Eine halbautomatische Pistole Kaliber .22 mit Schalldämpfer hätte mir vielleicht zu denken gegeben. Aber so. Unter meinem über der Hose hängenden T-Shirt steckt in einem Gürtelhalfter meine S & W.

»Leben Sie hier in der Gegend, oder sind Sie nur auf Besuch?«, fragt er.

»Ich war Rohstoffhändler in Chicago«, sage ich. »Hab den Stress nicht mehr ausgehalten, bin nach Fort Myers Beach gezogen und habe mir eine Bar gekauft.«

»Wie heißt die? In den meisten war ich schon mal. Vielleicht sogar in allen.«

Er sei schon mal im Drunken Parrot gewesen, sagt er. Aber er war kein regelmäßiger Gast, sonst hätte ich ihn wiedererkannt.

Ein schöner Red Snapper beißt an. Er holt ihn an Bord und fragt: »Behalten oder freilassen?«

»Den behalte ich.«

Marisa kann ihn für uns zubereiten. Er legt ihn in eine der beiden Kühlboxen.

Die Charter dauert von sieben bis elf. Wir angeln im Matlacha Pass und dann im Caloosahatchee River und fangen noch vier weitere Red Snapper, einen Snook und eine Sträflings-Meerbrasse, wobei wir im Fluss die Egel als Köder benutzen. Ich brauche nur den einen Red Snapper zum Abendessen und sage Kramer, er kann den Rest behalten.

»Danke, aber ich mag keinen Fisch«, sagt er. »Für mich gibt's nur Fleisch, Kartoffeln und Hähnchen.«

Also lassen wir die anderen wieder frei.

Er bemerkt meinen Blick – ein Angelführer, der keinen Fisch mag? – und sagt: »Um zu wissen, wie man sie fängt, muss man sie nicht mögen.«

Als wir wieder in der Marina sind, geht Kramer zu einem Metalltisch auf dem Anlegesteg, nimmt den Red Snapper aus und steckt die Filets in einen Plastikbeutel mit Eis. Im Hafenmeistergebäude zahle ich ihm die ausgemachten 300 Dollar plus 20 Dollar Trinkgeld für den guten Fang.

»Wenn Sie mal wieder rauswollen, Anruf genügt«, sagt er. »Und sagen Sie es Ihren Freunden weiter.«

Ich verspreche es. Aber vielleicht ist der Anlass unseres nächsten Treffens kein Angelausflug, sondern seine Verhaftung wegen Mordes an Larry und Marion Henderson. Allerdings habe ich keinen Schimmer, ob er der Mörder ist. Solche Leute erkennt man nicht am Aussehen. Bei Befragungen durch die Polizei sagen die Nachbarn eines Serienmörders, der seine Leichen im Keller oder unter den Tulpen verbuddelt hat, immer das Gleiche: »Und er hat immer so freundlich gewirkt. Immer höflich und immer nett zu den Kindern und dem Hund.«

Sollte Kramer kein Alibi für den Abend der Morde

an den Hendersons haben, dann ist das auch nur der schwächste aller Indizienbeweise. Woher wusste er, dass die beiden auf ihrem Segelboot waren? Und woher wusste er, wo er sie finden konnte?

Vielleicht bekommt er ja einen plötzlichen Anfall von schlechtem Gewissen, marschiert ins Revier und gesteht alles.

41.

Spieltag

Als ich Hector Diaz anrufe, um nach Tag und Uhrzeit für das nächste Spiel seiner Mannschaft zu fragen, sind wir uns unausgesprochen einig, dass ich seinen Hinweisen über Alex Kramer nachgehe.

Die Mannschaften der Little League in der Gegend von Fort Myers sind nach Teams der Profiliga MLB benannt. Die von Diaz trainierten »Marlins« treten am Samstagmorgen auf einem Spielfeld neben einem kleinen Flugplatz namens Page Field gegen die »Tampa Bay Rays« an. Die Marlins, hat Diaz mir erzählt, hätten bei ihrem letzten Spiel gegen die Cubs ordentlich eins auf die Mütze bekommen. Anscheinend färbt der Erfolg der Großen auf die Kleinen ab.

Ich treffe kurz nach Beginn des Spiels ein, sehe Kramer auf der Tribüne und setze mich neben ihn.

»Spielt Ihr Junge bei den Tampa Bay Rays?«, fragt er. Er hält eine Dose Rolling Rock in der Hand.

Ich nicke zu der Bank der Tampa Bay Rays und sage: »Sam, mein Neffe. Sein Vater konnte heute nicht.«

»Mein Sohn Teddy ist Centerfielder.«

Der frischgebackene Cheftrainer Diaz hat den Jungen

also aufgestellt. Schlauer Zug. Teddy ist klein und pummelig. Wenn sein Team am Schlag ist, braucht er sehr lange bis zur Bank.

Wir schauen eine Weile schweigend zu. Hinter der Tribüne befindet sich eine Holzbude, wo man sich etwas zu essen kaufen kann. Ich frage Kramer, ob ich ihm einen Hotdog mitbringen soll. Er sagt, klar, und ich hole uns zwei Hotdogs und für mich ein Root Beer. Mit vollem Mund sage ich: »Sams Dad, der ist echt sauer, dass sein Junge so wenig Einsatzzeiten bekommt.«

Der Köder ist im Wasser. Wird Kramer anbeißen?

»So was ist scheiße«, sagt er. »Solche Trainer, die brauchen mal richtig was auf die Schnauze.«

»Ist das bei euch auch schon mal passiert?«, frage ich.

Er schüttelt den Kopf. »Nee, unser Trainer ist da ziemlich okay.«

Meint er damit Hector Diaz? Nachdem er Larry Henderson aus dem Weg geräumt hat? Aber wie das beweisen? Ich werde Hector bitten, Kramers Jungen auf die Bank zu setzen, mal sehen, ob der Vater auf ihn losgeht.

Ein hoher Flugball wird ins Centerfield geschlagen. Teddy Kramer schaut hoch, starrt den Ball an und steht wie gelähmt da – als beobachte er einen Kometen, der ihn nichts angeht. Der Leftfielder sprintet los und fängt den Ball etwa drei Meter vor Teddy ab.

»Die Sonne hat ihn geblendet«, sagt Kramer.

Am Ende des siebten Innings liegen die Marlins mit zwölf zu null vorn. Inzwischen verdunkelt eine dichte, tief hängende Schicht aus grauen Wolken den Himmel, sodass der Schiedsrichter das Spiel wegen schlechter Sichtverhältnisse beendet.

Bei meinem Strandlauf am nächsten Morgen fällt mir wieder ein, dass mir an der »Turtle Key Marina« irgendetwas bekannt vorkam, ich aber nicht wusste, was. Ich weiß es immer noch nicht. Kramer betreibt seinen Job als Angelführer vom Jachthafen aus, und er ist jetzt mein Hauptverdächtiger.

Vom Strand fahre ich auf direktem Weg ins Revier von Fort Myers Beach, hole mir aus der Asservatenkammer das Mordbuch und gehe zum Konferenzraum.

Im Flur läuft mir Cubby über den Weg. »Tarnst du dich jetzt als Langstreckenläufer?«, fragt er.

Ich trage ein schweißnasses T-Shirt, Shorts und Laufschuhe. »Seit wann habt ihr einen Dress-Code in euerm Laden?«

»Haben wir nicht, aber wir haben einen Duft-Code, und den hast du gerade verletzt.«

Ich überhöre die Bemerkung und halte das Mordbuch hoch. »Ich glaube, da schlummert noch was, das ich übersehen habe.«

»Dann mal los. Aber danach bitte sofort duschen und Klamotten wechseln.«

Ich nicke, setze mich in den Konferenzraum und fange an zu blättern. Zunächst nichts Neues. Aber dann stolpere ich in einem der Berichte der Küstenwache über die Notiz, dass das Segelboot der Hendersons, die *Joie de Vivre*, seinen Liegeplatz in der »Turtle Key Marina« hatte.

Das war es, woran mich der Jachthafen erinnerte. Harlan Boyd hatte gesagt, er würde nachprüfen, wo die Hendersons einen Liegeplatz für ihr Boot hätten, und ob sie in der Nacht, als sie ermordet wurden, irgendwer gesehen hätte. Dann ist Boyd überraschend ausgestiegen, und dieses Detail fand keine Beachtung mehr.

Die Baseball-Mannschaft ist die eine Verbindung zwischen Kramer und Larry Henderson. Die Marina und die Möglichkeit, dass Kramer gewusst haben könnte, dass und wann die Hendersons in jener Nacht segeln waren, ist die zweite Verbindung. Er könnte ihnen von der Marina in den Pine Island Sound gefolgt sein, oder er war schon mit einer Charter draußen und hat ihr Boot gesehen, hat seine Kunden unter einem Vorwand an Land gebracht und ist dann allein wieder zurückgefahren.

Ich rufe aus dem Konferenzraum mit meinem Handy im Jachthafen an. Eine Frau, wahrscheinlich dieselbe, die ich jetzt schon zweimal an der Theke gesehen habe, hebt ab. Ich stelle mich als Detective vor, sage, ich würde gerade in einem Fall ermitteln, und frage, ob die Marina Buch darüber führe, wann Boote ein- oder auslaufen.

»Nein«, sagt sie. »Tun wir nicht. Wenn ein Boot im Trockenlager liegt, dann ruft uns der Besitzer an, dass wir es zu Wasser lassen sollen. Wenn es an seinem Liegeplatz liegt, dann fährt der Besitzer einfach damit raus. Über beides führen wir nicht Buch.«

Ich bedanke mich und lege auf.

Wenn man keine wasserdichten Beweise in der Hand hat, dann hilft es manchmal, den Verdächtigen aufzuschrecken und zu einem Fehler zu verleiten. Ich fahre zu meinem Hausboot zurück und wähle die Nummer auf Kramers Visitenkarte – aber erst nachdem ich den Code eingegeben habe, der meine Nummer unterdrückt.

Er hebt beim ersten Klingeln ab. »Alex Kramer. Was kann ich für Sie tun?«

»Ich weiß, dass Sie es waren, Alex«, sage ich mit so gut wie möglich verstellter Stimme.

»Wie bitte?«

»Ich weiß, dass Sie Lawrence und Marion Henderson getötet haben.«

»Wer zum Teufel sind Sie?«, sagt Kramer.

»Ihr schlimmster Albtraum.« Ich glaube, das hat mal irgendein Schauspieler in einem Film gesagt.

»Sie wissen gar nichts. Sonst wären Sie schon lange zur Polizei gegangen.«

Das ist kein Dementi. »Ich glaube, wir regeln das besser unter uns.«

»Was glauben Sie denn, was Sie wissen, hä?«

»Ich weiß, dass Sie in den Pine Island Sound rausgefahren sind und dass Sie die Hendersons auf ihrem Segelboot aufgestöbert haben, dass Sie an Bord gegangen sind und beiden mit einer Pistole Kaliber .22 eine Kugel in den Kopf gejagt haben.«

Keine Reaktion. Dann sagt er: »Warum sollte ich irgendwen umbringen wollen?« Seine zunächst überraschte und dann wütende Stimme klingt nun gedämpft.

»Wie ist denn im Moment das Baseballteam Ihres Sohnes in Form?«, sage ich. »Die Marlins?«

Nach einer kurzen Pause sagt er: »Was wollen Sie von mir, Sie Arschloch?«

»Ein nettes kleines Angelboot wäre nicht schlecht. Eins wie Ihr Boston Whaler. Was kostet so was? Zwanzig? Dreißig, mit allem Drum und Dran?«

»Vielleicht können wir uns irgendwie einigen«, sagt er.

Was ein Unschuldiger niemals anbieten würde. Vielleicht hält Kramer mich für so blöd, dass ich mich zur Geldübergabe irgendwo mit ihm treffe, wo er mich erschießen kann.

Und genau das schwebt mir vor – natürlich ohne mich erschießen zu lassen.

»Sagen wir, dreißig Riesen«, sagt Kramer. »Dafür kriegen Sie einen Hänger noch obendrauf.«

42.

Showdown am Obststand

Florida ist einer von elf Bundesstaaten, die für die Aufzeichnung eines Telefongesprächs die Zustimmung beider Teilnehmer verlangen. Illinois auch. Sonst hätte ich Kramer mehr unter Druck setzen können und vielleicht das aufgezeichnete Mordgeständnis von ihm bekommen. Aber sein explizites Geständnis für die Morde an den Hendersons brauche ich gar nicht. Schon die Einwilligung, mir dreißig Riesen Schweigegeld zu zahlen, hätte für einen Durchsuchungsbeschluss ausgereicht, der vielleicht die Tatwaffe zutage gefördert hätte, eine Pistole Kaliber .22. Und ich weiß, wo man hätte suchen müssen.

Da ich aber keine Aufzeichnung habe, mache ich mit ihm einen Treffpunkt aus: Heute Abend acht Uhr, in einer Nebenstraße der Immokalee Road in Naples, an einem Obststand vor einer Orangenplantage. Marisa und ich haben dort schon oft Orangen gekauft. An dem Stand gibt es auch selbst gemachten Obstkuchen. Ich habe schon lange keinen von diesen fantastischen Kuchen mehr gegessen. Wenn es sich nicht um einen Mordverdächtigen gehandelt hätte, hätte ich mich tagsüber mit ihm verabredet, wenn der Stand geöffnet ist.

Zum Lunch treffe ich mich mit Marisa bei einem unserer Lieblingsitaliener, dem Mama Gina's in der Bonita Beach Road. Beim Essen erwähne ich beiläufig, dass ich in ein paar Stunden Alex Kramer treffe.

Die Gabel verharrt ruckartig auf dem Weg zum Mund. Ihr Blick würde den Lack einer hundert Jahre alten Kirchenbank schmelzen lassen.

»Dann ist das hier vielleicht ein Abschiedsessen?«

»Nein, nein, ich will nur, dass du über den Fall auf dem Laufenden bleibst. Reine Höflichkeit.«

»Und dabei lässt du mich höflicherweise wissen, dass du vielleicht getötet wirst und ich mich dann um Joe, die Benachrichtigung deiner Familie und Geschäftspartner und die letzten Dinge kümmern darf … Ach, übrigens, was ist dir lieber: Erd- oder Feuerbestattung?«

Um die Atmosphäre ein wenig aufzulockern, sage ich: »Ich leide unter Klaustrophobie, Feuerbestattung wäre mir lieber.«

»Das ist nicht lustig, Jack. Ehrlich, wenn dieser Kerl dich nicht umbringt, dann erledige ich das vielleicht selber, dann habe ich endlich meine Ruhe.«

»Kann ich verstehen«, sage ich, was offensichtlich nicht die gewünschte Reaktion ist. Jedenfalls kommt die Konversation für den Rest des Essens und dann auf der Heimfahrt fast völlig zum Erliegen, und der Nachtisch bei ihr zu Hause fällt auch aus.

Vom Boot aus rufe ich Cubby zu Hause an und informiere ihn über mein Treffen mit Kramer.

»Dann komm vorher noch ins Revier und nimm eine kugelsichere Weste mit«, sagt er. »Wenn du dir aber ein Loch einfängst, dann muss ich dir das berechnen.«

»Klar, Cubby, kein Problem. Kannst du von meinem Nachlass abzweigen.«

»Einverstanden«, sagt er. »Übrigens, hast du für deine Corvette schon jemand Speziellen vorgesehen?«

Das übliche Cop-Geplänkel vor einem Einsatz, allerdings mag Cubby meinen Wagen wirklich sehr, es ist also nicht unmöglich, dass er es ernsthaft wissen will.

»In meinem Testament habe ich festgelegt, dass der Wagen verkauft wird und der Erlös der ›Lee County Humane Society‹ zugutekommt.«

»Das ist wirklich schade, Jack. Viel Glück. Und das mit der Weste war nur ein Witz.«

Aber das mit dem Auto nicht?

Um halb acht bin ich da, um die Umgebung des Obststands unter die Lupe zu nehmen. Die Immokalee Road in Naples führt östlich des Highway 41 durch landwirtschaftliches Gebiet. Orangenplantagen und Felder mit Weizen, Alfalfa, Kartoffeln und Sojabohnen wechseln sich ab. Es ist eine sehr arme Gegend mit heruntergekommenen Häusern für die Wanderarbeiter.

Der Obststand befindet sich etwa fünfzehn Kilometer südlich der Stadt Immokalee. Daneben zweigt ein Feldweg ab, der durch die Orangenplantage zu einer Scheune führt. Der Besitzer der Plantage und seine Frau, die ich flüchtig kenne, wohnen etwa fünfzehn Kilometer entfernt. Ab und zu kommt vielleicht ein Auto vorbei, aber ansonsten wird uns niemand stören.

Nicht zum ersten Mal bewege ich mich außerhalb meines Zuständigkeitsbereichs. Wade Hansen war der Polizeichef von Naples, als ich seinen Serienmörderfall aufgeklärt habe. Inzwischen ist er der Bürgermeister. Ich habe ihn angerufen und ihm erzählt, was ich innerhalb seiner Stadtgrenzen vorhätte. »Kein Problem, Jack«, hat er gesagt. »Mach einfach deinen Job.«

Ich parke neben der Scheune, überprüfe meine Smith & Wesson und halte Ausschau nach Autoscheinwerfern. Unter der kugelsicheren Weste ist ein winziger Rekorder versteckt, den ich ebenfalls aus dem Revier in Fort Myers Beach mitgenommen habe. Vielleicht kann ich damit Kramers Geständnis aufnehmen. Für diese Art von Aufzeichnung brauche ich sein Einverständnis nicht. Es liegt auf der Hand, dass er nicht vorhat, mir 30 000 Dollar zu übergeben. Unwahrscheinlich, dass ein Angelführer über so eine Summe Bargeld verfügt. Wenn er der Täter ist, dann will er mich aus dem Weg schaffen. Wenn nicht, dann werden wir eben ein interessantes Gespräch über Little-League-Baseball führen.

Um acht noch keine Spur von Kramer. Auch nicht um halb neun. Ich will mich schon wieder auf den Rückweg machen, als sich auf der Immokalee Road Scheinwerfer nähern. Ein Pick-up fährt langsam an dem Obststand vorbei, bremst, bleibt stehen, setzt rückwärts in den Feldweg hinein und hält.

Kramer steigt aus und schaut sich um. Ich schalte

meine Scheinwerfer ein, steige aus und rufe: »Gehen Sie auf mich zu. Mit dem Geld. Keine Waffe.«

Er bückt sich in den Pick-up, holt etwas heraus und hebt es hoch, eine weiße Segeltuchtasche. Es braucht keinen Sherlock Holmes, um in der Tasche kein Geld, sondern eine Waffe zu vermuten. Ich halte meine S & W senkrecht nach unten neben meinen rechten Oberschenkel.

Er kommt auf mich zu. Er geht ein großes Risiko ein, aber wahrscheinlich hält er mich für einen vertrottelten Loser, der einfach nur absahnen will und den er locker aufs Kreuz legen kann.

Als er nur noch zwanzig Meter entfernt ist, sage ich: »Stopp, das reicht.«

Er bleibt stehen. »Und was jetzt?«

»Sie stellen die Tasche auf den Boden und fahren wieder. Wenn da 30 000 Dollar drin sind, hören Sie nie wieder von mir. Wenn nicht, dann meldet sich bald die Polizei bei Ihnen.«

»Woher soll ich wissen, dass Sie nicht irgendwann mehr wollen?«

»Weil Sie ein Mörder sind, und weil ich es für schlauer halte, mich nicht mit einem Mörder anzulegen.«

»Da haben Sie verdammt recht«, sagt er. Ich kann ihn im Scheinwerferlicht lächeln sehen.

»Verraten Sie mir eins: War es das wert, die Hendersons abzuknallen? Dass Ihr Junge öfter mitspielen darf?«

»Es ging nicht nur um die Baseball-Geschichte. Dieser Großkotz Larry Henderson hat sich für wer weiß wen gehalten, er, der Bankpräsident. Als ich mit ihm über meinen Jungen sprechen wollte, da hat er mich abblitzen lassen, als wär ich ein Nichts. Für Typen wie den existieren Leute wie ich doch gar nicht.«

»Tja, Sie haben ihm jedenfalls gezeigt, was Sache ist. Aber die Frau, warum die Frau?«

»Kollateralschaden«, sagt er.

Ich habe jetzt genug auf Band, um ihn zu überführen. Mein Fehler ist, dass mich das in falscher Sicherheit wiegt, dass ich ihn nicht mehr so konzentriert beobachte und deshalb nicht mehr rechtzeitig reagieren kann, als er plötzlich in die Segeltasche greift und eine Pistole herausreißt. »Hier hast du deine Kohle, Arschloch«, sagt er und feuert einen Schuss auf mich ab.

Die Kugel trifft genau die Mitte der kugelsicheren Weste. Ein ziemlich guter Schuss, wenn man bedenkt, dass ihn die Scheinwerfer blenden. Die Wucht der Kugel schleudert mich nach hinten. Ich falle auf den Rücken, rolle mich auf die linke Seite und reiße die S & W hoch, als sein Kopf in einer roten Wolke explodiert. Er sinkt auf die Knie und kippt vornüber.

Ich schaue mich um. Im ersten Stock der Scheune steht in der Tür, durch die das Heu in den Dachboden befördert wird, ein Mann. Er hält ein Gewehr.

Er winkt, und ich winke zurück. Von der Straße ist das lauter werdende Heulen von Sirenen zu hören, dann sehe ich Cubby Cullens SUV mit zwei Streifenwagen im Gefolge in den Feldweg einbiegen. Cubby umkurvt Kramers Pick-up, hält neben meinem Wagen an, steigt aus und sagt: »Hoffentlich hat die Corvette nichts abbekommen.«

»Dein Scharfschütze ist ziemlich gut, Cubby.«

Cubby schaut zur Scheune. »Wie weit ist das, was meinst du? Fünfzig Meter? Für Tony ist das ein Klacks. Beim Scharfschützen-Turnier macht er jedes Jahr den ersten Platz.«

»Ich hätte ihn auch selbst erwischt«, sage ich. »Trotzdem danke, dass du den Mann da postiert hast.«

»Klar, Jack, du hättest ihn auch erwischt. Spielt ja jetzt keine Rolle mehr. Hast du sein Geständnis auf Band?«

»Ja.«

Er kommt zu mir und klopft mir auf die Brust. »Du weißt noch, was ich dir gesagt habe, wenn die Weste was abkriegt?«

Die Prellung an der Stelle tut weh. »Zieh's mir vom Lohn ab«, sage ich.

Polizeiberichte sind öffentlich zugänglich. Als die Geschichte über Alex Kramer und seine Morde an den Hendersons in der *Fort Myers News-Press* erscheint, veranstalten die Nachrichtensender überall im Land sofort einen irren Medienrummel um den Fall und vergleichen den Little-League-Dad aus Florida mit der Cheerleader-Mom aus Texas.

Da ich nichts damit zu tun haben will, taucht mein Name in Cubbys Bericht nicht auf. Er übernimmt alle Interviews. In seiner Galauniform macht er bei den Auftritten in den Nachrichtensendern eine ziemlich coole Figur. Er spricht von der exzellenten Ermittlungsarbeit seiner Abteilung, die von einem namentlich nicht genannten »Berater« unterstützt worden sei.

Meine Arbeit für die Polizei von Fort Myers Beach hat mir einen Gewinn von 51 Dollar beschert – das Gehalt von einem Dollar plus der 50-Dollar-Chip aus dem Spielautomaten der Frau im Arrowhead Casino in Immokalee. Das Geld gebe ich weise aus: Ich führe Marisa zum Abendessen ins »Veranda« aus, das feine Restaurant in Fort Myers, das Lance Porter und Vivian Tolliver so mochten. Ich sage Marisa nicht, dass Kramer auf mich geschossen hat. Warum einen schönen Abend verderben?

43.

Ein (relativ) glückliches Ende

Eine Geschichte, die mit zwei Leichen auf einem Segelboot im Pine Island Sound beginnt, kann kein rundum glückliches Ende haben. Ich kann Ihnen nur berichten, wie die Dinge am Ende der Geschichte liegen, und überlasse die Entscheidung Ihnen, ob der Detective im Ruhestand das Geld des Steuerzahlers von Fort Myers Beach wert war.

Ich bin nicht Sherlock Holmes oder Jack Stoney, die ihre Fälle mit brillanter Detektivarbeit lösen und die beide fiktive Figuren sind. In der realen Welt werden die meisten Fälle mit Hilfe von Informanten gelöst oder manchmal auch durch das Geständnis des Täters.

»International Oil Patch Partners« steht kurz vor der Fertigstellung ihrer Tiefsee-Bohrplattform, die westlich von Fort Myers genau an der neuen Achtzig-Kilometer-Grenze im Golf von Mexiko entsteht. Angesichts von zweihundert neuen Jobs und stattlichen Gewinnen für eine Reihe von in Florida ansässigen Baukonzernen, die die Bohrinsel bauen, ist die Berichterstattung über das Projekt überwiegend positiv. Dass Sergey Pavlov Besitzer von Oil Patch ist, wurde nicht enthüllt, und ich sehe auch keinen Grund, ihn zu outen. Warum soll man sich einen Freund Wladimir Putins zum Feind machen?

Die »Bürger für eine gesunde Umwelt« befürchten, dass Oil Patch den Einsatz von Fracking plant, um das Öl im Golf anzuzapfen. Das Unternehmen bestreitet das. Es heißt, die Kontroverse kommt den »Bürgern für eine gesunde Umwelt« zugute bei ihren Bemühungen um Spendengelder.

Lance Porter sitzt seine Zeit im Knast ab. Und ich wünsche dem Drecksack auch weiterhin nur das Allerschlechteste.

Lawrence und Marion Hendersons Kinder Nathan und Elise wurden von Larrys Bruder Tom und seiner Frau Lynette adoptiert. Ich war auf Nathans Party zum neunten Geburtstag, die auf einer Hüpfburg in Fort Myers gefeiert wurde. Nach einem Besuch bei meinem Chiropraktiker am darauffolgenden Tag ging es mir wieder ganz gut.

Dr. Mitchell Gordons Wahlchancen stehen gut, und es heißt jetzt schon, er könne, sollte er gewählt werden, in einige Schlüsselausschüsse des Repräsentantenhauses von Florida berufen werden. Seine Zustimmungswerte sind hoch, er ist in der Kammer über Parteigrenzen hinweg anerkannt, und alle prophezeien ihm eine glänzende Zukunft als Politiker.

Chester Kravitz, der Haupteigner des Top Hat Casino in Atlantic City, wurde vom FBI verhaftet (Sarah Caldwell hatte einen Durchsuchungsbeschluss erwirkt, und die Spur des Geldes führte direkt zu Kravitz) und wegen

Diebstahls zulasten des Arrowhead Casino angeklagt. Das gestohlene Geld wurde vollständig auf das Konto des Arrowhead Casino zurücküberwiesen.

Stoneys Dilemma, der von mir redigierte Bill-Stevens-Krimi, stieg – wie alle Titel der Serie zuvor – auf Platz 1 in die Bestsellerliste der *New York Times* ein.

Der Sohn, der vor ein paar Jahren sagte, die Manatee National Bank würde die Pfändung des Fischkutters seines Vaters noch bereuen (der Vater wurde dabei von einem Hilfssheriff getötet), hielt sein Versprechen. Er betrat mit einer Pistole eine Filiale der Bank und marschierte mit 5000 Dollar wieder hinaus. Dabei machte er keine Anstalten, sein Gesicht vor den Sicherheitskameras zu verbergen. In den nächsten Monaten raubte er noch vier weitere Filialen aus. Dann hörten die Überfälle auf. Der Sohn wurde nie gefasst. In den alten Tagen hätte er vielleicht noch kistenweise Radiowecker und Stadionkissen abstauben können.

Die Geschäfte im Drunken Parrot und im Arrowhead Casino laufen gut. Ich kannte in Chicago einen Burschen mit einem Lebensmittelladen. Der sagte immer, ob in schlechten oder guten Zeiten, essen müssen die Menschen immer. Anscheinend gilt das auch fürs Trinken und Spielen.

Glück ist relativ. Man greift es sich, wo immer möglich und wann immer möglich, und genießt es, so lange es geht. Mehr kann man nicht tun, und wenn man ein Glückspilz ist, dann reicht das.

44.

Eileen

Eileen war keine Dame.

Es war September. Fort Myers Beach, eine Kleinstadt auf einer Barriereinsel vor der Golfküste im Süden Floridas. Als Marisa – sie *war* eine Dame – und ich beschlossen, mit Joe, meinem Kater, und ein paar unersetzbaren Habseligkeiten mein Hausboot und ihr Haus zu räumen, da war es schon zu spät.

Dem National Hurricane Center in Miami werfe ich vor, uns getäuscht zu haben. Irgendwem außer meiner eigenen Dummheit muss ich ja die Schuld geben.

Es begann als tropisches Tiefdrucksystem in der Karibik und entwickelte sich schnell zu einem Tropensturm, der den Namen »Eileen« erhielt und sich über die Kategorien 1, 2, 3 und 4 zur Killerkategorie 5 aufschwang. Auf ihrem nordwestlichen Kurs richtete Eileen auf den Jungferninseln, auf Hispaniola und an der Südküste von Puerto Rico katastrophale Verwüstungen an, bevor sie die Ostküste Floridas ansteuerte, um danach in nördlicher Richtung zu den Küstengebieten Georgias und den Carolinas weiterzuziehen.

Ein wahrlich monströser Sturm, der stärkste in der

modernen Geschichte und – so der Chefmeteorologe vom Weather Channel – »so groß wie Frankreich«. Marisa machte sich Sorgen um ihre Verwandten und Freunde, sollte der Sturm auch Kuba streifen. Laut den amerikanischen und europäischen Prognosen würde er jedoch vorbeiziehen.

Wir verfolgten den Verlauf des Unwetters im Drunken Parrot, wo auf allen Großbildfernsehern CNN und der Weather Channel lief. Wir fühlten mit den Betroffenen und waren erleichtert, dass es uns wahrscheinlich nicht treffen würde.

Gouverneur Anderson sagte im Fernsehen, dass Eileen überall, wo sie auf Land treffe, »massive Verwüstungen« anrichten werde, und verfügte die Zwangsevakuierung von Floridas Ostküste. Zu diesem Zeitpunkt musste man an den Tankstellen schon Wartezeiten von bis zu drei Stunden in Kauf nehmen. Die Benzinvorräte gingen zur Neige, und die I-95, die wichtigste Fernstraße von Miami Richtung Norden, glich einem endlos langen Parkplatz.

Am Mittwoch sagte der Weather Channel voraus, Eileen werde wahrscheinlich am Sonntag Floridas Ostküste erreichen. Kein Problem. Ein schöner Strandtag für Fort Myers Beach.

Nach dem Aufstehen am Freitagmorgen warf ich die Kaffeemaschine an, schob einen Erdbeer-Pop-Tart in den Toaster, öffnete eine Dose Thunfisch für Joe und schaltete meinen kleinen Kombüsenfernseher an. Eileen hatte ihren Kurs geändert. Ich war schockiert. Sie zog jetzt Richtung Kuba. Danach, so die neuen Prognosen, würde sie am späten Samstagabend oder frühen Sonntagmorgen als Kategorie-4-Sturm auf die Keys und die südliche Golfküste treffen.

Hoppala!

Während ich meinen Pop-Tart aß und über unsere Zwangslage nachdachte, brüllte draußen eine männliche Stimme: »Somalische Piraten! Wir entern jetzt das Schiff!«

Soweit mir bekannt, operierten in der Estero Bay keine somalischen Piraten. Ein dumpfer Schlag auf das Deck, und die *Phoenix* neigte sich nach backbord. Das war mein Kumpel Cubby Cullen, der Polizeichef der Stadt. Er trat durch die Tür in die Hauptkajüte und sagte: »Ist der Kaffee noch heiß?« Ohne eine Antwort abzuwarten, holte er sich eine Tasse aus dem Kombüsenschrank.

»Schätze, mit deiner 63er Corvette könntest du dem Sturm die Rücklichter zeigen, Jack. Aber du solltest dich pronto auf die Socken machen.«

»Wenn, dann fahren Joe und ich mit Marisa in ihrem Range Rover. Aber die I-75 ist wahrscheinlich schon dicht. Am Ende bläst uns Eileen noch direkt in den Auspuff.«

Cubby setzte sich mit seinem Kaffee an den Kombüsentisch. »Jedenfalls seid ihr auf dem Festland im Schutzraum des Lee County Public Safety Center herzlich willkommen. Der hält auch Kategorie 5 stand.«

»Wir nehmen dich beim Wort«, sagte ich. »Unser Dank wird dich auf ewig begleiten.«

»Ist da noch ein klein bisschen Dank für einen neuen Mordfall übrig?«, fragte er, wohl wissend, dass meine

Antwort auch ohne das Schutzraum-Angebot ja lauten würde.

Ich schenkte mir Kaffee nach, setzte mich an den Tisch und fragte: »Was für ein Fall?«

Er schaute auf seine Uhr. »Ich habe noch jede Menge zu tun, bis der Sturm ankommt. Also, eine Kurzfassung jetzt, die Einzelheiten später.«

Ich hatte auch noch jede Menge zu tun. Ich musste einen sicheren Platz für mein Auto finden, ich musste zu meiner Bar, und ich musste zu Marisas Haus und Büro und ihr bei den Vorbereitungen helfen. Ich hatte kistenweise Mineralwasser in der Bar, und ich hatte genug Batterien für meine Taschenlampen und Laternen, um nach dem Sturm für den unausweichlichen Ausfall der Stromversorgung und anderer kommunaler Dienstleistungen gewappnet zu sein. Sollte der Orkan, und so sah es im Augenblick aus, unsere kleine Insel mit einer Wucht jenseits der Kategorie 2 treffen, dann war die Chance gering, dass mein Hausboot und meine Strandbar den Wind und die Sturmflut überstehen würden. Aber wie hieß es im Marine Corps? Bereite dich auf das Schlimmste vor, und hoffe auf das Beste. Bei den Marines kam es immer zum Schlimmsten.

»Schon mal den Namen Henry Wilberforce gehört?«, fragte Cubby.

»Meinst du den reichen alten Knacker aus Naples?«

»Henry war wahrscheinlich der reichste der Reichen«, sagte Cubby.

»*War* im Sinne von *jetzt tot*, nehme ich an.«

»Korrekt.«

»Des Weiteren nehme ich an, dass er keines natürlichen Todes gestorben ist. Sonst würdest du das nicht mir, dem ehemaligen Detective für Mordfälle, erzählen.«

»Ebenfalls korrekt.«

»Naples fällt nicht in deine Zuständigkeit, Cubby. Die haben ihre eigene Polizei und ihre eigenen Detectives.«

»Der Polizeichef von Naples ist ein Freund von mir. Er hat mich angerufen und gefragt, ob ich jemanden mit solider Erfahrung in Mordermittlungen wüsste. Seine Detectives bekämen es nur selten mit Mord zu tun, und dieser sei, was Morde anginge, allererste Sahne. Ich habe ihm angeboten, dass du einen Blick auf den Fall werfen und deine Meinung abgeben würdest. Vorausgesetzt natürlich, wir überleben den Orkan.«

»Du wirst dich erinnern, dass du mich schon zweimal gebeten hast, nur mal einen Blick auf einen Fall zu werfen und meine Meinung zu äußern, und am Ende habe ich dann weit mehr als das getan. Übrigens auch bei einem Fall in Naples unter einem früheren Polizeichef.«

»Du spielst nicht Golf«, sagte Cubby. »Und den Drunken Parrot schmeißt dein Barkeeper mehr oder weniger allein. Was willst du denn sonst mit deiner freien Zeit anfangen?«

Da war was dran.

»Nach dem Sturm setze ich mich mit deinem Kumpel auf eine Tasse Kaffee zusammen«, sagte ich. »Aber mehr verspreche ich nicht.«

»In Ordnung«, sagte Cubby. Dann fuhr er ins Revier zurück, um die Sturmvorbereitungen zu organisieren, unter anderem den Transport über die Dammstraße aufs Festland für alle, die sich noch nicht hatten evakuieren lassen.

Ich rief Marisa an und sagte: »Hi, ich bin Ihr Ersthelfer. Brauchen Sie Hilfe?«

»Ich habe eine Scheißangst, Jack. Wir hätten uns schon längst nach Norden absetzen sollen. Was sollen wir jetzt machen?«

Sie musste tatsächlich eine Scheißangst haben, denn aus ihrem Mund hatte ich noch nie einen solchen Ausdruck gehört.

»Cubby Cullen war gerade hier. Wir kommen im öffentlichen Schutzraum der Stadt unter. Rühr dich erst mal nicht vom Fleck. Sam und ich verrammeln jetzt die Fenster der Bar und dann die in deinem Haus und deinem Büro.«

»Was ist mit deinem Boot?«

»Wenn Eileen unbedingt scharf drauf ist, von mir aus«, sagte ich. »Absichern bringt da nichts. Das wär so, als hätten sie damals auf der *Titanic* die Liegestühle festgeschraubt.«

Marisa wohnte in der Mango Street in einem rosa Bungalow mit grünem Blechdach. Ihr Büro, in dem sie mit zwei Angestellten arbeitete, befand sich im Stadtzentrum am Estero Boulevard, in einem einstöckigen weißen Betonbau, der auch eine Versicherungsagentur und eine Zahnarztpraxis beherbergte. In der Versicherungsagentur würde am kommenden Montag sicher Hochbetrieb herrschen – wenn sie dann noch existierte.

Joe beendete sein Thunfisch-Mahl und miaute. »Keine Angst, Kumpel, ich lasse dich nicht hier«, sagte ich und kraulte ihm den Kopf. »Du kommst mit in den Schutzraum.«

Am Samstagmorgen wurde Eileens Ankunft für irgendwann Sonntagnachmittag vorhergesagt. Wie immer warnten die Wetterleute im Fernsehen davor, der Sturm könne seinen Kurs noch in die eine oder andere Richtung ändern und weiter nach Westen ziehen, um dann nach Norden in den Golf vorzustoßen und den Florida Panhandle, Mississippi oder Louisiana zu bedrohen.

Als ich in den Parkplatz vor dem Drunken Parrot einbog, sah ich Sam, der auf einer Leiter stand und Sperrholzplatten vor die Fenster schraubte.

»Ich dachte, du bist schon längst in Chicago, Boss«, sagte er.

»Wollte nicht die große Show verpassen, Sam. Und du, wo kommst du unter, wenn Eileen aufkreuzt?«

»Im Casino, mit Freunden und Familie. Der Laden ist wirbelsturmsicher.«

In den nächsten zwei Stunden verrammelten Sam und ich die Fenster, packten alles Zerbrechliche einschließlich der Schnaps- und Bierflaschen und des Geschirrs in Kartons und zurrten im Freien alles fest, was festzuzurren war. Die Tiki-Bar würde wie mein Hausboot dem Sturm trotzen müssen. Vielleicht wehte es sie bis nach Atlanta.

Dann fuhren wir mit Sams Ford F-150 Pick-up zu Marisas Haus. Danach würde ich noch einen sicheren Platz für meine Corvette suchen.

Samstagnachmittag. Zeit, von Estero Island über die Matanzas Pass Bridge aufs Festland zu fahren. Ich saß am Steuer von Marisas Range Rover, sie und Joe saßen neben mir. Außerdem an Bord: die wichtigsten Papiere, die Waffensammlung von mir sowie Schmuck, Familienfotos und ausgewählte Kleidungsstücke von ihr. Essen und Trinken, so Cubby, bräuchten wir nicht, im Lee County Public Safety Center gebe es von beidem genug.

Der Parkplatz vor dem zweistöckigen Betonbau war fast voll: neben privaten Autos und Pick-ups standen Einsatzfahrzeuge von Polizei, Feuerwehr und Rotem Kreuz, Notarztwagen, Anhänger mit Booten. Das öffentliche Gebäude war zum Sammelpunkt für die Kräfte bestimmt worden, die nach dem Sturm Erste Hilfe leisten sollten. Ein Geräteraum war zu einer Unterkunft für Haustiere umfunktioniert worden. Da Joe sich nicht als Haustier betrachtete, wollte ich um Erlaubnis fragen, ihn in seiner Transportbox mit ins Gebäude nehmen zu dürfen.

Bis das geklärt war, ließ ich Joe im Range Rover, während Marisa und ich unser Gepäck ausluden. Am Eingang zu einem großen Saal, in dem Klappbetten mit Bettzeug bereitstanden, saß eine Beamtin vom Sheriffsbüro Lee County. Glücklicherweise entpuppte sie sich als Katzenliebhaberin. Solange er in seiner Box bleibe, sagte sie, könne ich Joe mitnehmen. In der Box war Platz genug für ihn, das Katzenklo, den Fress- und den Wassernapf.

Das Gebäude verfügte über eine große Küche und einen großen Speisesaal, wo es Kaffee und Sandwiches gab. Bis jetzt hatten sich etwa vierhundert Menschen eingefunden, es wurden aber noch mehr erwartet. Außerdem standen noch andere Unterkünfte zur Verfügung, darunter die Germaine Arena, in der sonst Rodeos, Konzerte, Eishockeyspiele und Zirkusveranstaltungen stattfanden. Der Bundesstaat Florida und die Kommunen wussten, wie man sich auf Wirbelstürme vorbereitet.

Marisa und ich belegten zwei Pritschen an der Wand, dann ging ich zum Range Rover und holte Joe. Ich stellte die Gitterbox auf mein Feldbett, dann gingen Marisa und ich in die Cafeteria, wo wir uns bei einer Tasse Kaffee und einem Schinkensandwich mit anderen Schutzsuchenden unterhielten. Die Gefahr und die Entschlossenheit, die Notlage zusammen durchzustehen und uns nach dem Orkan unser Leben wieder zurückzuholen, schufen ein Gefühl der Gemeinsamkeit.

Jeder Landesteil hatte seine eigene Sorte Naturkatastrophe – an der Westküste Brände und Erdbeben, im Mittelwesten Tornados, an der Ostküste Wirbelstürme. Außerdem verursachten über die Ufer tretende Flüsse Überschwemmungen, und in den Wintern des Nordens tobten Schneestürme. Vor Mutter Natur war man nirgends sicher. Bei Wirbelstürmen wurde man frühzeitig vorgewarnt. Außer der Sturm änderte urplötzlich seine Richtung – wie in unserem Fall. Aber wie hieß es im Marine Corps? Manchmal kann man nur noch drauf warten, dass sie einem den Arsch wegschießen.

Als wir am Sonntagmorgen aufwachten, erwarteten uns zwei schöne Überraschungen: Erstens machten die Helfer in unserer Unterkunft Pfannkuchen, Waffeln, Eier, Speck und Würstchen zum Frühstück, und zweitens war der Wirbelsturm weiter westlich vorbeigezogen und hielt jetzt auf den Panhandle zu. Die Vorhersage für uns lautete schwerer Regen, heftige Winde und die Möglichkeit von Wirbelstürmen, aber nicht der von uns erwartete verheerende Sturm mit Überflutungen.

Die Kugel hatte uns verfehlt. Als Soldat und Polizist hatten mich bereits echte Kugeln verfehlt, aber mein Glücksgefühl jetzt war genauso groß.

Marisa und ich frühstückten ausgiebig, ließen das Mittagessen sausen und verließen mit unseren Seesäcken und Joe in seiner Box gegen drei Uhr den Schutzraum.

In Marisas Haus schauten wir uns in den Nachrichten an, wie Eileen als Kategorie-2-Sturm im Panhandle in breiter Front auf das Festland traf und in Städten wie Deston, Fort Walton Beach und Gulf Breeze Überschwemmungen und beträchtliche Schäden an Gebäuden und Bäumen verursachte. Die im Lee County Public Safety Center zusammengezogenen Ersthelfer und Notfallteams setzten sich Richtung Norden in Bewegung. Auf dem Nachhauseweg waren wir auf teilweise überfluteten Straßen gefahren und hatten ein paar umgestürzte

Bäume umkurven müssen. In manchen Vierteln, aber nicht in Marisas Straße, war der Strom ausgefallen, und die County-Verwaltung gab die Mitteilung heraus, Wasser vor dem Trinken abzukochen. Angesichts der minderen Probleme, denen wir uns gegenübersahen, betrachteten wir uns als Glückspilze.

»Ist es falsch, sich darüber zu freuen, dass der Hauptsturm uns verschont hat, während er andere Städte so schwer getroffen hat«, fragte Marisa, während sie eins ihrer köstlichen kubanischen Gerichte zubereitete.

»Das ist eine philosophische Frage«, sagte ich. »Churchill hat gesagt: ›Nichts ist so berauschend, wie beschossen und nicht getroffen zu werden.‹ Aber er wollte sicher auch nicht, dass jemand von einer Kugel getroffen wird, die für ihn bestimmt war. Wir können nichts weiter tun, als uns dein fantastisches Essen schmecken und dem Roten Kreuz eine Spende zukommen zu lassen.« Was wir beides taten.

Bis Donnerstag funktionierte im gesamten Lee County die Stromversorgung wieder, waren die Straßen wieder trocken, die umgestürzten Bäume aus dem Weg geräumt und das Wasser aus dem Hahn genießbar. Wir kehrten ins normale Leben zurück.

Zumindest bis zu meinem Lunch mit Cubby Cullen, der mir das Neueste im Mordfall von Naples berichten wollte.

Wir trafen uns in Captain Mack's Seafood Shack am Caloosahatchee River. Er saß auf der Terrasse mit Blick auf den Fluss und ließ sich eine Muschelsuppe schmecken. Ein Fischadler stürzte herab und riss sich mit den Krallen seinen eigenen Lunch aus dem Wasser.

»Du kennst die Regel«, sagte Cubby, als ich mich zu ihm an den Tisch setze. »Wer zuerst kommt, darf schon anfangen zu essen.«

Ich schaute auf meine Uhr. »Ich bin pünktlich, Cubby.«

»Wie hat mein alter Boss bei der Polizei von Toledo immer gesagt? Pünktlich ist zehn Minuten zu spät.«

Die Kellnerin kam, nahm meine Bestellung auf und die nächste von Cubby. Wir hatten schon so oft hier gegessen, wir brauchten keine Speisekarten. Ich bestellte auch die Muschelsuppe, und dazu nahmen wir noch beide frittierte Muschelstreifen und Zwiebelringe. Captain Mack hatte in Massachusetts vom Thunfischfang gelebt, bis die japanischen Fischereiflotten die Gewässer überfischten. Er verkaufte das Boot, zog mit seiner Frau nach Florida, und zusammen eröffneten sie dieses authentische Restaurant für Meeresfrüchte à la New England. Die Muschelstreifen waren mir lieber als die ganzen Muscheln. Wenn man in eine ganze beißt, quillt eine grünbraune Flüssigkeit heraus. Und das ist was? Muschelkacke. Nein danke, nicht für mich.

Ich fragte Cubby nach dem Mordfall in Naples.

»Wie gesagt, der Verstorbene war ein gewisser Henry Wilberforce III. Zweiundachtzig Jahre alt, lag morgens tot in seinem Bett. Der Butler hat ihn gefunden. Schusswunde in der Stirn. Er lebte in Lake Forest, Vorort von Chicago, und hatte in Naples ein Winterdomizil. Erbe der Wilberforce Food Company. Unternehmen aus Chicago, müsstest du eigentlich kennen.«

Kannte ich. Von den Lebensmitteln in Amerikas Supermarktregalen stammte jede Menge aus der Produktion von Wilberforce.

»Irgendwelche Hinweise, wer ihn erschossen haben könnte?«

»Ich würde sagen, das soll dir der Polizeichef von Naples selbst erzählen. Tom Sullivan. Ich schulde ihm einen Gefallen. Ich habe ihm gesagt, du rufst an.«

Das Essen kam. Ich fragte Cubby nicht, warum er Sullivan einen Gefallen schuldete. Handelte sich wahrscheinlich um etwas Vertrauliches, sonst hätte er es mir gesagt. »Okay, ich rufe Sullivan heute Nachmittag an.«

Ich rief ihn an. Was dann geschah, das ist eine völlig andere Geschichte.

Danksagungen

Der Verlag The Permanent Press aus Sag Harbor, New York, hat inzwischen drei Romane von mir veröffentlicht. Dafür vielen Dank. Die gekonnte Redaktionsarbeit der Herausgeber Marty Shepard, Judith Shepard und Chris Knopf sowie der Lektorin Barbara Anderson verwandelte meinen Berg aus Manuskriptseiten in ein lesbares Buch. Einmal mehr schuf Lon Kirschner ein erstklassiges Cover.

Als ich das Hamilton College in Clinton, New York, besuchte, musste jeder neue Student einen Essaykurs belegen. Jedes Semester mussten wir eine Reihe von Prüfungen ablegen (wie viele, weiß ich nicht mehr): Wir saßen in einem Seminarraum und schrieben in ein blaues Buch einen Essay zu einem gegebenen Thema. Es gab nur zwei Noten: »Ja« und »Nein«. Um ein »Ja« zu bekommen, musste alles perfekt sein: Grammatik, Rechtschreibung, Zeichensetzung, der Argumentationsaufbau und was dem Professor sonst noch unabdingbar erschien für einen guten Essay gemäß den Regeln von Strunks und Whites Buch *The Elements of Style*. Das war in den Zeiten vor der elektronischen Textverarbeitung. Kein Programm für Rechtschreibung und Grammatik, kein Google und kein Siri kamen einem zu Hilfe. Man musste in jedem Semester mindestens drei Essays mit »Ja« schaffen, um den Kurs zu bestehen. Vor allem den Studenten, die sich auf ein Medizinstudium vorbereiteten, stand der Angstschweiß auf der Stirn. Mit einem F im Studienbuch konnte man die medizinische Fakultät vergessen. Ich habe nie jemanden getroffen, der den Kurs vergeigt hätte, aber einige, die bis zur letzten Prüfung auf ihr drittes »Ja« warten mussten. Wenn ein Verleger ein Buch von mir annimmt, fühle ich mich immer noch so, als hätte ich gerade ein »Ja« geschafft, und das Gefühl ist auch ein halbes Jahrhundert nach dem College noch immer ein sehr gutes.

Ich möchte nicht versäumen zu erwähnen, dass nach Fertigstellung der Geschichte im September 2016 die Chicago Cubs, Jack Starkeys geliebte Baseballmannschaft, mit einem Sieg über die Clevelands Indians die World Series gewannen. Die Cubs hatten insgesamt zwölfmal die World Series erreicht, die letzten Titel holten sie 1907 und 1908. Nach einhundertacht Jahren konnten sich die Spieler der Cubs erstmals wieder den Siegerring anstecken. Jack war dabei, er sah das Spiel von Bill Stevens' Dach, einem jener »Wrigley Rooftops« genannten Wohngebäude, auf deren Dächern Sitztribünen mit Blick auf das Wrigley Field montiert sind. Marisa war auch eingeladen, aber sie musste zu Hause bleiben, um den Deal eines Multimillionen-Dollar-Anwesens abzuschließen, was für Jack natürlich die Frage nach ihren Prioritäten aufwarf.